Theodor J. Reisdorf, geboren 1935 in Neuss, reiste quer durch Europa und Nordafrika, arbeitete in vielen Berufen, machte in Wilhelmshaven das Abitur und studierte Wirtschafts- und Sozialwissenschaften in Hamburg, Köln und Mannheim. Nach dem Abschluss zum Dipl.-Handelslehrer folgte die zweite Staatsprüfung in Bielefeld mit anschließender Lehrtätigkeit in Aachen, Norden und Emden. 1997 wurde er als Oberstudienrat pensioniert. Er wohnt in Ostfriesland und schreibt als Meister des Friesenkrimis spannende Romane über Land, Leute und Leichen. Seine Geschichten sind ein mörderisches Muss für alle Nordsee-Fans.

Weitere Titel des Autors:

Tod vor Borkum
Tödliche Teestunde
Die Tote vom Nordstrand
Noch mehr Friesenmorde
Inselmorde
Letzter Törn nach Spiekeroog
13 kleine Friesenmorde
Der Tote im Maisfeld
Friesische Todessinfonie
Friesischer Tod/Mörderische Friesenhochzeit
Nebeltod auf Norderney
Mord in Norddeich
Mörderischer Nordseewind
Letzte Ausfahrt Ostfriesland

Titel in der Regel auch als E-Book erhältlich

Theodor J. Reisdorf

BÖSES SPIEL IN FRIESLAND

Kriminalroman

BASTEI LÜBBE TASCHENBUCH

BASTEI LÜBBE TASCHENBUCH
Band 16 635

1. Auflage: April 2012

Dieser Titel ist auch als E-Book erschienen

Bastei Lübbe Taschenbuch in der Bastei Lübbe GmbH & Co. KG

Originalausgabe

Textredaktion: Rainer Delfs
Titelillustration: © shutterstock/Ahmed Aboul-Seoud
Umschlaggestaltung: Tanja Østlyngen
Satz: Urban SatzKonzept, Düsseldorf
Gesetzt aus der Garamond
Druck und Verarbeitung: GGP Media, Pößneck
Printed in Germany
ISBN 978-3-404-16635-0

1

Die Türglocke ertönte.

Ich schrak zusammen. Hastig blickte ich auf meine goldene Armbanduhr. Es war siebzehn Uhr.

Das wird Gregor sein, dachte ich und verscheuchte meine depressiven Gedanken, denn auch den edlen Zeitmesser mit garantierter Präzision hatte sie mir geschenkt. Ich schluckte, dem Heulen nahe. Ich musste hart sein gegen mich selbst und gegen den Käufer, der, falls er sich nicht als ein windiger Hochstapler entpuppte, mir bzw. Gregor zweihundertfünfzigtausend Euro für meinen Bungalow geboten hatte.

Ich wischte mir unsichtbare Tränen aus den Augen, stand für Sekunden an der Balkontür und schaute auf das eingedunkelte Tief, das meinen Gartenrand umspülte. Der Steg, an dem die Jolle lag, ragte zwei Meter in den Kanal hinein. Das Boot, dachte ich und kämpfte erneut gegen den mich ständig bedrohenden Nervenzusammenbruch an.

Der Klang der Türglocke ließ mich erneut erzittern. Ich durchquerte den langen Korridor und öffnete die schwere Holztür. Auch sie hatte sie selbst entworfen. Der Schreiner hatte aus massivem Holz ihre Vorstellungen verwirklicht. Alles, der Teppich, auf dem ich stand, und selbst die verblasste Fußmatte, die unter den Füßen Gregors, meines väterlichen Freundes und Saunakumpels, lag, trug ihre Handschrift.

Gregor musterte mich mit beruhigenden Blicken. »Bevor ich mir auf deiner vergoldeten Klingel einen starren Zeigefinger hole, lass mich eintreten«, sagte er.

»Entschuldigung, Gregor!« Mein Blick erfasste den Nachbarn, der geduckt Unkraut zupfte und mich absichtlich nicht sehen wollte. Alle Bewohner unserer langen Bungalowzeile verhielten sich wie er. Sie gingen mir aus dem Weg. Ich bedauerte das nicht, denn ich selbst wollte niemandem begegnen. Froh und glücklich, das schien mir, konnte ich nie mehr werden! Was mich wunderte, auch das war eine Erfahrung, die nur tiefes Leid, vielleicht auch Verzweiflung und Hoffnungslosigkeit alleine gebären können, war mein neues Verhältnis zum Ablauf der Zeit. Vor dem grässlichen Geschehen – ich neige immer noch zu der Ansicht, dass es geplant war, dass es schon vor meiner Geburt feststand und ich schicksalhaft hineingewebt wurde – hatte die Zeit für mich einen Ordnungssinn. Jetzt verschwanden ihre Konturen und das Gestern, Heute und Morgen flossen ineinander über.

Gregor bemerkte nicht, als er mein Haus betrat, dass ich bereits während der wenigen Minuten x-mal gedanklich abgetaucht war, in das, was unerklärlich geschehen war. Er sagte: »Junge, ich muss mit dir reden. Hast du einen Lütten kalt stehen?«

Das wusste er, davon konnte er ausgehen. Was mich betraf, so war es nur mein mir anerzogenes Pflichtbewusstsein, das mich davon abhielt, mir stündlich oder gar viertelstündlich vor Kummer die Flasche an den Hals zu setzen. Aber ich wusste, wenn ich damit beginnen würde, dass dieser Weg zu meinem Abstieg führen musste. Ich konnte es mir nicht erlauben, schwer atmend die Rolle vor- und rückwärts am Reck vorzuturnen und dabei auf das Mitleid meiner Schüler zu hoffen, die zu solchen Gefühlen in ihrem Alter nicht fähig waren. Sie würden meine Leistungen belächeln.

Gregor kannte den Weg. Er ging in die Küche, schritt an den Kühlschrank, nahm die eiskalte Doornkaatflasche aus dem Gefrierschrank, erwischte ein sauberes Glas im Aufbauschrank und goss es voll.

»Wir müssen noch spülen, Junge«, sagte er mit ernstem Gesicht und dachte dabei an die Kaufpreisforderung, die er für mich herauszuhandeln beabsichtigte. Mir war das alles völlig egal. An Geld zu denken war für mich das Letzte.

»Komm!«, sagte Gregor und drehte den Warmwasserhahn auf.

Ich hörte den leisen Knall der Gasheizung und hätte am liebsten nach der Flasche gegriffen und mich auf das französische Bett geworfen, in dem ich jetzt genau vier Wochen allein schlief.

Während Gregor, er war hoch gewachsen, sein Haar war schlohweiß, die Jacke über eine Stuhllehne hängte, sich die Ärmel hochkrempelte und das Spülmittel in die Edelstahlmulde tropfen ließ, dachte ich an meine kleine Tochter Anja, die nur knapp zwei Jahre alt werden durfte. Vor mir erschienen die Bilder, wenn ich sie liebkoste, ihre kleinen Ärmchen nahm und Patschhändchen mit ihr spielte und sie sich wohlfühlend im Badewasser an den Rand der Wanne lehnte und ihre kleinen Zehen sich im Rhythmus vor Freude auf und ab bewegten.

Ich griff nach dem Geschirrtuch, während Tränen in mein Gesicht rollten, und trocknete Tassen, Teller und Schüsseln ab.

»Hajo, reiß dich zusammen. Du bist ein gläubiger Christ und musst den Tatsachen ins Auge schauen! Erika und Anja sind, wenn ich deinen Thesen Glauben schenken sollte, ohne Qualen. Sie sind bei ihm!« Dabei wies er mit seinem schlohweißen Kopf zur Decke, und in seinen Augen lag der zweiflerische Blick seiner siebzigjährigen Lebenserfahrung. Sein kämpferisch wirkender, weißer, gestutzter Schnurrbart erschien mir wie ein Haltebalken. Gregor fuhr fort, wobei er mit Kraft die Speisereste vom Geschirr rieb. »Wenn ich dein Haus ohne die Möbel vorführen müsste, könntest du gut zwanzigtausend Euro verlieren.«

»Geld!«, stöhnte ich.

»Sieh es als Schmerzensgeld an.«

»Ich kann sie nicht zurückkaufen«, antwortete ich und weinte. Mir wurde bewusst, dass ich die wundervollen Möbel, die Erika in Frankreich während unserer vielen Ferienfahrten ausgesucht hatte, nie weggeben würde. Ich konnte an ihnen vorbeigehen, meine Hände über Eichenkanten gleiten lassen und an sie denken. Aber das Zimmer von Anja, die Wiege, die Steiftiere, die Strampelhöschen und alles das, was noch sauber in akkuraten Stapeln lag, wollte ich hier zurücklassen. Hoffentlich hat der Käufer Kinder, dachte ich.

»Anjas Zimmer bleibt hier!«, sagte ich und wunderte mich über die Härte meiner Forderung.

»Da werde ich schon einen Dreh finden«, sagte Gregor und zog den Stöpsel aus dem Spülbecken. »Hast du die übrigen Zimmer in Ordnung?« Seine Worte drängten mich in die Wirklichkeit zurück.

Wir gingen gemeinsam durch das Haus. Gregor ordnete Deckchen, zog an Teppichen, ließ die Toilettenspülung noch einmal aufbrausen und wischte im Bad den Spiegel blank. »Gut«, sagte er, »setzen wir uns und warten auf den Käufer.«

Gregor hatte mir eine Eigentumswohnung mit meinem Geld gekauft. Aber nur zum Teil. Die Bausparbeträge blieben erhalten, die Hypotheken hatte er für mich abgelöst, und nach Verhandlungen mit Banken hatte er mir vorgerechnet, dass ich für die Sechzig-Quadratmeter-Wohnung ab jetzt tausend Euro zu zahlen hätte. Ich hatte ohne die Verträge zu lesen Gehaltsabtretungen unterschrieben, denn ich brauchte für mich nicht viel. Einige Flaschen Bier am Abend, Tabak für etwa zehn Pfeifen und meine kargen Mahlzeiten.

Ich hatte die Möbel im Wohnzimmer in der Anordnung platzieren lassen, wie sie in Carolinensiel in unserem Bungalow am Kanal gestanden hatten. Das Segelboot, eine einfache Jolle, wollte ich nicht mehr sehen. Sollte der Käufer, der jetzt durch die Räume des Bungalows schritt, die Erika damals mit Liebe ausgefüllt hatte, mit seinen Kindern den Weg durch die Schleuse suchen und bei schönem Sommerwetter die Inseln ansteuern.

Das Schiff hatte eine zentrale Bedeutung für unser damaliges Glück. In ihm träumten wir vom eigenen Haus, und ich glaube immer noch, dass wir Anja in ihm zeugten, als wir verliebt unter einer verwöhnenden Julisonne, die hinter Wangerooge im Meer versank, das Segel weggenommen hatten und uns nackt im Boot mit der Flut vom aufbrisenden Wind dem Jachthafen hatten träumend entgegentreiben lassen.

Meinen Lieblingssessel, ein mit rotem Samt bezogenes Sitzmöbel, dessen Füße ein geflochtener Volant verbarg, hatte ich wie »zu Hause« an die Stehlampe gerückt, die Erika rein zufällig bei einem Bummel durch Lyon gesichtet hatte. In diesem Sessel hatte ich abends oft gesessen. Den Kanal, an dem entlang sich die hübschen Bungalows reihten und diese von den weitläufigen grünen Wiesen trennte, hatte ich seit meinem Umzug nicht mehr aufgesucht.

Meine Wohnung lag zehn Minuten vom Bismarckpark entfernt und gestattete mir vom Balkon den Blick in die verkehrsreiche Moltkestraße, auf das grüne Dach des Wasserturms und auf die stillstehenden Flügel der einzigen erhaltenen Mühle der Stadt. Meinen Schulweg konnte ich von hier ohne Auto zurücklegen. Das war mir lieb.

Gregor hatte sich seit einigen Tagen nicht sehen lassen. Im Vorbeigehschnack mit Bekannten erfuhr ich, dass es seiner Frau nicht gut ging. In dem Alter verständlich, dachte ich.

In die Sauna war ich einige Male nicht gegangen, da ein Kollege erkrankt war und ich seinen Handballkurs übernommen hatte. Der Sportunterricht, vor dem grässlichen Ereignis Teil meiner Lieblingsstunden, ödete mich an, da es mir nicht mehr gelingen wollte, die saloppen Redensarten der Schüler mit Humor zu kontern, und mich das Gefühl, bei den jungen Leuten »in« zu sein, verlassen hatte. Lieber stand ich vor ihnen, wenn sie im Klassenzimmer den Kurvenverläufen meiner sie fordernden gebrochenen rationalen Funktionen nachgingen, verbissen auf die Tasten ihrer Rechner hauten und ich zwischendurch meine Gedanken jenseits der Trennungslinie ansiedeln konnte, die mein Leben erschüttert hatte.

Meine Kollegen ließen mich in Ruhe. Der Tisch im Lehrerzimmer, an dem ich all die Jahre gesessen hatte, blieb mein Tisch. Nur das übliche »Moin« duldete ich und suchte die Isolation. Alle wussten Bescheid. Keiner lud mich zur Party ein. Selbst der Stammtisch hielt sich zurück. Wenn ich mir abends die Bücher zurechtlegte, den Unterrichtsstoff sicher vor mir sah, betrat ich hin und wieder den Balkon und meine Gedanken übersprangen die siebenundzwanzig Kilometer Luftlinie zum Bungalow am Kanal, in dem jetzt eine glückliche Familie lebte. Nur das Kinderzimmer regte mich zu Träumen an, wenn ich an Anja dachte, wie Erika sie dort ins Bettchen gelegt und vor der Tür die Schuhe ausgezogen hatte, um sich anzuschleichen und sich davon zu überzeugen, dass sie sicher in die Nacht ging.

Gregor besuchte mich am Abend. In seinem aristokratischen Gesicht schienen die Falten tiefer zu sein als sonst. »Ich habe die Abrechnung mitgebracht«, sagt er, als ich ihm den gekühlten Schnaps eingoss.

»Davon will ich nichts wissen«, sagte ich und holte mir auch ein Glas.

Gregor klappte die Akte zu. »Prost«, sagte er und schluckte den kalten Schnaps. »Das tut gut!« Er lehnte sich zurück in den Sessel und schaute sich um. »Das Bild wirkt hier fantastisch«, meinte er und blickte liebevoll auf das im Sturm schräg vor dem

Wind liegende Lotsenschiff, das mit prallen Segeln Windjammern entgegenfuhr.

»Ich weiß, Gregor«, sagte ich. Mir war bekannt, dass er mir jede Kaufpreisforderung erfüllen würde, um das Bild zu erwerben. Mehr noch als bei ihm lag das Interesse an dem historischen Bild bei seiner Frau, da der Vater der siebzigjährigen Dame das historische Schiff vor mehr als siebzig Jahren gelenkt hatte. »Wie geht es deiner Frau?«, fragte ich deshalb.

Gregor blickte mich traurig an. »Ich habe sie ins Krankenhaus gebracht. Der Chefarzt ließ mir keine Hoffnung.«

»Krebs?«, fragte ich den alten Freund. Gregor nickte.

Als Gregor mich verlassen hatte, bereitete ich meinen Unterricht vor und setzte mich danach in meinen Lieblingssessel, schaltete die Stehlampe aus Lyon ein, zündete zusätzlich eine Kerze an, rauchte eine Pfeife und trank dazu ein Bier. Lange saß ich, die Ruhe genießend, ohne meinen kommenden und gehenden Gedanken eine Richtung zu geben, als die Flamme der Kerze leicht aufflackerte und ich schlagartig wie im Traum die schrecklichen Bilder vor mir sah ...

Nur ein Katzensprung sollte es werden, als wir im frühen Dunkel des Dezembers das faltbare Kinderbett in den Kofferraum legten, die gepackten Reisetaschen für ein Wochenende dazu schoben. Ich schnallte die kleine Anja, die quengelnd und missmutig den Besuch bei Oma und Opa abzulehnen schien, im Kindersitz auf der Rückbank an.

»Kann es losgehen?«, fragte ich mit prüfenden Blicken und kontrollierte, ob nicht versehentlich etwas vergessen worden war.

Erika stieg ein. Sie hatte unseren Zweitschlüssel zu unserer Nachbarin gebracht. Für alle Fälle.

»Wir schaffen es früh genug«, sagte ich, um Erika zu beruhigen. »Kein Schnee und kein Frost.«

Sie schaute prüfend in den dunklen Wolkenhimmel und hielt sich bereit, unsere Tochter während der Reise zu unterhalten.

»Nur noch einige Schultage, dann haben wir Ferien«, sagte ich mit Vorfreude und startete den Wagen für unsere Wochenendreise nach Münster, dem Wohnort meiner Schwiegereltern.

Ich kannte mich bestens aus. Die Zufahrtsstraße in die Stadt nahm ich jeden Morgen. Bei dem lebhaften Gegenverkehr war an Überholmanöver nicht zu denken. Ich fuhr in der Kolonne mit LKW-Geschwindigkeit. Das monotone Geräusch des Motors unterbrach gelegentlich Anja, wenn sie vor Freude juchzte, während Erika mit ihr spielte. Die Scheibenwischer schoben mit exakten Strichen die Regentropfen und den Schneematsch eines Schauers zur Seite. Der Brummer vor mir schwenkte aus und verschwand im grellen Licht einer Tankstelle. Vor meinem Blick lag der dunkle Asphalt, der die Scheinwerferstrahlen des Gegenverkehrs spiegelte.

Während mein Wagen gleichmäßig dahinglitt, tauchten meine Gedanken in den auf Hochtouren laufenden Weihnachtsrummel ein. Ich bin kein Tierfeind, finde aber weder an Katzen, Hunden oder Pferden so viel Gefallen, dass ich sie um mich haben möchte. Eine sichtbare Bissnarbe an meinem Bein hatte ein frecher rotbrauner Spitz hinterlassen, und das war vor knapp fünfundzwanzig Jahren. Mein Vater hatte mir Geld und einen Krug in die Hand gedrückt und mich zur Gaststätte geschickt, um Bier zu holen. In der Vorhalle des Restaurants war der Hund wie ein Teufel auf mich losgegangen. Noch heute sehe ich, wie der Krug auf den Steinplatten zerschlug, aus meiner Hand das Silbergeld rollte und ich auf dem Boden lag, den Schmerz spürte und zusah, wie sich der hochgewachsene Wirt, der süddeutsch sprach, vergeblich bemühte, den Spitz von meinem Bein zu trennen. Erst der hinzugerufene Arzt brachte die Rettung. Seit meiner Kindheit meide ich daher Hunde, wechsle die Bürgersteige, wenn sie, von ihren Haltern sträflich vernachlässigt, frei herumtollen.

Erika sprach in meine Gedanken: »Hajo, bekommen Anja und ich einen dieser niedlichen Hausfreunde zu Weihnachten?«

Ich wollte Erika meinen im Unterbewusstsein verankerten Hundehass vorenthalten. »Ich überlege mir das noch«, antwortete ich zögernd.

Vor mir deuteten die Lichter an, dass sich Westerstede näherte. Rechts neben mir lagen die riesigen Treibhäuser einer Großgärtnerei. Das Licht der Scheinwerfer des mir entgegenkommenden Autos auf der nassen Fahrbahn blendete mich. Unerwartet huschte plötzlich etwas Dunkles in den Strahl meines linken Scheinwerfers. Im Bruchteil einer Sekunde erkannte ich zwei glühende, grünlich aufleuchtende Punkte.

»Ein Hund!«, schrie ich und trat heftig auf die Bremse und fühlte gleichzeitig den harten Schlag, den der Aufprall des Tieres gegen die Vorderpartie meines Wagens hervorgerufen hatte.

Heute weiß ich, dass mein Tritt auf das Bremspedal zu hart und forsch ausgefallen war. Ich hielt den Wagen nicht mehr. Er scherte aus seiner Spur aus, schoss auf den Straßengraben zu. Vor meinen Augen dehnte sich die Autoscheibe, sie wuchs an und bog sich zu einer runden Scheibe wie bei einer Hubschrauberkanzel. Ich sah, wie mein Wagen einen Straßenpfahl traf und ihn in die Luft wirbelte. Wie in einer Zeitlupenaufnahme sah ich jede Drehung, die er vollzog. Mit meiner ganzen Kraft hielt ich das Steuerrad fest, versuchte gegenzusteuern, um über die schräge Seitenböschung den Wagen auf die Straße zurückzubringen. Es gelang mir nicht, dem Graben zu entfliehen. Mein Wagen donnerte voll gegen den dunklen Pfeiler der kleinen Brücke.

Das letzte Bild, das ich mit in eine schwere, dumpfe Ohnmacht nahm, waren die vielen Zacken in der Glasscheibe, die sich ganz langsam zu riesigen Spinnennetzen ausweiteten, durch die ich einem Licht entgegenzufliegen schien.

Von all dem, was danach geschah, erfuhr ich erst viel später. Der Fahrer des Wagens, der uns in Distanz gefolgt war, hatte beobachtet, wie wir plötzlich von der Fahrbahn verschwunden waren. Es war ihm gelungen, mich aus dem verkeilten Schrotthaufen zu bergen. Ein Mopedfahrer hatte sich mutig auf die Bundesstraße gestellt und den Verkehrsfluss abgestoppt. Hilfreiche Menschen waren zur Tankstelle gehastet und hatten den Notrettungswagen angefordert, der sich im wahnsinnigen Tempo mit Blaulicht, für Anja und Erika vergeblich, der Unfallstelle genähert hatte. Die jungen Ärzte hatten gegeben, was sie konnten. Ihre Bemühungen, mir meine Familie zu erhalten, blieben ohne Erfolg. Für Tage lag ich in einem tiefen, dumpfen Heilschlaf, von dem ich nur traumhafte Visionen in Erinnerung behalten habe. Hätte ich gewusst, was der Oberarzt mir mit bleichem, überarbeitetem Gesicht eröffnen würde, als ich unruhig den Weg in die Wirklichkeit zurücksuchte, ich hätte mich entschlossen, nie mehr aufzuwachen, denn im Koma liegend hatte ich selbst die Beerdigung meiner kleinen süßen Tochter Anja und meiner geliebten Erika verpasst. Nach meiner Genesung blieb mir nur noch der bittere Gang zu ihren Gräbern.

»Die Zeit heilt alle Wunden«, sagte Gregor, als er mich nach dem Saunabesuch in meine Wohnung begleitete. Wir stillten unseren Durst mit Bier.

Die Presse bangte mit der arbeitenden Bevölkerung um eine Landesbürgschaft, die den durch Billigimporte angeschlagenen Maschinenkonzern über die Runden retten und damit die wichtigen Arbeitsplätze erhalten helfen sollte. Themen gab es genug. Wir unterhielten uns über Krisen und Insolvenzen. Das Parteienkarussell drehte sich in Berlin. Verlässliche Sicherheiten gerieten unter Diskussionsdruck. Machtwechsel für wen? Machtwechsel für was? Außerdem hatte das Schicksal Gregor einen harten Schlag versetzt. Wir hatten seine Frau beerdigt, und er und ich wussten, was Leid bedeutet.

Als ich Gregor an die Straße führte, spielte das Wetter verrückt. Sonnenstrahlen erstarben hinter sich entleerenden schwarzen Wolken, die Schneematsch auf die Stadt warfen. Wir verabredeten uns, um gemeinsam die Gräber auf dem Friedhof aufzusuchen.

Während Gregor den Absprung aus seiner Kanzlei suchte, um seinem Schwiegersohn Platz zu machen, verspürte ich neue Kraft in mir und wünschte mir mehr noch als früher den von meinen Schülern akzeptierten Rang zurück.

Auch Gregor erholte sich ein wenig. Wir fuhren in regelmäßigen Abständen zum Friedhof, zupften Unkraut von den Gräbern und begossen, wenn es notwendig war, die Pflanzen. Mein Schuldienst begann mich wieder auszufüllen und die Noten, die ich unter die Klassenarbeiten setzte, stiegen an und damit erfreulicherweise auch die Schülerleistungen. Ich hatte mich vom Doornkaat ferngehalten und auch die zwischendurch gerauchten Zigaretten zahlenmäßig eingeschränkt.

Gregor dagegen, mit seinen siebzig Jahren, musste seine Leere noch überwinden. Die Sauna, in der es lustig zuging und wortreich Anekdötchen und Witze kursierten, hielt ihn aufrecht, und ich war mir sicher, dass er ebenfalls bald seine Krise überwinden würde.

Ich war sehr stolz auf seine Freundschaft. Für mich war er während meiner schweren Zeit der einzige Halt gewesen. Er führte meinen Prozess gegen den Hundehalter und dessen Versicherung, die mit mir kriminell erscheinenden Mitteln versuchte, den Pfad der Gerechtigkeit zu verlassen, um mir trickreich weiteren Schaden zuzufügen. Mir war mittlerweile jedes Ergebnis recht, da ich meine Ruhe anstrebte.

Nach einigen Tagen erschien Gregor bei mir mit der Frage: »Hajo, fährst du mit zum Ölhafen? Ein kleiner Deichbummel und hinterher etwas Ablenkendes für den Magen.«

Ich wusste, dass er gern hinter den Scheiben des Ölhafenrestaurants saß und über den Deich die riesigen Tanker beobachtete, die an der Pier lagen. Sein Fernweh hatte ewig auf ihm gelastet, und Beruf und Familie hatten aus ihm das gemacht, was sich millionenfach wiederholt, nämlich einen treu sorgenden Vater und Ehemann, der bald Großvaterfreuden entgegensah. Nun war er zu alt geworden, um die Planken eines Schiffes zu betreten. Zwar besaß Gregor das Geld, eine Kreuzfahrt zu buchen, aber die Angst des Alters vor Krankheit und Sekundentod und der Gedanke, fernab von der Stadt zu leben, deren Geschicke er in den Krisen- und Aufbaujahren mitgestaltet hatte, hielt ihn zu Hause in der leeren Wohnung.

Im Restaurant aßen wir ein Spezialgericht, »Haifischfilet«. Die Katzenhaie, die rund um Helgoland gefangen werden, haben ihren Preis. Gregor bezahlte.

Plötzlich hatte ich eine Idee. Er und ich waren alleine. Mein Blick erfasste den dunklen Wolkenhimmel, der das Grün des Deiches matt eintrübte, und die vor den Löschköpfen vertäuten wuchtigen Tanker, die Wind und Wetter trotzten. Ihre Aufbauten ragten in das Grau des Nachmittags.

»Gregor, die ›Finnjet‹ übertrifft noch an Größe diese Tanker!«, sagte ich und beobachtete seine Augen, in die ein helles Strahlen einzog. »Gregor, wie wäre es, wenn wir uns im Sommer im tiefen Norden eine Hütte nehmen würden?«

»Mach keine Witze«, sagte er ernst.

»Nein«, antwortete ich. »Mein Vorschlag steht!«

Gregor blickte lange auf das Meer, das den Küstenstreifen nur schemenhaft zeigte. »Ausgezeichnet!«, sagte er. »Ich will mich wohl darum kümmern.«

Heute weiß ich, dass ich Gregor nicht hätte animieren dürfen, denn mit dem sich langsam abzeichnenden Frühling näherten sich mir Ereignisse, die mich, hätte ich sie erahnt, vielleicht auf den Rathausturm zum Sprung in die Tiefe angeregt hätten, um ihnen zu entfliehen.

Ich hatte lange in den kalten Februarmorgen hinein geschlafen, denn mein Leistungskurs in Mathematik, den hauptsächlich nur Schüler meiner Klasse besuchten, sicherlich die Folge meines unfreundlichen Benehmens in der letzten Zeit, begann erst zur vierten Stunde. Über die Stadt wölbte sich das häufige Grau. Ein Kälteeinbruch hatte über Nacht Frost gebracht, und ich stand frierend im Schlafanzug auf dem Balkon und sah zu, wie zarte Schneeflocken auf die Erde tanzten.

Blitzartig fielen mir die Gräber ein, und mich beschlich das Gefühl, als müsse ich meiner ausgelöschten Familie Schutz vor der Kälte bieten. Ich heulte ein wenig und kam mir sehr einsam vor.

Einen Tee, dachte ich nach Wärme suchend und mir wurde bewusst, dass ich heute Geburtstag hatte.

Bevor ich den Wasserkessel aufsetzte, zog ich mich an. Ich wollte meinen Tee mit der Hingabe der Ostfriesen zubereiten. Es gab keinen Kuchen und auch die Kerzen fehlten. Auf das Klingeln des Telefons musste ich nicht horchen, wenn der Wasserkessel den heißen Dampf ausflötete. Die Handgriffe hatte ich eingeübt. Eineinhalb Maß aus der Teedose mit dem Löffel, von dem Anja den bitteren Saft gegen ihre Angina hatte quäkend nehmen müssen, in die vorgewärmte Teekanne. Ein Guss heißes Wasser zum Ziehen. Ich stellte die Kanne auf das Stövchen. Als ich das Teelicht anzündete, zogen meine Gedanken zum Friedhof, huschten über Gräber. Aber es waren nicht nur Anjas und Erikas Ruhestätten, die mit Immergrün bepflanzt waren, nein, auch das Grab meines Vaters, der ein miesepetriger, geiziger Kleinbürger war und sich nur selbst kannte. Daneben lag die Mutter, die ihr Leben in Hingabe erst ihm, dem beherrschenden Vater, dann mir und meinem Bruder gewidmet hatte. Sie waren vor Jahren kurz nacheinander verstorben, an Krebs.

Mein Bruder, der seit seinen jungen Jahren nur ein Ziel gekannt hatte, die Stadt und uns so schnell wie möglich zu verlassen, fuhr als Kapitän auf einem dieser großen Tanker, legte wahrscheinlich auch in Wilhelmshaven an, besuchte mich aber nie. Ich, der Musterschüler, der die Schule ohne Schwierigkeiten nahm, war ihm suspekt. Meine Schwiegereltern, kernige, christliche, fromme Menschen, waren konservative Beamte. Sie hatten zu mir jede Beziehung abgebrochen und fanden den Frieden mit ihrer Tochter und ihrem Enkelkind im täglichen Gottesdienst. Für mich fiel da kein »Vater Unser« ab. Im Gegenteil, sie hatten sich als Nebenkläger gegen mich in den Prozess gehängt und gaben mir die Schuld am tragischen Geschehen. Ich bin mir heute noch sicher, dass ich den Köter zu Brei gerollt hätte und mein Fuß statt auf die Bremse auf das Gaspedal gedrückt hätte, wenn Erika nicht bereits am ersten Adventstag, als sie für Anja aus dem Kalender das Schokoladenstückchen genommen hatte, damit angefangen hätte, um einen Rauhaardackel zu betteln. Ihre Kindheit in dem steifen, toten Beamtenhaus, ohne Geschwister, mit den ewigen Ansprüchen nach Gradlinigkeit, dem Hin- und Herschieben der Löffel und Gabeln vor dem Tischgebet, mit dem leeren Blick nach irgendwo, hatte sie ständig dazu verdammt, sich in Selbstgesprächen mit Teddybären und Stofftieren zu unterhalten, um nach ihrer seelischen Entfaltung zu suchen. Anja und ein »Hündchen« waren zu Bestandteilen ihrer Glücksvorstellungen geworden.

Ich löste mich von diesen Gedanken, goss das Teewasser in die Kanne, um endlich mein Geburtstagsfrühstück mit Schwarzbrot und Schinken einzunehmen. Ich kaute und fand so recht keinen Geschmack. Der Tee war gut. Er wärmte mich auf. Ich hatte zwei Möglichkeiten. Das karge Frühstück oder Wartezeiten im Lehrerzimmer abzusitzen.

Ich stand auf. Die Post war schon da. Hatte mein Bruder vielleicht doch ...? Ich sah im Fach den Briefumschlag. Doch die Hoffnung erstarb. Der Stempel zeigte den eckigen Rathausturm unserer Stadt. Gregor hatte mir eine Karte geschickt. Ich legte das übliche Kaufhauskärtchen auf den Tisch. Wenigstens einer, dachte ich, als mich mollige Wärme umgab.

Entschlossen schritt ich in mein Schlafzimmer, schaute angewidert auf das leere Bett und Erikas weiß bezogenes Kissen, das unberührt und ordentlich wirkte. Ich nahm das Foto von der Wand, das Erika und Anja zeigte. Den Hintergrund bildete unsere Jolle mit gerefften Segeln. Ich hastete in die Küche, stellte das Foto an die Kanne, suchte die halb abgebrannte Kerze und zündete sie an.

Es war seltsam. Plötzlich hatte ich das Gefühl, dass ich nicht mehr allein war. Ich blickte mich um. Mein Atem ging schnell, und als ich auf die Kerze schaute, überraschte mich das Flackern ihrer bläulichen Flamme. Schockartig überfiel mich die Gewissheit, dass Anja und Erika um mich waren. Ich saß starr vor dem Tisch und weinte erlöst und glücklich.

Wie lange Erika und Anja am Geburtstagsmorgen um mich waren, kann ich heute nicht mehr sagen. Spöttern und Zweiflern – wie ich vermutete, gehörte auch Gregor zu ihnen – kann ich nur entgegenhalten, dass ich mich als Sportlehrer fit und gesund fühlte, fieberfrei war und als Mathematiklehrer über genügend logische Grundlagen verfügte. Was andere erleben, geht mich nichts an. Ich kann nur sagen, dass es so und nicht anders war!

Als sich die Flamme der Kerze aufrichtete, blickte ich auf die Uhr. Ich musste zum Dienst. Den Docht der Kerze löschte ich mit angefeuchteten Fingerkuppen, langte zur Schultasche und zog mir meinen Parka über. Der Schneefall hatte zugenommen.

Die Flocken waren dichter, und durch die Straßen schob sich mühsam der Verkehr.

Zum ersten Mal nach langer Zeit pfiff ich ein Lied. Es war eine Melodie von Dvořák, die nicht allzu bekannt war, aber Erika und mich mit Erinnerungen verband. Die kalte Luft verließ in weißen Wölkchen meinen Mund.

Noch auf der Straße vor dem wuchtigen Schulgebäude hörte ich das Klingeln. Aus den Türen quollen mir Schülermassen entgegen. Ich war froh, dass ich heute keine Aufsicht hatte, denn für den schwerfälligen, korpulenten Schulleiter war es einfach anzuordnen, dass Schneeballschlachten auf dem Schulhof zu unterlassen seien. Aber jeder Kollege, der sich mutig den jungen Menschen, die den Schnee zu Geschossen formten, näherte, wurde im Handumdrehen zur beliebten Zielscheibe.

Meine mir enger vertrauten Kollegen, mehr eine Clique unter hundertvierzig Lehrkräften, sahen mich überrascht an, als ich das Lehrerzimmer betrat und ihren Tisch ansteuerte. Sie schoben mir einen Stuhl zu und gratulierten mir zu meiner Verwunderung zum Geburtstag. Hatten sie bemerkt, dass ich seit meiner Teestunde innerlich eine Veränderung durchlebt hatte?

Ich beteiligte mich an den salopp geführten Gesprächen und konnte wieder über die Witze lachen, die halfen, den Dienst an der Jugend aufzulockern. Der anschließende Unterricht verlief aufgeräumt und leicht. Auch meine Schüler und Schülerinnen verhielten sich munter und gelöst. Als Enno, der in dem dörflichen Vorland unserer Stadt wohnte und unser bester Leichtathlet war, meine Ergebnisse der Übungsaufgabe mit dem Taschenrechner in der Hand anzweifelte und grinsend sagte: »Ich habe eine neue Methode entdeckt!«, wusste ich, dass es seit Newton und Gauß für Enno hier nichts mehr zu entdecken gab, ließ mir aber von dem mittelmäßigen Mathematikschüler seine Lösungswege offenlegen. Ich fand schnell den Denkfehler und sagte: »Enno, wenn du das Abitur bestehen willst, dann wende bitte die Mathematik an, die ich hier vermittle und lass die ›Knöpfchendrückmethode‹ draußen.« Ich klopfte ihm verzeihend auf die Schulter und führte die Stunde zu Ende wie geplant.

Als die Schüler bereits die Klasse verlassen hatten, trug ich die Lerninhalte sorgfältig ins Klassenbuch ein, denn unser Direktor benutzte die Bücher als Wochenendfundgrube und liebte Bürokratie über alles. Ich klappte das grüne Buch zu, das meinen Dienst wie die Scheibe eines Fahrtenschreibers in einem LKW kontrollierte, und schritt ans Fenster.

Mein Blick reichte bis zu den Hochhäusern vor dem Deich des stillgelegten Hafenbeckens. Noch immer schneite es. Ich sah den zertretenen Schnee, der den Schulhof bedeckte. Auf dem Parkplatz standen nur noch wenige Autos. Mir fiel die Anmut eines Mädchens auf, das ihr langes Haar durch die Hände gleiten ließ, wobei sie zierlich den Kopf seitlich beugte. Es war gertenschlank, trug Jeans und Stiefel. Ich dachte an Erika, denn die Ähnlichkeit war auffallend.

Zu meiner Überraschung näherte sich Enno ihr. Ein Bild von Mann. Die breiten Schultern, der schlanke Körper und sein unverkennbarer gelöster Gang, der nicht übertrieben schlaksig wirkte. Das Mädchen ging ihm entgegen. Enno schlang seine Arme um ihren Oberkörper und küsste sie. Ich schaute nicht weg. Ich schämte mich nicht, den glücklichen jungen Menschen zuzuschauen. Ein schönes Paar!, dachte ich und mir wurde bewusst, dass ich heute fünfunddreißig Jahre alt geworden war.

Die jungen Leute schoben mit den Händen den Schnee von den Scheiben des Polos. Als Enno die Tür des Wagens aufschloss, verließ ich den Fensterplatz, nahm das Klassenbuch und schritt durch den langen Korridor, in den die Putzfrauen mit Reinigungsgeräten drangen. Ich hatte nicht gewusst, dass Enno ein Auto besaß.

Am Nachmittag besuchte ich Gregor, um noch mal mit ihm über unsere Ferienfahrt zu reden und mich für den Geburtstagsgruß zu bedanken. Er saß in seinem Büro, vor dem verschnörkelten Schreibtisch, an dem schon sein Vater gesessen hatte.

»Weißt du, Hajo, ich hatte mir vorgenommen, wenn ich die Praxis drangeben würde, all das nachzuholen, was ich aus beruflichen Gründen versäumen musste. Auf eine Bibliothek ungelesener Bücher, die nur zur Wohnungszierde herumstehen, wollte ich mich stürzen. Und was fange ich alter Esel mit meiner Freizeit an? Ich helfe meinem Schwiegersohn!« Gregor lachte und schlug mit seiner Hand auf die Akten, die aufgeschlagen vor ihm lagen.

»Was hältst du von unserer Reiseabsicht?«, fragte ich ihn.

Er bestellte bei seiner Vorzimmerdame für uns Tee.

»Eine hervorragende Idee! Ich war noch nie in Finnland«, sagte er.

In seinem aristokratischen Gesicht las ich Vorfreude. Wie ein Lord des englischen Oberhauses, dachte ich, als ich ihn betrachtete, wie er da saß, umgeben von den antiken Möbeln, unter den Blicken seiner Ahnen, die stumpf von verblassten Ölgemälden in Halskrausen und herausgeputzten Gehröcken von den Wänden uns zuzuschauen schienen.

Seine pummelige Sekretärin servierte den Tee in altem Geschirr. Gregor griff in die Schublade und legte mir daumendicke Kataloge vor. »Es sind hübsche Objekte dabei«, sagte er. »Nicht billig. Aber wozu sparen?«

Ich nahm die Kataloge entgegen. »Eine Art Geburtstagsgeschenk«, antwortete ich.

Gregor lachte. »Noch immer Sentimentalitäten?«, fragte er.

Ich winkte ab.

»Ich habe eine Vorauswahl getroffen und die entsprechenden Angebote gekennzeichnet«, sagte Gregor. »Aber die Arbeit, sie auf der Finnlandkarte herauszufinden, überlasse ich dir. Bei den Ortsbezeichnungen ist das ein nervenaufreibendes Suchspiel.«

Wir tranken den Tee und rauchten gegen unsere Absprache, ohne Selbstvorwürfe, Zigaretten.

»Zeit habe ich genügend und die Vorfreude auf vier Wochen Abkoppelung vom Schulstress werden mir das Suchspiel zur echten Freude gestalten«, antwortete ich.

Nach dem Tee ließ ich Gregor mit seinen Akten allein.

Zu Hause räumte ich auf und freute mich auf den Abend, wenn ich mich beim Kerzenlicht gedanklich in ein Land begeben konnte, von dem Kenner nie aufhörten zu schwärmen. Natürlich zehrte ich von der Hoffnung, dass Erika und Anja mich, wenn ich mich in den Lieblingssessel niederlassen würde, zwar nicht körperlich, aber mit ihren Seelen umgeben würden.

Ich aß eine Schnitte, betrat den Balkon und warf einen Blick auf die Stadt. Es schneite nicht mehr. Nur wenige Autos befuhren die Straßen, die schwarz unter mir lagen. Ein Strahler beschien die Kuppe der Mühle. Sie hielt die angeleuchteten Flügel wie eine gespreizte Hand in den Abend.

Ich verließ den Balkon und rückte mir den Sessel zurecht, packte die Kataloge aus und breitete sie auf dem kleinen Tisch aus, als die Türglocke läutete. Ich ging zum Korridor und drückte den Knopf des Türöffners.

Will Gregor mit mir vielleicht noch einen Schnaps trinken?, fragte ich mich.

Die Geräusche von Fußtritten deuteten an, dass es nicht mein Freund sein konnte. Während mich Neugierde erfasste, öffnete ich die Wohnungstür und sah zu meiner Verblüffung, wie Enno sportlich die Treppenstufen nahm und ein Mädchen an der Hand hinter sich her zog. Meine Überraschung war perfekt, und ich bemühte mich, freundlich dreinzuschauen, damit die beiden nicht bemerkten, wie unangenehm mir ihr Besuch war, denn wenn man sich während des Unterrichts zurückversetzt in das Alter der Schüler, versucht, in ihre Mentalität zu schlüpfen, sich um ihre Sprache bemüht, mit ihnen, um die Freude am Lernen aufrechtzuerhalten, herumblödelt, dann fühlt man nach dem nicht knapp bemessenen Stundenmaß Erschöpfung und sucht nach Abwechslungen und Ruhe, fernab vom Trubel der Schule. Es ging mir oft so, dass ich für ein kleines Abendbrot, ein paar Matjes, eine Bauernwurst oder ein Krabbenbrot durch die Stadt schlenderte und doch zu Hause aß, weil ich überall Schüler vermutete, die sich kumpelhaft sofort an meinen Tisch setzen würden. Diese abweisende Haltung ist vergleichbar mit der Situation eines Arztes, der nach Praxisschluss nicht den Kreis kranker Menschen aufsuchen möchte.

Enno schaute mich freundlich an. Seine schöne Freundin stand hinter ihm und reichte mir einen Blumenstrauß.

»Herzlichen Glückwunsch!«, sagte sie, wobei ihre dunklen Augen vor Sympathie strahlten.

Es war wahrscheinlich ihre große Ähnlichkeit mit meiner verunglückten Erika, die mir die Tränen in die Augen trieb. Ich nahm den Blumenstrauß entgegen und führte meine Besucher ins Wohnzimmer. Schüchtern setzten sie die Schritte, lugten neugierig seitlich, denn Pauker umgibt privat immer ein ominöses Fluidum. Vielleicht rührt das von ihrem Amt, das sie ermächtigt, Menschen beurteilen zu dürfen und zu müssen.

Enno hielt die Hand seiner Freundin, als er sagte: »Wo Sie heute Geburtstag haben – die Klasse hat – wir haben uns gedacht – ich bin abgeordnet worden und habe Elke mitgebracht«, sagte er stockend.

»Eine nette Überraschung!«, antwortete ich. »Sucht euch einen Platz!«

Gut, dass ich aufgeräumt habe, dachte ich und holte Bier, ohne zu fragen, was die jungen Leute trinken wollten.

»Bier?«, fragte ich und beide nickten. »Ich habe auch Sprudel«, ergänzte ich.

»Danke«, sagte Elke, die auf der Couch so saß, als wäre Erika verjüngt zurückgekehrt. Enno trug noch eine hellbraune Sommerfarbe, obwohl draußen der späte Winter Regie führte. Wir tranken Bier und Enno erzählte, wie sie sich nach meinem Unfall um mich gesorgt hätten. Mir tat das tiefe Mitgefühl gut. Es bestätigte meine Arbeit, die ich nicht mit dem Blick auf Uhr und Plan abschuftete, sondern sie nur im Sinne des Weiterkommens meiner Schüler im Auge behielt, wobei die bis zu dreißig heranwachsenden Persönlichkeiten auf alles, was ich unternahm, verschieden reagierten.

Ich holte Gläser und goss das Bier ein. »Ihr seid ein wahres Geburtstagsgeschenk für mich«, sagte ich und hob mein Glas.

Wir tranken ein paar Schlucke, dann stand ich auf und suchte nach einer Vase. Mir fiel ein, dass es die ersten Blumen waren, die in meine Eigentumswohnung gelangt waren. Umständlich hantierte ich an dem hauchdünnen Plastikband herum, das den wunderschönen Strauß zusammenhielt, bis Elke aufsprang und fragte: »Herr Oberstudienrat, darf ich das für Sie erledigen?«

»Gerne«, antwortete ich, zeigte auf die Tür. »Drüben ist die Küche, da finden Sie Wasser.« Ich wandte mich Enno zu. »Ihr solltet doch kein Geld ausgeben«, sagte ich vorwurfsvoll und fragte: »Woher wusstet ihr von dem Termin?«

Enno lachte. »Herr Beruto, haben Sie vergessen? Im vorigen Jahr waren wir an diesem Termin kegeln! So was merkt man sich.«

Ich betrachtete seine Freundin, die anmutig die Blumen ordnete und die Vase auf den Tisch stellte. Sie trug wie am Morgen Jeans und Stiefel und unter der lässig umgehängten Lederjacke formte ihr straffer Busen die Wolle ihres Rollkragenpullovers.

Wehmütig dachte ich an die Zeit, als Erika sich im Bungalow am Kanal mit Blumen umgab, die ich ihr in Abständen gekauft oder die Freunde zu geselligen Stunden mitgebracht hatten.

Enno konnte, wenn er weiterhin sein Trainingsprogramm ernst nahm, ein Großer im Zehnkampf werden. Er startete für den TSV Olympia und hielt den Niedersachsenrekord. Deshalb fragte ich ihn: »Wie steht es um deine sportlichen Pläne, Enno?«

Er lehnte sich zurück, lachte und antwortete schlagfertig: »Wenn mein Sportlehrer mir Bier ausschenkt, schlecht! Nein, das war ein Scherz. Ich will an der Deutschen Meisterschaft teilnehmen. Die Einladung des Verbandes liegt bereits auf meinem Schreibtisch.«

»Großartig«, sagte ich und spürte ein freudiges Kribbeln, das in mir hochstieg, denn auch mir verdankte er einen Teil seines Erfolges. Ich schaute in sein scharf geschnittenes Gesicht, das Zeichen seines sportlichen Ehrgeizes erkennen ließ. Er trug sein Haar mittellang, und seine gelassene Haltung verriet, dass er sich auf ein Polster von Energiereserven verlassen konnte.

Elke hatte sich zu uns gesetzt. Sie stellte das Foto, das Anja und Erika vor der Jolle zeigte, an die Vase. Mir tat ihr kleines Zeichen des Mitgefühls gut und ich fragte sie: »Fräulein Elke, Ihren Freund kenne ich nun schon seit Jahren, von Ihnen hat er mir nie etwas erzählt.« Ich mied den direkten Blick in das hübsche Gesicht, denn Enno sollte nicht spüren, dass seine Freundin mich wegen der verblüffenden Ähnlichkeit mit meiner verstorbenen Frau so sehr faszinierte.

»Da gibt es nicht viel zu berichten«, lachte sie und setzte sich zu Enno auf die Couch. »Enno und ich haben schon gemeinsam mit Puppen gespielt und im Sandkasten unseres Fehntjer-Hofs Kuchen gebacken«, gab sie bereitwillig Auskunft. Sie strich Enno, der in der unverkrampften Haltung des Sportlers die Beine von sich gestreckt hielt und mich unentwegt grinsend ansah, über das Haar. Doch als Elke fortfuhr: »Enno war früh Waise«, sah ich, wie sich ein Schatten über sein Gesicht legte. Elke redete ungeniert weiter. »Seine Eltern kamen bei Glatteis mit ihrem Auto von der Straße und ertranken im Dase-Tief. Enno war damals sieben Jahre. Wir sind Nachbarn.«

Ich schrak zusammen wegen der erschütternden Parallelen. Natürlich war mir bekannt, dass Enno bei seinem Großvater lebte.

Enno zog die Beine an sich. »Das liegt lange zurück«, sagte er gefasst. »Großmutter und Großvater bewirtschafteten unseren Hof weiter, das machen die Alten heute noch. Sie brachten mich gelegentlich zu Elkes Eltern, wenn sie für mich keine Zeit hatten.« Er nippte am Glas. »Ich habe nie etwas vermisst«, sagte er, stupste Elke an und fuhr fort: »Meine Freundin ist ein Plappermaul!«

Elke neigte sich vor. »Enno hat recht. Ich bin älter als er, ich muss die Regie übernehmen.« Dabei lachte sie und warf ihr langes Haar zur Seite, wie ich es von Erika kannte.

»Besuchen Sie auch noch eine Schule?«, fragte ich.

Elke winkte ab. »Ich studiere bereits an der Fachhochschule Wirtschaftswissenschaften. Meine Überlegungen dabei sind ganz nüchtern, denn die Landwirtschaft wird bei dem rasanten Fortschritt der Technik mit dem gleichzeitigen Drang nach einer grünen Umwelt Möglichkeiten bieten, die Enno, der ebenfalls auf den Hof der Großeltern warten kann wie ich auf den Fehntjer-Hof, attraktiv. Mein Studium soll mir dabei den wissenschaftlichen Hintergrund bieten.«

Enno blieb stumm.

Ich schaute ihn fragend an.

»Vorher möchte ich noch Deutscher Meister werden«, warf er lachend ein.

Ich dachte mir, dass seine Elke ihn in Zukunft antreiben, ihm Ziele zuweisen würde, wie meine Erika auch mich angetrieben hatte, wenn sie mir vorrechnete, dass man als Studiendirektor fünfhundert Euro brutto mehr verdienen konnte. Ich hatte diese Gespräche gehasst, da mir das vermehrte Ansehen persönlich keinen Antrieb bieten konnte. Akten und Druck von oben sollten mir nicht das Lächeln aus meinem Gesicht vertreiben.

Unser Gespräch floss locker dahin. Schließlich stand Elke auf, wies auf die Zeiger ihrer Armbanduhr und deutete an, dass sie bei dem Winterwetter mit ihrem Polo nur nach Hause kriechen konnten.

Ich begleitete sie in den Korridor, bedankte mich noch einmal herzlich für die Blumen und ihren Besuch.

2

Gregor besuchte mich am Nachmittag des nächsten Tages. Wir tranken Tee und gingen mit Vorfreude auf unsere Finnlandreise die Prospektseiten durch. Auf dem Tisch lag die ausgebreitete Karte. Wir verglichen die Angebote, suchten nach Vor- und Nachteilen der einzelnen Hütten, die uns in kleinen Bildchen, meist in Farbe, die Orientierung erleichtern sollten, und legten uns auf einige Objekte fest. Die Rangordnung glich schließlich einer Bundesligatabelle, denn die Sicherheit, das gewünschte Haus zu bekommen, schrumpfte mit dem Blick auf den Kalender.

Ich nahm die Unterlagen, ging zum Telefon und rief den Reiseveranstalter an. Die »Finnjet« war zu unserem Ferientermin noch nicht ausgebucht, und die Gesellschaft wollte sich bemühen, ein Haus unserer Spitzengruppe für uns zu reservieren.

Als Gregor mich verließ – er hatte noch Schreibtischarbeit aufzuholen –, fiel mir flüchtig ein, dass Enno während der fünften und sechsten Stunde den Mathematikunterricht versäumt hatte.

Ich betrat meinen Balkon, blickte lange hinaus und stellte fest, dass die Sonne den letzten Schnee verdampft hatte, während jetzt schwere Wolken von See her über die Stadt zogen.

Mein Blick streifte die Mühle, die als letzte Zeugin unserer hunderttausend Einwohner zählenden Stadt in Erinnerung rief, dass vor mehr als hundert Jahren hier, wo jetzt dichter Verkehr um viergeschossige Wohnhäuser floss, bäuerliches Leben mit weiten Feldern die Landschaft beherrscht hatte.

Meine Gedanken führten mich in die Zeit zurück, in der ich noch selbst Schüler war, und ich sah schemenhaft meinen alten, knochigen Lehrer vor mir, der wegen seiner Glatze den Spitznamen »Heinrich der Kahle« erhalten hatte und als Zugezogener immer wieder darauf aufmerksam machte, dass die Fläche, auf der »eure« Heimatstadt steht, er sagte nie »unsere«, einst eine Sumpf- und Moorwiese gewesen war, als der Preußenkönig vor etwa zweihundertfünfzig Jahren seine Sträflinge und Widersacher in diese Nordseeecke verbannt hatte, damit sie bei dem Versuch, in dem von Sturmfluten bedrohten Land, in dem Schlangen, Mücken und Moore jedes Leben bedrohten, zu überleben, ihm und seinem Volk einen Zugang zu den Meeren schaffen würden.

Von dieser Zeit hatte sich nichts Vorzeigbares mehr in meiner Stadt erhalten. Ich blickte in die Richtung, in der in dreißig Kilometern Luftlinie das Land noch grün war und in dem Elke und Enno in der Nähe eines Hochmoores lebten und im Aufblühen der seit langen Jahren verächtlich angesehenen bäuerlichen Arbeiten ihre Zukunft sahen.

Das erbarmungslose Schrillen des Telefons riss mich aus meinen Gedanken. Ich verließ den Balkon und konzentrierte mich auf unsere Reisepläne. Vielleicht waren die von uns gewünschten Hütten vergeben? Ich langte zum Katalog und nahm das Telefon auf.

Verwundert schluckte ich, denn ich erkannte am Ende des Drahtes die Stimme Ennos. Sein »Hier spricht Enno!« ging mir eiskalt unter die Haut. Was ist los mit ihm?, fragte ich mich. Ich fühlte, wie mein Herz schneller schlug, und fand dafür keine Erklärung. Ich horchte nervös in die Muschel.

»Herr Beruto, es geht um Leben und Tod! Kommen Sie!«

Der Telefonkontakt war abgebrochen. Schwer atmend stand ich in der Diele. Mein Lieblingsschüler Enno war in Gefahr! In welcher? Was bedrohte ihn? Er rief mich! Aber wohin?

Ich blickte auf meine Armbanduhr. Sie zeigte zwei Minuten vor fünf an. Was konnte ich unternehmen?

Elke! Seine Freundin!, dachte ich. Ihr Hof? Wie hatte sie ihn genannt?

Während ich angestrengt nachdachte, spürte ich, dass sich meine Poren wie in der Sauna schlagartig öffneten und mir der Schweiß am ganzen Körper ausbrach.

»Enno! Ich komme!«, flüsterte ich. Aber wohin?

Schlagartig fiel es mir ein. Elke lebte auf dem Fehntjer-Hof, der in der Nähe von Jever am Moor lag. Der Ort hieß Upplewarf.

In Sekundenschnelle entschloss ich mich, die Auskunft anzurufen. Die Polizei konnte ich hinterher immer noch einschalten. Vielleicht brachte Elke Licht in das bedrohliche Dunkel.

Die Zeit ging hin! Die Dame in der Leitung musste suchen und schien meine Hektik zu spüren. Hastig gab sie mir die Vorwahl und die Telefonnummer des Fehntjer-Hofs durch.

Ein Zufall half mir. Elke meldete sich auf Anhieb.

Ich gab den Hilferuf an sie weiter, stürzte sie aber gleichzeitig damit in Panik, als sie schluchzte, und nur »Polizei«, sagte und auflegte.

Keine Hektik!, befahl ich mir, als ich die Nummer der Polizei wählte.

»Polizeistation Stadtmitte«, hörte ich und schrie mehr, als ich sprach: »Enno, ein Schüler, ein Notruf!«

»Moment bitte!«, klang es mir entgegen.

Ich saß hochgradig nervös da, wie ein Läufer in seinem Startloch. Die Finger meiner freien Hand tanzten über den gelben Deckel des Telefonbuches. Es dauerte und dauerte!

»Hören Sie?«, vernahm ich erlöst und horchte. »Kann es sich um die Festnahme eines Schülers handeln, der sich im Zusammenhang mit einer Einbruchsserie verdächtig gemacht hat?«, fragte die Telefonstimme.

Ich schwieg, denn so schnell konnte ich Enno nicht in ein kriminelles Geschehen einordnen.

Die Stimme fuhr fort: »Er befindet sich auf der Polizeistation von Accersum, das liegt bei Upplewarf.«

»So, so«, antwortete ich.

»Kennen Sie sich aus?«, fragte die Telefonstimme.

»Ja«, sagte ich und unterbrach die Verbindung.

Ich hatte mein neues Auto nur selten benutzt. Gregor hatte einen Golf für mich vom Versicherungsgeld gekauft. Immer noch beschlich mich Unsicherheit, wenn ich mich hinter das Steuer setzte.

Ich musste am Rathaus vorbei, die Ausgangsstraße nach Bremen nehmen. An den Ampeln der Bundesstraße bog ich nach Jever ab. Um diese Zeit floss der Verkehr träge. Mich trieb die Angst an, zu spät zu kommen. Der Schock meines Unfalls hielt mich davon ab, gewagte Überholmanöver durchzuführen, mit einem Wagen, mit dem ich noch nicht richtig vertraut war. Mehrmals staute sich der Verkehrsfluss.

In Jever nahm ich die ausgeschilderte Straße nach Upplewarf und fand schweißgebadet im Nachbarort Accersum das kleine, eckige Polizeigebäude. Ich parkte auf dem matschigen Grünstreifen.

Seitlich hinter einem Wassergraben lag ein Garten vor einem buckligen Bauernhaus. Abgerupfte Grünkohlstauden wirkten wie kahle Minibäume. Mein Blick fiel in die kerzengerade Straße, die an einer klobigen Backsteinkirche endete, deren Turm sich im leichten Winkel abgesetzt hatte. Eine Lichtreklame warf rötliches Licht in die aufkommende Dämmerung.

Das Polizeigebäude, ein umfunktioniertes Wohnhaus mit rissigen Altklinkern, lag zurückgezogen wie eine vergessene Landgaststätte vor einem mit Pfützen übersäten Parkplatz. Ich sah den seitlich stehenden, knochigen Baumbestand und blickte auf die Sirene, die wie ein Pilz neben dem Schornstein auf dem verwitterten roten Dach stand. Vor der Eingangstreppe parkte ein Polizeibulli und quer hinter ihm ein Passat in der blau-weißen Farbe. Abseits, vor buschigem Strauchwerk, so als hätte ein Fremder seinen Wagen für einen Spaziergang abgestellt, parkte der Polo, den Elke und Enno auf dem Schulhof vom Schnee befreit hatten. Vor mir prangte das Polizeischild aus Emaille wie eine vergessene Reklame aus früheren Zeiten.

Es regnete nicht, es schneite auch nicht. Nach dem Wetterbericht lagen die Temperaturen etwas über Null. Mir troff der Schweiß von der Stirn, und ein leicht böiger Wind, der in die Straße fiel, erfrischte mich. Der Himmel war bedeckt von grauschwarzen Wolken, die träge nordwestlich zogen.

Ich trat durch die verwitterte Eingangstür. An den Wänden klebten Steckbriefe. Ich ging an ihnen vorbei und näherte mich einem Tresen.

Der junge Polizeibeamte schaute mich neugierig an. Sicher wirkte ich in meinem erregten Zustand auf ihn auffällig, als ich ihn mit gehendem Atem fragte: »Wo ist er?«

Der Beamte trug seine Uniform akkurat, und sein Selbstbewusstsein reizte mich, als ich in sein junges Gesicht sah, das mit Misstrauen gefüllt war. Ich trug meine dicke Fellederjacke, die warm und bequem war, aber sehr unseriös wirkte, wie Erika immer gesagt hatte.

»Na los«, sagte ich, »ich muss zu ihm!«

Der Polizist antwortete gereizt: »Sagen Sie mir endlich, wer Sie sind und wen Sie suchen.«

»Verdammt! Enno, einen Schüler von mir! Er hat mich angerufen!«, schrie ich durch das kleine Dienstzimmer.

Aus dem Gesicht des Beamten wich das Misstrauen und fast kumpelhaft sagte er: »Sie sind Oberstudienrat Beruto?«

Ich nickte und wartete auf die Erlösung meiner Anspannung.

»Wir haben dem Jungen das Telefongespräch gestattet«, informierte mich nun der Polizist hilfsbereit. »Er sitzt tief in der Tinte, Herr Oberstudienrat. Zur Zeit wird er verhört. Kommissar Feenwegen hat den Fall übernommen. Ich führe Sie zu ihm.«

Ich bin in meinem Leben nie über einen hässlicheren Gang marschiert. Der abgestandene Hausgeruch, der Gestank, der aus der Toilette drang, die vom Pilz zerfressenen Seitenwände, die drohende Dunkelheit des Flurs mit abgetretenen, knarrenden Holzbohlen, das alles ließ mich fast in Panik fallen, und es hätte mich nicht gewundert, wenn ich auf Ratten hätte achten müssen.

Wie eine Mausefalle, dachte ich, als ich auf die zerfressenen Türblätter blickte. Auf einem war das kleine Schildchen angeschraubt, das den Raum als »Verhörzimmer« auswies. Am liebsten hätte ich die Tür aus den Angeln gehoben und sie zwischen die modernen Kunstwerke in einem Museum gestellt, und sie hätte bestimmt Anklang gefunden.

Der Polizeimeister griff nach der Klinke und sagte etwas ins Zimmer hinein. Ich verstand nicht, was er sagte, denn ich hatte Enno entdeckt, der bleich hinter einem Schreibtisch saß. Seine Bräune, die mir bei seinem Besuch noch als Zeichen seiner sportlichen Aktivitäten wohltuend aufgefallen war, hatte einem krankhaften Weiß Platz gemacht. Er ließ seine breiten Schultern hängen. Seine Augen saßen tief in den Höhlen und die Nase, spitzer als sonst, beherrschte sein Gesicht. Wäre ich nicht der Besucher einer Polizeidienststelle gewesen und der kraushaarige Kommissar ein Oberarzt, ich hätte meinen Schüler, der eine Einladung zur Deutschen Meisterschaft der Zehnkämpfer vom Leichtathletikverband bekommen hatte, für einen vom Krebs geschlagenen sicheren Todeskandidaten gehalten. Ennos Augen waren farblos und ohne Glanz.

Ich fand keine Zeit, mir das hässliche Zimmer genauer anzuschauen. Ich selbst fühlte mich plötzlich elend. Es war mir zumute, als hätte mich Enno mit dem, was auch immer ihn bedrückte, angesteckt.

Grundlos begann ich den Kommissar zu hassen, der seinen dienstlichen Blick auf mich richtete. Als er aufstand, sah ich, dass er größer war als ich. Sein harter Händedruck ließ auf einen durchtrainierten Körper schließen. Er nahm seinen Blick nicht von Enno, der elendig auf einem Stuhl saß.

»Herr Oberstudienrat, Herr Warfenknecht hat um Ihren Besuch gebeten. Wir haben bei einer unserer üblichen Autokontrollen in seinem Wagen einen ihn schwer belastenden Gegenstand gefunden, über dessen Herkunft er bis jetzt jede Aussage verweigert hat«, erklärte der Beamte mir die Situation.

Ich hatte zugehört, und immer noch gelang es mir nicht, in Enno einen Kriminellen zu sehen. Für ihn hätte ich meine Hand ins Feuer gelegt. Deshalb wunderte ich mich darüber, dass er meinen Blicken auswich.

»Herr Feenwegen, können Sie die Vorwürfe etwas detaillieren?«, fragte ich den Kommissar.

Der Kommissar nickte. »Nur zum Teil. In seinem Wagen befand sich ein technisches Gerät, das eindeutig in eine Einbruchsserie passt, die selbst höhere Dienststellen beunruhigt.« Der Beamte war äußerst nervös. Ständig beobachtete er Enno. Erst jetzt sah ich, dass er seine Schreibtischschublade halb herausgezogen hatte, und ich blickte überrascht auf die entsicherte Pistole, die dort griffbereit lag.

Angesichts der Vorsichtsmaßnahme des Kommissars spürte ich das Drängen in mir, endlich Klarheit darüber zu bekommen, weshalb mein Schüler mich angefordert hatte.

»Enno«, sagte ich, und mein Hals war trocken, als ich fortfuhr, »du hast mich angerufen. Jetzt bin ich hier!«

Ennos Gesicht begann leicht zu zucken. Hoffnungslosigkeit lag in seinen Augen. Seine Arme blieben ohne Bewegung.

»Ich möchte mit Ihnen sprechen, Herr Oberstudienrat. Aber

ohne den da!«, sagte er, dabei veränderte er seine schlaffe Sitzhaltung nicht.

Kommissar Feenwegen schaltete sich ein. »Junger Mann, Sie befinden sich bei der Polizei und nicht in Ihrer Schule! Hier gibt es keine Zwiegespräche!«

Ich sagte: »Enno, was ist passiert?«

Mein Schüler verzog keine Miene. Fast als schliefe er, sagte er: »Ich muss etwas loswerden, was für Elke bestimmt ist. Das kann ich im Beisein des Bullen nicht aussprechen.«

Das Wort Bulle traf mich wie ein Keulenhieb. Enno war nie in der politischen Szene unseres Gymnasiums aktiv aufgefallen.

Ich wandte mich an den Kommissar. »Herr Feenwegen, ist es gestattet? Kann ich meinen Schüler, für den ich fast bürgen möchte, unter vier Augen sprechen?«

Feenwegen warf mir einen verächtlichen Blick zu.

Ist es wegen meiner Jacke?, dachte ich, und mir fiel ein, dass meine seit Langem ungewaschenen Jeans dazu beitrugen, mich als Polizeigegner einzustufen. Ich ging sonst nicht so gekleidet in die Schule. Ennos Notruf hatte mich in dieser Aufmachung erreicht.

»Nein!«, sagte der Kommissar fest. »Was Herr Warfenknecht mit Ihnen hier bespricht, kann er später jederzeit widerrufen«, stellte er klar. Sein Blick traf mich vorwurfsvoll und misstrauisch, und er und ich fuhren erschrocken zusammen, als Enno mit angespannten Muskeln den Sprung vom Stuhl über den Schreibtisch vollzog, in die geöffnete Schublade griff und die Pistole in seiner starren Hand hielt.

Ich sah, wie sich der hochgewachsene Kommissar langsam erhob und gebeugt wie ein Ringer zurückwich. In Ennos Augen glühte für Sekunden ein Feuer auf. Triumphierend hob er die Waffe etwas an.

Ich wusste nicht, was hier gespielt wurde. Enno war für mich nicht mehr mein Schüler, der mir mit seiner hübschen Freundin Blumen zum Geburtstag gebracht hatte. Er war durchgeknallt! Und mich wollte er sprechen, ohne den Kommissar.

Ich empfand deshalb keine Angst, als ich auf die Pistole blickte, die er auf den Kommissar gerichtet hielt. Dennoch zuckte ich zusammen und spürte, wie das Blut kribbelnd in mein Herz schoss, als Enno hart in einem Ton sprach, den ich von ihm nicht kannte.

»Verschwinden Sie! Sonst erschieße ich Sie! Ich will mit meinem Lehrer sprechen!«

Feenwegen befand sich auf der Flucht. Er näherte sich mit erhobenen Händen der Tür. Ich vernahm die Geräusche seiner Schritte, als er über den Flur davon hastete.

»Herr Beruto«, sagte Enno und sein ausgemergeltes Gesicht wurde ganz traurig. Er hatte die Dienstwaffe des Kommissars sinken lassen. »Sie sind ein prima Kumpel und dennoch blind. Ich möchte, dass Sie Elke sagen, dass alles, was auch geschehen wird, meine Pflicht war! Haben Sie zugehört?«

»Ja«, sagte ich und mir kam die Situation unheimlich vor. Warum ist er ausgeflippt?, fragte ich mich und fand keine Erklärung für die mich plötzlich überfallende Angst.

Ich hörte Schritte. Die Tür sprang auf, und Elke stand im Dienstzimmer. Bleich in Jeans und Stiefeln, unfähig sich zu bewegen, starrte sie entsetzt auf ihren Freund, in dessen Hand die Pistole lag. Sie hatte mich nicht wahrgenommen, als sie langsam ihre kleinen Schritte in das Zimmer setzte, so als wolle sie eine Entscheidung herbeiführen. Ihre Lippen waren blass.

»Enno!«, schluchzte sie und näherte sich ihrem Freund. Erstarrt stand ich fast zwischen ihnen. Elke streckte die Arme vor. Sie schien ihre Welt verlassen zu haben. Nur noch der dunkle Punkt der Pistolenmündung schien sie magisch anzuziehen. Wie eine Nachtwandlerin schritt sie Enno entgegen.

Ich erstarrte, als ich in Ennos Gesicht sah. Seine Entschlossenheit ließ mein Blut gefrieren, und ich gab für Elkes und mein Leben keinen Pfifferling mehr. Ich dachte an Erika und Anja und wartete zitternd darauf, dass Enno losballern würde, um uns aus dem Diesseits zu schießen.

»Bleib stehen!«, rief Enno.

Ich hoffte auf Feenwegen. Aber der Türrahmen blieb leer.

Zu meiner Überraschung ging Enno einige Schritte zurück. Er setzte sich die Pistole an die Schläfe.

»Herr Beruto, lassen Sie das!«, schrie er, als er meinen Versuch durchschaute, ihn mit einem Sprung zu erreichen. Er stand an der Wand, der Lauf der Waffe berührte seine Schläfe. Mit irrem Lächeln sagte er: »Elke, das muss sein! Irgendwer hat gequatscht!«

Sie näherte sich mir. Ich streckte ihr meine Hand entgegen und zog sie hinter mich, um sie zu schützen, als die Pistole losging.

Ich sah den Blitz und das Blut, beides gleichzeitig, und ich fing Elke auf, die wie eine Puppe in meine Arme fiel.

Wie bei unserem Autounfall, als sich die Windschutzscheibe in eine Rundkanzel verwandelt hatte, so erlebte ich jetzt den sinnlosen, unerklärlichen Selbstmord meines Schülers.

Die Pistole drehte sich im Fall. Ennos Körper schlug nicht einfach auf dem Boden auf. Nein, ich sah, wie er sich krümmte, beobachtete, wie die Arme nach hinten glitten und sich seine starken Hüften in einer korkenzieherartigen Drehung wanden und er mit dem für Sekunden entstellten Gesicht auf den Boden prallte. Über die von Putzmitteln gebleichten Dielen floss dunkelrotes Blut, das sich aus einer kaum wahrnehmbaren Öffnung ergoss, und die Pistole tanzte über die Holzbohlen. All das sah ich, während ich Elkes Körper hielt.

Ich wusste nicht, was in Elkes Kopf vorging, aber ihr Unterbewusstsein hatte sie zur Selbsterhaltung in die Bewusstlosigkeit getrieben, und ich konzentrierte meine Gedanken wieder auf Enno, dessen lebloser Leib auf dem Boden auszubluten schien.

Ich richtete meinen Blick gegen die vergilbte Decke und sprach wie im Gebet: »Enno, du siehst uns und unser Leid! Wenn ich noch helfen kann, deine sinnlose Tat vor uns Hinterbliebenen zu rechtfertigen, dann sprich zu mir!«

Mein Zeitverhältnis war gestört. Ich horchte in mich und weiß nicht, ob ich Stunden oder Sekunden mit der ohnmächtigen Freundin des Selbstmörders im Arm, deren Gewicht ich nicht spürte, dagestanden hatte. Ich sah, wie der Kommissar ins Zimmer stürzte. Hinter ihm drängten sich Beamte der Schutzpolizei und verbreiteten eine maßlose Hektik.

»Ist sie verletzt? Sind Sie wohlauf?«

Ich vernahm die Fragen und winkte nur ab, denn mein Hirn stand unter einer nie gekannten Konzentrationsanspannung, sodass es körperliche Signale wie Händekribbeln, Knieschmerzen und dergleichen nicht registrierte. Mehrmals wiederholte ich: »Alles in Ordnung!«

Elke lag immer noch wie eine Feder in meinen Armen. Erst jetzt schaute ich prüfend in ihr Gesicht. Die langen schwarzen Augenwimpern stachen ab von ihrer Blässe. Das volle dunkle Haar hing strähnig nach unten und berührte fast den Boden. Schneewittchen, dachte ich und erinnerte mich an meine Großmutter, die mir aus dem dicken Märchenband oft vorgelesen hatte, wenn ich als Kind besonders lieb war.

Elkes Ähnlichkeit mit meiner verunglückten Erika war so verblüffend, dass ich mich zurückhalten musste von dem Verlangen, sie mit meinen Lippen aus dem Schlaf zu küssen.

Das »Tatüü, Tatüü« des Krankenwagens drang in die Stube. Um mich herum standen Polizisten und starrten mich an. Junge Männer in weißen Kitteln hoben Elke aus meinen verkrampften Armen. Erst jetzt verspürte ich das Ziehen und Stechen der Muskeln und das Zittern meiner Nerven.

Enno lag noch immer in seiner Blutlache. Die Blitze des Fotografen schmerzten meinen Augen.

Ich erhob mich, verließ das Zimmer, fand die ekelhaft stinkende Toilette noch rechtzeitig genug, um mein Erbrochenes in das Sitzbecken stürzen zu lassen. Das tat gut. Mein Kopf wurde klarer.

Ich setzte mich für Minuten auf die Toilettenbrille und massierte mir die Schläfen.

Der Widerhall hastiger Schritte, fast zum Getrampel sich verstärkend, drang zu mir in die Toilette.

Ich stand auf, öffnete das kleine Fenster und sah nur Dunkelheit. Den Schock hatte ich überwunden. Mein Verstand arbeitete korrekt und begann bereits, sich in das Leben meines Schülers einzufühlen. Er lebte bei seinen Großeltern, von denen ich nichts wusste. Seine Freundin, die dunkelhaarige Schönheit, die wie eine verjüngte Schwester meiner verunglückten Frau aussah, hatte mutig versucht, den Selbstmordversuch Ennos zu verhindern.

Enno war ausgeflippt! Aber warum? Er hatte mich blind genannt. Was sah ich nicht, was er sah?

Der Gestank der Toilette, die Enge des Örtchens trieben mich zurück in das Mordzimmer.

Feenwegen schien auf mich gewartet zu haben. »Ach, Herr Beruto, da sind Sie ja«, sagte er, und wir blickten den Beamten nach, die Enno in einer Blechschale nach draußen trugen. »Sie sind mein Zeuge dafür, dass ich es nicht verhindern konnte, dass Warfenknecht die Waffe an sich riss.« Der Beamte sah mich fragend an.

Ich nickte ihm zu. »Das unterschreibe ich, Herr Kommissar. Mich stört es allerdings, dass Sie mich im Dunkel darüber lassen, was Sie ihm vorhalten.«

Kommissar Feenwegen, den das Geschehen nicht menschlich, dafür aber beruflich sehr naheging, antwortete mit ernstem Gesicht: »Herr Beruto, das was Sie hier als Beamter erlebt haben, bitte ich Sie zu vergessen. Sie sind Lehrer. Nehmen Sie den Tod des Jungen hin. In dem Alter machen viele Blödsinn.«

Ich war verwirrt. »Ja«, sagte ich nur und wusste, dass es kein Vergessen geben würde. »Kann ich gehen?«, fragte ich ihn.

Der Kommissar nickte.

»Wo ist das Mädchen?«, fragte ich.

»Wir haben sie zur Schocktherapie in das Landeskrankenhaus nach Leer gebracht«, sagte Feenwegen. »Ihre Eltern sind benachrichtigt worden. Sie ist außer Lebensgefahr.« Er sah mir misstrauisch nach, als ich das Polizeihaus verließ.

Auf dem Parkplatz holte ich tief Luft, um den Mief und Gestank loszuwerden, und fühlte, wie neue Kräfte gegen meine Erschöpfung ankämpften. Die Lichtreklame warf noch immer, stärker noch als vorhin, ihr rötliches Licht mit einem Markenzeichen in die Dunkelheit.

Ich ging über die Straße. Im gebuckelten Bauernhaus waren einige Fenster erleuchtet. Mein Golf trug die Nässe des späten Abends. Ich wischte die Fenster frei, stieg ein und fuhr nach Hause. Die Straßen waren leer. Ich fuhr den Wagen, ohne mir dessen bewusst zu sein. Meine Gedanken kreisten um das düstere Selbstmordgeschehen.

Meine Wohnung kam mir öde und unbewohnt vor. Ich stand lange auf dem Balkon und stierte in die beleuchtete Stadt. Dann holte ich mir ein Bier und versuchte Klarheit in meine Gedanken zu bringen und meine Nerven zu beruhigen.

Ich setzte mich in den Sessel, zündete die Kerze an und dachte lange an Erika. Mich umfing wohlige Wärme, und ich hatte das Gefühl, während ich mich zwischen Traum und Schlaf bewegte, als wolle Erika mich vor irgendetwas warnen, und ich fuhr erschrocken auf, als ich die kleine erhobene Hand meiner

Tochter im Geiste vor mir sah, die das ihr bereits bekannte Zeichen »Du, du!« in das Flackerlicht der Kerze setzte.

Als ich mich ins Schlafzimmer verkroch, war es spät, sehr spät. Es war nicht bei einem Bier geblieben. Erikas Bett lag gedeckt und unberührt neben mir. So sollte es auch bleiben. Ich fiel in einen tiefen Schlaf.

Als mein Wecker ungestüm drauflos klingelte, da wusste ich, dass jeder weitere Versuch, mich erneut ans Federbett anzuschmiegen, eine sträfliche Handlung gegen meinen Dienstherrn sein würde. Ich warf mein Bettzeug zur Seite und eilte ins Badezimmer. Mir war zum Kotzen übel. Das Bier von gestern Abend konnte nicht die Ursache sein, aber als ich plötzlich wie im Traum Enno vor mir sah, wie er die Pistole an seine Schläfe führte, revoltierte mein Magen erneut.

»Scheiße!«, stöhnte ich und blickte in den Spiegel. Mein Gesicht kam mir alt vor. Es waren bei Weitem nicht die ersten grauen um meine Lippen sprießenden Bartstoppeln, die den Eindruck bestärkten.

Ich rasierte mich, meinen Blick stumpf auf mein Gesicht gerichtet, und dachte an den Tod, der um mich herum tüchtig zugeschlagen hatte. Mit einem Grinsen, das ich in den Spiegel setzte, nahm ich mir vor, ihm in Zukunft, was meine Person anbelangte, ein Schnippchen zu schlagen. Dabei wusste ich an diesem Morgen noch nicht, dass auch ich bereits auf seiner Anwärterliste stand.

Ohne Frühstück griff ich nach meiner Schultasche und hastete los. Im Bismarckpark wirkten die verästelten, knochigen Büsche und Sträucher düster auf mich, und auch die Vögel, die den kargen Winter hier überleben mussten, verstärkten meine Abneigung gegen das miese, kalte Wetter. Auf dem Ententeich lagen noch angetaute Eisränder. Das Geschnatter der Tiere erinnerte mich an meinen Beruf, wenn ich in wenigen Minuten meinen Unterricht beginnen musste.

Die Sekretärin, die mit Kreislaufstörungen auf die enorme Ausweitung unserer Schule reagierte, empfing mich auf dem Flur.

»Herr Beruto, der Direktor wünscht Sie zu sprechen«, sagte sie mit bleichen Lippen.

Ich war immer noch benommen, und mein leerer Magen störte mein Wohlbefinden. Der Tod meines Schülers, so nahm ich an, war der Grund für den Wunsch des Schulleiters, mich sprechen zu wollen.

Der Direktor tat mir leid. Sein aufgeschwemmter Körper und sein gedunsenes Gesicht waren Zeichen seiner Überforderung. Er hatte das Wachstum unserer Schule körperlich nachvollzogen, aber geistig war er vielen Kollegen unterlegen und kämpfte hoffnungslos mit Mitteln der Intrigenküche um seine Autorität. Auf seinem Schreibtisch lagen die Morgenzeitungen.

»Herr Beruto, haben Sie gelesen?«, fragte er unsicher, und ich starrte auf seine Hosenträger, die sich über seinem Bauch wölbten. Steif stand er vor mir.

Ich setzte meine Schultasche ab. »Darf ich?«, fragte ich und ließ mich in den kleinen Sessel vor dem runden Tisch fallen.

Mitfühlend sagte der Direktor: »Ich verstehe, das geht unter die Haut, wenn man den Jungen mehrmals in der Woche vor sich sah und seinen Bildungsprozess bestimmt hat. Dann haut es einen um, wenn sich der Bengel nach kriminellen Handlungen selbst das Leben ausbläst.«

Es muss meine Erschöpfung gewesen sein, denn mir kamen plötzlich Tränen vor einem Mann, der es nie fertiggebracht hatte, unsere Schule aus dem Licht einer Abfertigungsanstalt zu bringen. Gott sei Dank stand Ennos Selbstmord in keinem Zusammenhang mit seiner preußischen Schulführung.

Ich fing mich und sagte: »Herr Direktor, das war zu viel, was ich in der letzten Zeit verkraften musste. Erst unser Unfall und jetzt mein Schüler Enno Warfenknecht.«

»Sie haben die Zeitung bereits gelesen?«, fragte er erneut, wobei er verlegen irgendwelche Akten von der einen auf die andere Seite seines Schreibtisches legte.

»Nein«, stöhnte ich. »Es war schlimmer, denn ich war dabei, als der Schüler sich vor meinen und den Augen seiner Freundin erschoss.« Ich erhob mich, nahm die Tasche und ging.

Der Korridor kam mir länger vor als sonst. Schwer atmend näherte ich mich meinen Schülern, die sich laut unterhaltend vor der verschlossenen Klassentür versammelt hatten. Mein Blick suchte Enno, obwohl ich wusste, dass er nie mehr kommen würde.

Die Schüler und Schülerinnen nahmen ihre Plätze ein und schauten mich erstaunt an. Sie vermissten meine sonst übliche Begrüßung. Die mir während der letzten Wochen wieder zur Gewohnheit gewordenen witzigen und bissigen Bemerkungen über interne Vorkommnisse blieben aus. Stattdessen mussten sie zusehen, wie ich mit mir rang. Meine Stimme blieb mir fast im Halse stecken.

Ich schritt an den leeren Platz. Die Schulbank, ein Möbel, das hundertfach als Massenprodukt in den vielen Klassenräumen unserer Schule stand, stoppte erneut meinen Ansatz. Ich stierte auf das Schülerpult, sah die eingeritzten Bemerkungen und wies mit der Hand auf die Schulbank.

»Enno wird hier nie mehr sitzen«, sagte ich und mied den Blick auf meine Klasse. »Enno ist tot. Er hat sich gestern vor meinen Augen erschossen.«

Ich war froh darüber, dass ich die Schreckensnachricht los war, und schritt ans Fenster. Mein Blick glitt über den Schulhof und suchte die Stelle auf, an der der kleine Polo gestanden hatte, als Enno und seine Freundin den Schnee von den Wagenfenstern gewischt hatten.

Für Sekunden lag ein eisiges Schweigen im Klassenzimmer. Das aufkommende Gemurmel veranlasste mich, meinen Fensterplatz zu verlassen, und es gelang mir, einen kurzen Bericht über den Hergang zu geben.

Der Schock saß tief. Schüler und Schülerinnen senkten niedergeschlagen ihre Blicke. Einige weinten. An Unterricht war nicht mehr zu denken.

»Ich gehe gleich zum Büro und rufe Enno's Großeltern an. Wir schulden ihnen unser Mitgefühl. Ich bitte Sie, sich von den Plätzen zu erheben, um eine Gedenkminute für unseren Klassenkameraden und Sportler Enno Warfenknecht einzulegen«, forderte ich die Klasse auf.

Still und versunken standen sie neben ihren Bänken und versuchten das abrupte Ableben des Mitschülers in die Alltagswelt einzuordnen.

Ich hob den gesenkten Blick und wünschte Enno einen gnädigen Richter.

Die Schüler suchten verwirrt das Gespräch. Hinni schob bereits eine Liste weiter und sammelte spontan Geld für einen Kranz, als ich meine Klasse 13 c verließ.

Im Schulbüro suchte ich die Telefonnummer heraus und ließ mich mit Ennos Großeltern verbinden. Mir war nicht wohl in meiner Haut. Ich suchte nach angepassten Formulierungen, um den Hinterbliebenen unser Mitgefühl zum Ausdruck zu bringen.

Die Stimme, die mir entgegendrang, klang ländlich: »Bei Warfenknecht, Janssen.«

»Herr Janssen, mein Name ist Beruto, ich bin der Klassenlehrer von Enno«, sprach ich in den Telefonhörer. »Ich möchte Ihnen und Ihrer Familie auch im Namen meiner Klasse unser aufrichtiges Beileid aussprechen.«

»Ich bin der Schwager«, hörte ich. »Es ist so schrecklich.«

»Herr Janssen, wann ist die Beisetzung?«, fragte ich.

»Am Samstag um dreizehn Uhr in der Kirche in Upplewarf«, entgegnete der Gefragte.

Ich bedankte mich und trennte die Verbindung. Für Sekunden hielt ich die Hand am Hörer. Der Direktor betrat das Büro. Er stellte sich seitlich. Ich spürte, dass er meine Gefühle verstand.

»Der Schwager war am Apparat«, sagte ich. »Ich kenne Enno schon so lange und wusste nicht einmal, dass er eine Schwester hatte.«

»Wann ist die Beerdigung?«, fragte er.

»Am Samstag um dreizehn Uhr«, antwortete ich.

»Den Termin habe ich leider bereits verplant, Herr Beruto. Vertreten Sie bitte unsere Schule!«, ordnete er an und verließ das Schulbüro.

3

»Was muss noch kommen?«, fragte ich mich, als ich das Kaufhaus an der Marktstraße verließ. Ich hatte dort preiswert Kartoffelsalat mit Kabeljau gegessen und näherte mich dem ZOB. Ich überquerte die Bahnhofsstraße und ging entlang meiner Dienststelle. Unsere Schule, im Stil preußischer Kasernen um 1910 erbaut, wirkte äußerlich nicht hässlich. Im Gegenteil, verglichen mit den Betonbunkern unserer Zeit strahlte ihr rotes Mauerwerk Solidität und Wohnlichkeit aus.

Mein Ziel war Kleinwangerooge, wie die Bürger der Stadt das Gewässer hinter dem Deich vor dem Hafengelände der Bundeswehr nannten.

Mich bewegten die letzten Minuten in Ennos Leben. Der Junge war weder schwermütig noch kriminell im üblichen Sinne gewesen. Wo lag sein Motiv? Der großväterliche Hof wurde, davon musste ich ausgehen, wirtschaftlich geführt und musste genügend Rendite abwerfen, denn Enno konnte sich einen Wagen leisten. Vor ihm hatte eine hoffnungsvolle Laufbahn gelegen. Sein sportlicher Ruf ging über die Grenzen unserer Stadt, ja sogar über unsere Landesgrenzen hinweg. Die bei seinem Besuch mir gegenüber angedeutete Trainingsaufnahme räumten ihm berechtigte Hoffnungen auf die Deutsche Meisterschaft ein. Auch die bildhübsche Elke, die sich selbstlos der kleinen, tödlichen Mündung der Pistole genähert hatte, sprach dafür, dass irgendetwas Geheimnisvolles Enno zu dieser Tat verleitet hatte.

Mit diesen Gedanken näherte ich mich der Strandhalle. Vom Deich blickte ich auf den Meerbusen. Das Wasser der Flut beleckte mit kleinen Wellen den Fuß des mattgrünen Deiches.

Über den Himmel jagte ein aufgebrister Wind Wolken aus Richtung Helgoland herüber. Der Rundbau der Strandhalle mit den vielen Fenstern nahm die Ecke vor der Schleuseneinfahrt fast ganz für sich in Anspruch. Die Passagiere der »MS Jadingen«, die hier während der Saison zu Tagesfahrten nach Helgoland ablegte, fanden gerade genügend Platz, sich im Massenandrang über die ausgelegte Gangway an Bord zu begeben. Ihre Autos mussten sie hinter der Klappbrücke auf dem nach dem Kriege geräumten Hafengelände abstellen. An der Kaimauer lagen nur einige Hochseeschlepper an dicken Tauen festgemacht.

Ich betrat das mir vertraute Café »Strandhalle« und blickte vom Fensterplatz verträumt hinaus auf das grau-grüne Meer. Das Kännchen Kaffee, das die Bedienung mir servierte, sah appetitlich aus. Ich goss mir den Kaffee ein und trank ihn schwarz und heiß. Ich rauchte Zigaretten und grübelte, blickte auf das Wasser und fand keinen Zugang zu den Motiven, die Enno dazu bewegt hatten, seine schreckliche Tat auszuführen.

Hier hatte ich mit Erika früher oft gesessen, und ich erinnerte mich genau daran, als wir, was selten vorgekommen war, im Keller des Cafés bis spät in die Nacht getanzt hatten und Erika beschwipst mit mir hier oben am Rundfenster gesessen hatte und lauter Blödsinn geplappert hatte, während sie als liebenswerte Schönheit die Bewunderung der Gäste gefunden hatte. Es war seltsam, genau in diesem Augenblick dachte ich an Elke, die sich vom Schock im Landeskrankenhaus erholen musste.

Ich bezahlte den Kaffee und fühlte, dass ich sie besuchen musste. Elke konnte mir vielleicht Hinweise liefern, die das seltsame Geschehen um Enno aufzuhellen halfen. Sie war schließlich seine Geliebte und als Studentin der Wirtschaftswissenschaften an der Fachhochschule intelligent genug, die Vorfälle analysierend einzuordnen.

Ich fuhr in den sich abzeichnenden Abend. Angestellte und Arbeiter der Maschinenfabrik verstopften mit ihren Fahrzeugen die Ausgangsstraßen. An der Ampel entkrampfte sich der Verkehr.

Das Landeskrankenhaus in Leer erreichte ich erst in der Dunkelheit. Mir reichten die Hinweise des müden Pförtners, da ich selbst nach dem Unfall in einem der riesigen Blocks um mein Überleben gekämpft hatte. Ennos Freundin lag privat, sodass keine festen Besuchszeiten meinem Auftauchen in ihrem Krankenzimmer im Wege standen.

Ich nahm die vielen Treppen, eilte über die langen Gänge an weißen Krankenzimmertüren entlang. Die mir entgegenkommenden Krankenschwestern trieben mir Schweißperlen auf die Stirn, denn immer noch lastete der Druck auf mir, den meine Angst aus meinem Unterbewusstsein auf mich ausübte. Ich musste mich zusammenreißen, um nicht einfach mein Vorhaben abzubrechen. Mutig schritt ich voran.

Endlich erreichte ich das Zimmer. Vor der Tür standen Blumen in vielen Vasen auf dem Schachbrettmuster des Bodenbelags.

Als ich mit meinen Fingern gegen die Tür klopfte, bemerkte ich, dass meine Hände knochig geworden waren. Die Ereignisse hatten mich schlanker gemacht. Vorsichtig drückte ich die Klinke und schob die Tür einen Spalt breit auf.

Das typische Krankenzimmer!

Ich sah Elke. Ihr Gesicht war blass, und ihr schwarzes Haar lag ausgebreitet auf dem weißen Kissen. Auf dem Bettrand saß eine ältere Frau mit verhärmtem Gesicht.

»Entschuldigung«, sagte ich und wollte das Zimmer wieder verlassen, als Elke den Kopf drehte. Ich sah, wie für Sekunden ein schattenhaftes Lächeln über ihr Gesicht huschte. Sie freut sich, dachte ich froh.

»Kommen Sie«, rief sie.

Mutig schritt ich an ihr Bett. Sie reichte mir ihre Hand.

»Meine Mutter«, sagte sie und zeigte auf die Landfrau, die Schwarz trug, das sie sehr alt machte. »Mutter, das ist Oberstudienrat Beruto. Er war Ennos Lehrer.« Tränen liefen über ihr hübsches Gesicht.

Mein Versuch, meine Hand aus ihrer zu lösen, war erfolglos. Ich bemerkte den irritierten Blick der durch die Landarbeit geprägten Frau. Sie strich ihrer Tochter mitfühlend über die bleichen Wangen.

»Mein Kind, morgen dürfen wir Dich abholen, hat der Professor gesagt.«

Ich kam mir hier überflüssig vor.

»Wir müssen mit dem, was Gott uns auferlegt, fertig werden«, sagte sie, und ich schaute fasziniert in das hübsche Gesicht des Mädchens, das meine Hand hielt, und stellte verwirrt fest, dass nicht nur ihr Äußeres Erika ähnelte, sondern auch ihr Wesen, ihre Art zu reagieren, denn sie drückte hin und wieder meine Hand, für die Mutter nicht sichtbar, und ich sah darin eine Bestätigung ihrer Freude über meine Anwesenheit.

Die Mutter sagte steif: »Herr Lehrer, mit dem Jungen war es wie bei einem eigenen Kind. Er war bei uns wie zu Hause. Mein Mann trauert, als hätten wir einen Sohn verloren.«

»Das haben Sie auch«, sagte ich. »Wir alle haben Enno verloren. Auch meine Klasse kämpft gegen diesen Schock an.«

Die Bäuerin erhob sich von der Bettkante. Ihr breiter Körper, mit wuchtigen Hüften und geneigter Haltung, zeigte die Spuren ihres harten Landlebens. In den tiefen Gesichtsfalten entdeckte ich eine innere Zufriedenheit, die nur von der Sorge um die Tochter überschattet wurde.

»Die Männer rätseln herum«, sagte sie zu mir, »denn Enno war ein Aushängeschild von Upplewarf. Er war im Sportverein und boßelte mit in unserer Dorfmannschaft.«

»Sie kannten Enno besser als ich«, antwortete ich. »Können Sie mir einen Grund für seinen Selbstmord nennen?«

Die Frau strich den Rock glatt, ihre Hand ordnete das graue Haar. »Nein«, sagte sie traurig. »Keiner in unserem Dorf kennt einen Grund.«

Ich sah, dass ihr Blick auf die Hand ihrer Tochter fiel, die meine noch immer umschlossen hielt. »Kind, ich gehe jetzt, Vater wartet«, sagte sie und fragte mich mit sorgenvoller Miene: »Sie bleiben doch auch nicht mehr lange?«

»Nein«, antwortete ich entschlossen, und es gelang mir, meine Hand aus Elkes Umklammerung zu lösen. »Ihre Tochter und ich waren die Letzten, die Enno lebend umgaben. Wir müssen diese scheußliche Situation noch einmal besprechen, denn Kommissar Feenwegen wird sich in Kürze mit vielen Fragen an uns wenden.«

»Elke hat mir erzählt, dass Sie versucht haben, sie zu schützen, weil Sie befürchteten, Enno wolle auf sie schießen.«

»Ja«, sagte ich, »aber es war mehr ein Reflex. Gott sei Dank hatte er es nicht auf sie abgesehen.«

Die Mutter beugte sich über ihre Tochter, küsste sie und verabschiedete sich. Sie sagte: »Mein Kind, morgen kommst du wieder nach Hause. Auf Wiedersehen, Herr Lehrer!« Steif verließ sie das Zimmer.

Zu meiner Überraschung ergriff Elke meine Hände und sagte aufgeregt: »Da gab es schon so einiges!« Ihre Augen wurden ganz groß. »Ich bin Enno einmal nachgeschlichen, als er mich nicht treffen wollte. Es war ganz dunkel. Draußen vor dem Moor sah ich, dass sie Zelte aufgebaut hatten, und erkannte Stimmen seiner Freunde, die aus Upplewarf kamen. Als ich mich dem Camp genähert hatte, hörte ich auch Schüsse. Enno wollte den Jagdschein erwerben, und ich dachte, dass sie für den Kurs übten.«

Ich konnte mir aus dem, was Elke vortrug, keinen Reim

machen. »Sicherlich, Enno hatte auch Interessen an anderen Dingen. Er wollte sich vielleicht einen kleinen Freiraum vor dir bewahren«, sagte ich, und ich wunderte mich darüber, dass ich sie geduzt hatte.

Elke ließ den Kopf in die Kissen fallen: »Ich weiß es auch nicht, aber Enno trainierte wie besessen. Warum hat er das getan?« Sie schluchzte in sich hinein.

Ich saß mit rotem Kopf vor ihrem Bett.

»Sie alle verhalten sich so sonderbar, mein Vater, meine Mutter – und sie erzählen von den Leuten aus dem Dorf.«

Ich dachte, dass Elke unter den Wirkungen der Medikamente stand. Mich traf es wie ein Schock, als sie hochfuhr, ihre Arme um mich schlang und sich ausweinte. Ich führte meine Hände streichelnd über ihren Rücken, ordnete ihr Haar und ließ sie weinen.

Die Tür wurde geöffnet. Es war die Nachtschwester. Elke legte sich in die Kissen. Ich streichelte ihr Gesicht und verließ das Krankenhaus.

Als ich am Freitagmorgen meine Klasse betrat, wirbelte Hinni bereits zwischen den Bänken herum. Er sprühte vor Ideen und Tatkraft. Ich hatte gerade erst meine Tasche auf das Pult gestellt, als er auf mich zuschoss und wie ein Buchhalter mit Listen vor mir stand.

»Herr Beruto, wir haben hundertachtzig Euro eingesammelt. Der Kranz mit Schleife kostet hundertzehn Euro. Die Gärtnerei liefert ihn am Trauerhaus ab. Die Verkehrsbetriebe haben sich bereit erklärt, uns in Anbetracht der gelegentlichen Klassenfahrten für die restlichen siebzig Euro einen Bus zu stellen.«

Hinni strahlte mich an. Ich bewunderte sein Geschick, Dinge zu managen. Sein Vater lebte als erfolgreicher Grundstücksmakler in unserer Stadt, und ich dachte, dass sein Sohn in seine Fußstapfen treten könnte.

Hinni gab den Ort und die Zeit der Abfahrt des Busses bekannt und legte mir die Kondolenzkarte zur Unterschrift vor. Die Klasse hatte bereits die weiße Seite im schwarz umrandeten Balkenfeld mit Namen gefüllt, und ich fand eine Lücke für meinen Namenszug.

Alles war besprochen. Jetzt noch zu palavern hielt ich für überflüssig. Der Unterricht musste weitergehen. Ich nahm keine Rücksicht, schrieb eine gebrochene, rationale Funktion an die Tafel und ließ die Schülerinnen und Schüler nach Nullstellen, Schnittpunkten, Polen, Lücken, Asymptoten, Extremwerten und Wendepunkten suchen. Gelegentlich schritt ich an die Wandtafel, setzte mit Kreide Hilfslinien in das Koordinatensystem und ließ die Schüler arbeiten.

Ich dachte viel an Elke, die sich jetzt zu Hause vom Schock erholen musste. Ich liebte meinen Beruf, aber an diesem Freitag, vierundzwanzig Stunden vor Ennos Beerdigung, war ich glücklich, als mich das Klingelzeichen vom Unterricht erlöste. Auch meine Schülerinnen und Schüler verließen eilig die Klasse.

Auf dem Weg in das Lehrerzimmer wägte ich ab, ob ich mir zu Hause ein Schnellgericht zubereiten oder wieder im Kaufhaus mein Essen einnehmen sollte.

Der Fußweg durch den Park beruhigte meine Nerven, die frische Luft tat mir gut. In der Cafeteria des Kaufhauses entschied ich mich für den »Seemannsschmaus«. Er bestand aus Labskaus mit Roter Bete, Gewürzgurke und Spiegelei. Da es mir nicht gelingen würde, mir solch ein Gericht selbst zu kochen, genoss ich das Mahl. Was mich störte, war die Unruhe. Eltern besuchten mit lärmenden Kleinkindern die Kaufhausgaststätte. Die Bedienung, getrimmt auf Kassenumsatz, hastete an den Tischen vorbei.

Nach der kräftigen Mahlzeit ging ich gestärkt nach Hause.

Im Briefkasten lag ein Schreiben des Reisebüros. Unsere Buchung der »Finnjet« wurde bestätigt, und aus unserer Rangliste der Ferienhäuser war die Nummer vier zum Zuge gekommen. Ich las nicht ohne Vorfreude die Anschrift:

Kultaegano
Toyala
Pakasatani

»Gregor wird sich freuen«, dachte ich, legte meine Schultasche ab und verließ meine Wohnung, um ihn aufzusuchen.

In seiner Praxis an der Marktstraße herrschte rege Betriebsamkeit. So als sei die halbe Welt zerstritten, hasteten die Büromädchen mit Akten an mir vorbei. Ich saß wartend auf Abruf vor abgegriffenen Illustrierten und wunderte mich über die Bereitschaft meines alten Freundes, sich trotz seiner Jahre in das hektische Treiben einspannen zu lassen. Ich hatte Zeit.

Schließlich wies mir eine Angestellte den Weg. Gregor stöhnte: »Mein Schwiegersohn benötigt einen Sozius. Mit der sich verschlechternden Wirtschaftslage wachsen bei uns die Fälle mit Lappalien an, über die man noch vor Jahren hinweggesehen hätte.«

»Es hat geklappt, Gregor. Die Nummer vier ist uns schriftlich zugesagt worden.«

»Hervorragend!«, rief er aus, aber ich erkannte in seinem müden Gesicht den Wunsch, sich seiner Arbeit ohne Störung hingeben zu können.

»Ich weiß, du hast jetzt nicht die Zeit und Muße, auf der Karte nach dem Ort in Finnland zu suchen, der uns im Sommer neue Kräfte zuführen soll«, sagte ich. Ich hielt Gregor nicht länger auf. »Ein andermal«, sagte ich.

Er griff nach den Akten und winkte mir zu. Ich bummelte an

den Geschäften entlang. Vor den Schaufenstern des Textilkaufhauses starrte ich für Minuten auf süße, bunte Kinderkleidchen. Trauer erfüllte mich. Ich eilte nach Hause, holte meinen Golf aus der Garage und fuhr zum Friedhof.

Der graue Himmel, die mannshohen Lebensbäume, die aus der Ferne wie Soldaten aussahen, die Wache hielten, die vielen Grabsteine und die über seitliche Nebenwege schleichenden Alten, die sich ohne Lächeln wie ferngesteuert als Kleingärtner betätigten, stimmten mich fast depressiv. Der tief fliegende Düsenjäger passte nicht in das Bild, und sein Lärm störte nicht nur mich. Ich sah ihm nach, wie er eine Schleife zog.

Vor dem Grab von Anja und Erika stand ich lange, sehr lange. Das Grab war gepflegt, nur ein paar Gräser zupfte ich aus. Auch das Grab meiner Eltern lag ohne Unkraut unter Bodenpflanzen, die die braune Erde bedeckten. Ich wusste nicht, was ich erwartet hatte. Suchte ich vielleicht Hilfe an den Gräbern der Toten?

Es dunkelte bereits, und ein feiner Nieselregen setzte ein. Ich ging schwermütig zu meinem Wagen. Unentschlossen setzte ich mich hinter das Steuer. Der Ort Upplewarf fiel mir ein, denn dort wurde jetzt ein Grab geschaufelt für meinen Schüler Enno Warfenknecht.

Ich schaltete das Autoradio an, hörte Nachrichten, vernahm den Kommentar, der sich mit der Integration der Migranten befasste und neue Gewaltakte befürchtete. Ich suchte die Sender ab. Ein Sinfoniekonzert wirkte beruhigend auf mich. Ohne große Überlegungen nahm ich die Ausgangsstraße, passte mich dem Verkehrsfluss der Bundesstraße an und fuhr direkt nach Upplewarf. Eine Erklärung für den Besuch des kleinen Dorfes hätte ich nicht geben können.

Weite Wiesen und einsame Höfe lagen in der aufkommenden Dunkelheit. Um diese Zeit konnte ich Elke keinen Besuch mehr abstatten. Dieser Gedanke war mir auch nicht gekommen. Mich interessierte das Dorf, in dem mein Schüler seine Jahre verbracht hatte.

Die Neonreklame des Gasthauses, das an der Dorfstraße lag, warf einladend warmes Licht vom soliden Mauerwerk. »Dorfkrug« las ich und bemerkte die Autos, die auf dem Parkplatz das Licht widerspiegelten.

Ich lenkte meinen Golf in eine Parklücke und betrat als Fremder die Kneipe. Die übliche dicke Luft aus Qualm und Bierdunst stieg mir entgegen. Der Gastraum war gut besucht. Zum Tresen führte der Weg an einigen besetzten Tischen vorbei. Die umstehenden Hocker waren frei.

Ich setzte mich an den Tresen, legte die Arme auf die Holzkante und studierte die Freitagabendatmosphäre. Hinter mir beherrschten Skatspieler das Geschehen.

Die Gaststätte war für mich nicht ohne Reiz. Der Wirt stand mit rotem Gesicht am Zapfhahn. Zu meiner Verblüffung bedeckten alte holländische Fliesen zwischen schwarzen Gusseisenleisten das Abfüllgerät. Wenn meine Geschichtskenntnisse ausreichten, hatte der Tresen hier schon gestanden, als die Moorkähne beladen mit Torf von hart schuftenden Männern in die Stadtsiedlung Rastringen gezogen worden waren.

Die kleinen, listigen Augen des Wirtes musterten mich. Um diese Jahreszeit kamen nur selten Fremde in das Dorf. Und erst seit wenigen Jahren hielten Feriengäste in Upplewarf an und fühlten sich als Entdecker einer küstennahen Idylle.

»Ein Bier«, sagte ich und betrachtete weiter die Gaststube. Sie war holzvertäfelt, sicherlich in der lobenswerten Absicht der alten Wirtsleute, mit der Zeit zu gehen.

Die behäbige Wirtsfrau, die plötzlich auftauchte, nahm mich nicht wahr. Mit ihren dicken Fingern setzte sie Schnapsgläser auf den blinkenden Tresen, während sie mit der anderen Hand die Corvitflasche nach unten hielt und in Schwenkbewegungen mehrere Gläser nacheinander füllte, ohne einen Tropfen zu vergießen. Erst dann schaute sie mich an. Ihr Haar war grau und lag im Pagenschnitt um ihr rosiges joviales Gesicht. Ihr Oberkörper war breit und ausladend. Aus einer frischen Bluse lugten ihre dicken Oberarme.

»Fremd hier?«, fragte sie nur und stellte die Schnapsgläser auf ein Tablett, schob gezapfte Biergläser hinzu und verschwand mit wippendem Hinterteil an die Tische.

Ich beobachtete sie, wie sie wortlos ihre Fracht absetzte, Striche auf die Deckel zog und mit gekipptem Tablett zu ihrem Mann hinter den Tresen zurückkehrte. Der Wirt blieb wortlos. Auch er war gesetzt, stark und bullig. Seine Frau setzte das Bier vor mir auf den Tresen.

»Zum Wohle.« Ihre Stimme klang rauchig. »Auf der Durchreise?«, fragte sie.

»Ja und nein«, antwortete ich, während meine Blicke die vergilbten Bilder streiften. Es waren reproduzierte Fotos alt wirkender Menschen, die in schmalen Rahmen hinter Glas saßen. Ich nahm an, dass dort die lückenlose Generationenfolge der Dorfkrugbesitzer eine Würdigung fand. Der Wirt zapfte unentwegt. Der Ventilator rauschte und versuchte die Qualmschwaden aus dem Raum zu saugen. Die Gaststube winkelte sich und es gelang mir nicht, in die abgeknickte Verlängerung zu schauen, aus der der fröhliche Lärm vieler Stimmen drang. Hinter mir hörte ich »Kontra!«, ein Zeichen für die heile Dörflichkeit.

Ich verließ den Tresen und folgte dem aufgeklebten Pfeil, unter dem Toilette stand. Im angrenzenden Zimmer saßen vor zusammengerückten Tischen etwa fünfzehn Männer, meist jüngere. Im Vorbeigehen sah ich den kleinen dreieckigen Wimpel, der silberbestickt als Stammtischsymbol von gefüllten Biergläsern umgeben war. Mir nicht verständliche Gesprächsbrocken drangen in den Raum.

Als sich die Gesichter der Runde mir zuwandten, erstarb die Unterhaltung der Männer, die mit groben, ländlichen Minen mich misstrauisch anschauten. Mich wunderte ihr seltsames Verhalten, und ich folgte dem Pfeil, der mich zur Toilette führte, die auf dem Hof an die Außenwand angebaut war. Ich bemühte mich zu müssen, um vor meinem Gewissen den Eindruck zu verschleiern, dass ich mich als Oberstudienrat aus reiner Neugierde an einem Freitagabend als Lauscher in eine friedliche Dorfkneipe eingeschlichen hatte, weil mein Schüler hier vielleicht viele Stunden seines kurzen Lebens verbracht haben konnte. Der Blick in den Spiegel verriet mir, dass mein Gesicht die Züge tiefen Misstrauens trugen.

»Das geht zu weit«, sagte ich zu mir und zog mehrmals den Spülzug. Als ich das Eckzimmer wieder betrat, lag schlagartig ein Schweigen im Raum. Ich schritt unbekümmert an der langen Tischreihe vorbei und pfiff leise »La Paloma« vor mich hin, um mich selbst als friedlichen Fremden auszuweisen. Mein Misstrauen war mir unerklärlich.

Am Tresen stand die Wirtin. Sie stützte sich mit ihren starken Händen ab und schaute mich taxierend an. »Haben Sie schon ein Zimmer?«, fragte sie geschäftstüchtig.

»Ich wohne in der Stadt«, sagte ich trocken, trank das Glas leer und reichte es ihr. »Noch ein Pils«, sagte ich.

Ich vernahm den harten Schlag der Tür, drehte mich um und sah einen Riesen mit breiten Schultern, der sich dem Tresen näherte. Sein Gesicht sah bekümmert aus. Sein Haar war so grau wie sein Bart. Er schritt tapsig auf den Hocker neben mir zu. Während er in die Runde blickte, nahm er mit seinem schweren Körper auf dem Stuhl Platz. Die Skatspieler schauten kurz auf, nickten dem Mann freundlich zu, und die Wirtin griff zur Corvitflasche.

»Wie immer, Herr Pfarrer?«, fragte sie. Sie schien keine Antwort zu erwarten. Der Wirt langte nach einem Glas und zapfte, ohne einen Ton zu sprechen. Ich sah, wie der Schaumrand im Glas hochkroch.

»Moin«, sagte der Pfarrer zu mir, ohne mich sonderlich anzuschauen. Er hielt seine Zigarettenschachtel in der Hand, zögernd wartete er, bis der klare Schnaps vor ihm stand. Er schüttete sich, ohne abzusetzen, den Corvit in die Kehle, stöhnte kurz und hielt mir die Packung hin.

Ich nahm mir eine Zigarette heraus.

Er reichte mir Feuer und sagte: »Scheißwetter. Sind Sie fremd hier?«

Ich nickte nur, und er fuhr fort: »Aber nicht nur das Wetter ist scheiße.« Er lächelte und steckte sich eine Zigarette an. Sie wirkte winzig in seinen breiten Händen. Er neigte sich an mein Ohr und flüsterte: »Spielen, Rauchen und Saufen sind Sünden«, und wies mit seinem grauen Kopf in das Restaurant, »aber bei diesen hitzigen Querköpfen fahre ich besser, wenn ich mich hier sehen lasse und mit ihnen sündige.« Er griff zum Bier und sagte: »Prost!«

Ich nahm mein Glas und trank ihm zu. Der Mann gefiel mir. Er flüsterte mir zu: »Überhaupt zu leben ist schon eine Sünde.« Er grinste vor sich hin. Unaufgefordert stellte die Wirtin ihm einen zweiten Schnaps auf den Tresen. Der Pfarrer lachte mir zu und kippte das Getränk in sich hinein. »So«, sagte er, »jetzt geht es mir schon besser.«

Vom Winkelzimmer drang lautes Debattieren zu uns.

»Eine Versammlung?«, fragte ich ihn und deutete in die Richtung des Toilettenpfeils.

Der Pfarrer blickte mich an. Er hob die schweren Schultern. »Stammtisch, Boßelverein, Jägerschaft, Partei, Landvolk, Schützenverein, kurz gesagt, das alte Upplewarf trifft sich am langen Tisch.«

Mir kam plötzlich die Idee, die Katze aus dem Sack zu lassen. Warum, das konnte ich mir selbst nicht erklären.

»Herr Pfarrer, ich bin ein Fremder und habe dennoch eine Verbindung zu Ihrem Dorf, die Sie überraschen wird.« Ich glaubte gesehen zu haben, wie die alte Wirtin ihren Oberkörper kurz vorbeugte.

Der Pfarrer blickte mich überrascht an. »Wieso?«, fragte er. »Sind Sie kein Vertreter für irgendwelche neuen Dinge für das alte Dorf?« Ich sah die Falten in seinem gutmütigen Gesicht.

»Seien Sie beruhigt. Mein Name ist Beruto. Ich bin Lehrer am Spranger-Gymnasium, und mein Schüler Enno Warfenknecht, der aus diesem Dorf stammt, hat sich vor meinen Augen erschossen.«

Ich hatte den Eindruck, dass selbst die Skatspieler für Sekunden die Karten senkten. Der Pfarrer stierte mich mit verkniffenen Augen an.

»Sie sind Beruto?«, fragte er ungläubig, musterte mich und griff mit seiner Pranke nach meiner Jacke.

»So ist es«, antwortete ich und bedauerte meine Gesprächigkeit.

»Gib mir noch einen Korn!«, forderte der Pastor die Wirtin auf und hielt die große Hand mit dem Glas über den Tresen. Die Wirtin goss sein Glas voll. Der Pfarrer trank hastig, dann sagte er: »Uns führt also der gleiche Anlass an den Tresen. Der Junge hat mir viel von Ihnen erzählt. Ich konnte es gut mit Enno, denn er ragte aus unserer abgekapselten Gesellschaft heraus.«

Ich sagte: »Ich war Zeuge seines Selbstmordes. Vor seiner Freundin und mir hat er sich umgebracht, unerklärlich. Warum, Herr Pfarrer? Kennen Sie den Grund?«

Ich sah, wie sich Schweißperlen auf seiner Stirn bildeten. Er schaute geradeaus auf eine Holztafel, auf der ich viele kleine Fotos sah.

»In Gottes weiser Fügung geschieht für uns Erdenbürger Unerklärliches, was aber nie ohne Sinn sein kann«, sagte er, ohne den starren Blick von der Wand zu nehmen.

Mir fiel auf, dass die Skatbrüder ihre Karten in den Händen

hielten und angestrengt lauschten. Auch der Wirt stierte mit rotem Gesicht auf den Pfarrer, ohne die Hand am Zapfhahn zu bewegen.

Ich zahlte und drückte dem Pfarrer die Hand. Sie lag kraftvoll um meine und hielt mich für Sekunden fest.

»Wir sehen uns morgen, wenn Sie Ihres Amtes walten«, sagte ich, verließ den Tresen und sah, dass die Augen der Wirtsleute mir feindlich nachblickten.

4

Als ich aufwachte, war es neun Uhr. Während ich mich anzog, ließ ich das Radio laufen und bekam nur einen Bruchteil der Nachrichten mit. Ich verließ das Haus, um mir beim Bäcker zwei frische Brötchen zu holen.

»Sonst noch etwas?«, fragte die Verkäuferin und schaute mich seltsam an. Ich winkte ab und bezahlte. Alle kannten mich gesprächiger.

Mein Tee gelang mir. Ich kaute lustlos, heftete meinen Blick auf die flackernde Kerze und hielt stille Zwiegespräche mit Anja und Erika. Mir war wohlig und angenehm warm dabei.

Plötzlich überfiel mich wieder das unerklärliche Gefühl einer drohenden Gefahr, vor der Anja und Erika mich warnen wollten. Zu meiner Überraschung tauchte Enno schemenhaft in meinen Bildern auf. Bleich suchte er meinen Blick und so, als schwebe er, zeigte seine Hand auf den »Dorfkrug« von Upplewarf.

Erschrocken löschte ich die Kerze. Meine Lehrer hatten mir schon in der Schulzeit unter meine Aufsätze geschrieben: »Zu viel Fantasie.« Dennoch zweifelte ich nicht daran, dass ich Enno wirklich gesehen hatte.

Ich schob die Frühstücksreste zusammen und brachte sie in die Küche. Was ziehe ich an?, fragte ich mich auf dem Weg zum Schlafzimmer. Vor dem offenen Kleiderschrank glitt meine Hand über die auf Bügeln hängenden Kleidungsstücke. Den schwarzen Anzug, ich hatte ihn zur Hochzeit getragen, hielt ich für unpassend. Ich erwischte eine graue Hose und entschied mich für den blauen Trenchcoat, der mein graues Jackett bedecken würde.

Mir blieb noch viel Zeit. Hinni hatte den Bus für Viertel vor eins bestellt. In meiner Wohnung hielt ich es nicht mehr aus. Die bevorstehende Beerdigung stimmte mich traurig. Ich musste unter Menschen.

Im Postfach steckte die Zeitung. Ich nahm sie mit und lenkte meine Schritte in den Bismarckpark. Er war heute am Samstag belebter als sonst. Frauen mit gefüllten Einkaufstaschen kamen vom Markt. Rentner blickten verächtlich auf Jugendliche herab, die lärmend von den Schulen kamen. Auf einer Bank provozierte eine Gruppe Punks mit ihrer hässlichen, alles auf den Arm nehmende Kleidung und Bemalung. Lautstark bekundeten sie ihre Abneigung gegen alles Normale und Bürgerliche, ohne direkten Streit zu suchen. Probleme gab es genug. Auf sie aufmerksam zu machen reichte nicht mehr aus, und lautstarke Politiker versprachen, sie lösen zu können.

Das Café Kahle lag nur wenige Meter vom Treffpunkt entfernt. Ich hatte Zeit, viel Zeit und betrat das Café. Gastarbeiter hatten einige Tische belegt und unterhielten sich in ihrer mir fremden Sprache. Zigaretten rauchend saßen sie vor geleerten Tassen, und ich war froh, mich nicht irgendwo am Bosporus einsam fühlen zu müssen.

Ich trank meinen Kaffee ungestört und fühlte mich wohl, weil die, die da türkisch sprachen, isolierter waren als ich. Durch das Fenster konnte ich auf den ZOB schauen. Mein Interesse an dem, was ich las, war äußerst gering. Als ich schließlich den Bus sah, bezahlte ich und verließ das Café.

Meine Schülerinnen und Schüler hatten ihre Kleidung dem zu erwartenden Ereignis entsprechend gewählt. Ich stellte mich an die Tür des Busses und wartete. Nach und nach stiegen die Letzten ein. Wir waren vollzählig. Während der Bus die Stadt verließ, saßen wir schweigend in den Sesseln. Ein Geisterbus, dachte ich und hockte ebenfalls still, in Gedanken verwoben, in meinem Sitz.

Als sich der Bus schließlich über die Dorfstraße der auf einer Warf gelegenen Kirche näherte, parkten dort bereits einige Personenwagen. Der Fahrer suchte eine Abstellfläche auf einem Feldweg, der seitlich in das weite Grünland führte. Fröstelnd stiegen wir aus. Durch die Schneise wehte eine kalte Bö. Die Mädchen legten ihre Hände auf die Röcke, während ihre Haare im Wind tanzten.

Ich blieb für einen Moment stehen, schaute über die Warf, auf die hoch erhoben der breite, eckige Kirchturm mit Spitzdach und verblassten roten Klinkern in den grauen Himmel ragte. Er stand schief auf seinem abgesackten Fundament, seitlich verbunden mit dem Kirchengebäude, dessen ovale Fensterbögen Risse zeigten. Die von Stahlsprossen gehaltenen blinden Scheiben wirkten unfreundlich und wie Gefängnisfenster. Vom Dach der Kirche lugten vergessene Spitzfenster hervor, und grünes Moos bildete zwischen den Ritzen einen Kontrast zum einstmals schwarzen Schieferdach. Rund um Kirche und Warf zog sich eine hohe Mauer, von deren Putzkanten Stürme und gepeitschter Regen im Laufe der vielen Jahre Stücke herausgefressen hatten.

Meine Schüler standen frierend mit blassen Gesichtern vor der Mauer und warteten auf meine Führung. Wir lagen gut in der Zeit, und ich zögerte noch und atmete die frische Seeluft ein, die der aufgebriste Wind von Harlesiel über das Festland trieb.

Im Grün der Warf steckten Kreuze mit verrosteten Rändern. In Stein gehauene Erinnerungen zeigten Spuren des Kampfes mit den Stürmen, die mehrmals im Jahr in Orkanstärken über die Gräber brausten. Dazwischen wucherten zerzauste Lebensbäume. Bodenpflanzen gruben ihre Wurzeln in den torfigen Boden.

So als wartete ich auf ihr Rufen, betrachtete ich die bauchigen Glocken, die am alten Balken im Turm auf halber Höhe offen hingen. Über den ansteigenden Treppenweg schleppten sich zwei alte Frauen in verblassten Tüchern, als bestünde das Leben nur aus Bittgängen an Orte wie diesen. Ein düsteres und dennoch schönes Motiv für einen Maler, der es verstand, mit Pinsel und Farbe »Menschsein« zu gestalten, Ewigkeiten zu überbrücken und Leid und Hoffnung des Erdendaseins festzuhalten, für immer. Grau war der Himmel, grau waren die Gestalten, grau wirkten auch die Gesichter meiner Schüler. Einige von ihnen hatten noch nichts gegessen.

Ich sagte: »Gehen wir.«

In genau diesem Augenblick setzten sich die schweren Glocken in Bewegung. Alle Geräusche übertönend drangen die dumpfen, dann die helleren Schläge zu uns. Die schweren Klöppel sahen aus der Ferne aus wie riesige Geschlechtsteile. Immer dann, wenn die eine Glocke links hochstieg, fiel die andere rechts ab.

Im Turmeingang lagen gestapelt die Gebetsbücher griffbereit aus zum kostenlosen Gebrauch, für das Gespräch mit Gott, Vater oder Sohn oder der Muttergottes. Das Gestühl der Kirche trug einen nüchternen grauen Anstrich. Die weißen Wände wirkten kahl und gelegentlich unterbrachen einige elektrische Leuchter die triste Langeweile.

Ich schritt den Schülern voraus. Seitlich waren die Bänke leer. Erst in der Nähe der Kanzel, die mit wuchtigem Schnitzwerk jedem, der auf ihr stand, Würde und Ehrfurcht verleihen konnte, saßen alte Leute in dunkler Kleidung, gebeugt, vertieft, ohne darauf zu achten, was um sie vorging.

Ich ließ etliche Bankreihen frei und füllte mit meiner Klasse eine große Lücke. Erst jetzt sah ich den Sarg, in dem Enno lag. Er war umgeben von Blumen und Kränzen. Ein Kirchendiener zündete Kerzen an. Von draußen drang immer noch das Geläute zu uns.

Ich blickte mich um und erkannte die Betroffenheit in den

jungen Gesichtern. Für die meisten war es die erste Berührung mit dem Tod, der jeden von uns ständig umlauert. Ich starrte auf den Sarg, und die vielen brennenden Kerzen zerflossen vor meinen Augen zu einem gewaltigen Licht, und ich sah Anja, mein totes Töchterchen, und Erika. Mir stiegen die Tränen in die Augen. In diesem erhabenen Augenblick wäre ich Gottvater, Sohn und Muttergottes dankbar gewesen, wenn sie mich herausgerissen hätten aus meiner irdischen Existenz und mir den Weg in den Frieden zu meiner Familie gewiesen hätten.

Erst das Einsetzen der Orgel ließ mich zurückfinden. Vor meinen Augen gewann der Sarg Konturen, verflüchtigte sich das strahlende Licht, und es blieben die flackernden Kerzen vor Ennos Sarg.

Von einem versteckten Seiteneingang musste der Pfarrer Zutritt gefunden haben. Plötzlich sah ich ihn, als er wie ein Hüne Kränze und einen Teil der Kerzen vor meinen Augen verbarg. Er hielt seinen grauen Kopf gebeugt, während die gefalteten Arme auf seiner Brust lagen und seine Hände platt seine breiten Schultern bedeckten.

Ich verstehe wenig von Musik, aber die Töne aus den Orgelpfeifen, die der Organist dumpf anschwellen ließ, danach plötzlich wegnahm, um zauberhaften, anwachsenden, hellen Klängen den Vortritt zu lassen, die weich, jubilierend, als triebe sie ein Verstärker an, beherrschend wurden, konnte ich in Geburt, Leben, Tod und Erlösung umsetzen.

Während ich mit meiner Wehmut kämpfte, lenkte mich die einsetzende Unruhe meiner Schüler ab. Ich drehte mich um. Durch das Kirchenschiff näherte sich uns eine herzergreifende Prozession. Zwei kleine Mädchen, ihre für diese Region so typischen blonden Haare zu Zöpfen geflochten, trugen bis zu den Füßen reichende weiße Kleidchen. In ihren kleinen Händen hielten sie schlanke, brennende Kerzen. Wie zwei herbeigezauberte Engel führten sie den Trauerzug an. Junge Sportler in

Trainingsanzügen mit Trauerflor folgten mit niedergeschlagenen Blicken. Ein paar stämmige Männer in schwarzen Gehröcken trugen weiße Handschuhe. Ich vermutete, dass sie zu denen gehörten, die ich gestern im Winkelzimmer des Dorfkruges gesehen hatte.

Der alte Mann mit lichtem Haar und weißem Schnurrbart, der würdevoll seine in sich gesunkene Frau im Arm hielt, musste der Großvater sein, und mit verheulten Augen folgte eine junge Frau, deren Bauch sich dick durch Tüll und Seide presste. Ich fand in ihrem Gesicht keine Ähnlichkeit mit Enno, und der kleine Mann, der sie stützte, trug unpassend einen hell karierten Anzug. Es folgten alte Leute in Schwarz.

Der Pfarrer wartete, bis sich die Trauergesellschaft in unmittelbarer Nähe vor Ennos Sarg auflöste und sich auf die Bänke verteilte. Er richtete sich auf und schritt über die kleine gewundene Treppe zum Predigstuhl empor. Nur gelegentliches Hüsteln durchbrach die Stille.

Mein Blick entdeckte das Modell eines Handelsschiffes, dessen Masten mit vergilbten Segeln nach oben wiesen, wo das Gewölbe der Kirche im Oval den Himmel symbolisch andeuten sollte. Der Aufhängefaden war nicht sichtbar, und so als schwebe die Dreimastbark im Schutze dessen, der alles lenkt, tat sie kund, dass vor Jahren noch viele Bewohner des Dorfes Arbeit, Brot und gelegentlich selbst den Tod auf den Meeren gefunden hatten.

Der Pfarrer stand steif auf der Kanzel. Seine klobigen Hände lagen um das Schnitzwerk.

»Liebe Großeltern, liebe Schwester, lieber Schwager, liebe Trauergemeinde. Für Enno Warfenknecht, der einer von uns war, den wir alle mochten, den wir als einen überragenden Sportler liebten, waren Gottes Weichen gestellt. Er stand kurz vor seinem Abitur und mit etwas Glück vielleicht auch kurz vor der Deutschen Meisterschaft im Zehnkampf. Enno fand

Bewunderung, lebte aber bescheiden unter uns und nahm Teil an unserer kleinen Dorfgemeinschaft. Wie einsam muss er sich gefühlt haben, als er sich zu diesem Schritt entschloss, sein hoffnungsvolles Leben hinzuwerfen, ohne sich darüber bewusst geworden zu sein, dass wir alle hinter ihm standen. Was bleibt, das sind nur bittere Fragen. Antworten werden wir nicht finden. Behalten wir ihn deshalb mit geöffneten Herzen in unserer Erinnerung. Liebe Trauergemeinde, schließen wir uns in unserer Unvollkommenheit zusammen und beten für ihn zu unserem Herrn, der alles weiß, alles kennt und alles verzeiht.«

Seine Stimme bebte, als er das Gebet begann und die Kirchbesucher in den ihnen bekannten Text einstimmten.

Ich suchte die Trauergäste nach Elke ab. Mich irritierte es, dass sie weder vorn in den Reihen in der Nähe des Sargs noch irgendwo in den hinteren Bänken an der Beerdigung ihres Freundes teilnahm.

Meine Schüler starrten bewegungslos mit blassen Gesichtern geradeaus auf den Sarg. Ich hörte, wie der Pfarrer sagte: »Wir singen den Psalm ›O Herr, höre mein Klagen‹.« Er nannte die Nummer und Seite im Gesangbuch. Das Schluchzen der Großmutter drang verzweifelt in das Rascheln der Buchseiten. Die Gemeinde fiel mit schleppenden Stimmen in den Gesang des Pfarrers ein, und auch die Orgel versuchte den Rhythmus zu finden.

Während der Pfarrer die Kanzel verließ und mit gebeugtem Oberkörper an den Sarg schritt, suchte ich nach Gründen für das Fernbleiben Elkes. Der Gesang verebbte, traurig erloschen die Stimmen.

»Begleiten wir dich, Enno Warfenknecht, zu deiner letzten Ruhestätte!«, sprach der Pfarrer mit hoch erhobenen Händen.

Die auffallend kräftigen Männer traten vor, gingen in geschlossener Formation an den Sarg und langten mit ihren weiß behandschuhten Fäusten nach den Griffen. Die kleinen Engel setzten sich an die Spitze. In ihren süßen Gesichtern spiegelte sich ein naiver Friede wider.

Die Trauergemeinde zog an uns vorbei. Ich blickte innerlich zerrissen auf den Sarg, in dem Enno lag, und um mich herum heulten die Schülerinnen und Schüler.

Nach und nach leerten sich die Bänke, als sich die Kirchenbesucher dem traurigen Zug anschlossen. Meine Schülerinnen und Schüler waren die Letzten, die sich einreihten und der geöffneten Turmtür entgegenschritten. In der leeren Kirche dröhnten die voll ausgespielten Klänge der Orgel, die sich überschlagend, frohlockend ausbreiteten, als begleiteten sie Ennos Seele auf dem Weg ins große, strahlende Licht, hinter dem Gott Vater thront.

Der Trauerzug folgte dem Plattenweg, der im leichten Winkel abfiel. Der Wind traf die Friedhofsbesucher von hinten, als wolle er sie antreiben und auffordern, das traurige Geschäft schneller hinter sich zu bringen. Vor dem ausgeworfenen Grab endete der Zug. Die Menschen verteilten sich, suchten einen Blickwinkel zum Erdloch, als müssten sie sich davon überzeugen, dass Enno Warfenknecht auch wirklich hier begraben wurde.

Der Himmel blieb grau. Rund um das Grab verteilt, standen weinende Besucher. Der aufgebriste Wind nahm ihnen die Schluchzer von den Lippen, trug sie davon und trocknete ihre Tränen.

Erst jetzt machte ich den Kriminalbeamten aus, der zwischen den weinenden Menschen stand und zusah, wie der Sarg an Leinenbändern im Erdloch verschwand. Meine Schüler und Schülerinnen standen verlegen und fröstelnd zwischen den Trauergästen und trugen Fragen in ihren jungen Gesichtern.

Ein Kollege des Technischen Gymnasiums unserer Stadt näherte sich mir. Sein graues Haar hatte der Wind aufgerichtet. In seinem Gesicht lagen Zweifel. Er drückte mir die Hand und flüsterte mir zu: »Seltsam! Ich kannte den Jungen vom Verein her. Warum nur?«

Ich hob fragend die Schultern.

»Enno ist schon der Dritte. Zwei habe ich in diesem Jahr schon hierher begleitet«, sagte der Kollege leise, den ich von Tagungen nur flüchtig kannte. »Komm mit.«

Ich folgte ihm. Er führte mich auf die andere Seite der Warf.

»Hier liegt der Erste«, sagte er.

Ich schaute auf das beschilderte einfache Kreuz, las Namen und Geburtstag. Seine Hand griff nach meinem Arm. Er zerrte mich an ein weiteres Grab. Es lag nicht weit entfernt. Auf einem Familienstein erkannte ich die in Gold gesetzte Gravur. Sie war frisch. Unverwittert standen seine Daten unter acht vor ihm verschiedenen Verwandten.

»Seltsam«, sagte ich und spürte den Wunsch, diesen Dorffriedhof mit dem klotzigen Backsteinturm so schnell wie möglich zu verlassen. Die Gräber nagten an meinen seelischen Kräften. Von der anderen Seite der Warf hörte ich die Stimme des Pastors. Die einfache Kleidung der Landmenschen, der fehlende Luxus, der mitten im platten Land gelegene Friedhof, der von Menschen, die früher hier gelebt hatten, als letzter Zufluchtsort zum künstlichen Hügel errichtet worden war, um bei Sturmfluten in Gottes Nähe um Erhörung zu flehen, gestaltete Ennos letzte Reise für mich zur Gruselszene.

Kommissar Feenwegen hatte sich uns genähert.

»Meine Herren Lehrer, was halten Sie davon?«, fragte er uns.

Ich antwortete: »Enno Warfenknecht war, wie ich soeben erfuhr, der dritte Selbstmörder der kleinen Dorfgemeinschaft.«

»Hat die Polizei sich darüber Gedanken gemacht?«, fragte mein Kollege.

Der Kriminalbeamte antwortete missmutig: »Wir glaubten anfangs, Warfenknecht hätte uns auf eine Spur gebracht, die uns zu den Motiven seines Todes führen würde und damit auch Licht in die Hintergründe der beiden anderen Selbstmorde bringen könnte. Aber es blieb bei unseren Vermutungen. Das LKA kann uns auch nicht weiterhelfen.«

»Vielleicht müssen wir Pädagogen in Zukunft häufiger mit seelischen Kurzschlüssen fertig werden«, sagte ich müde, denn mir lag nur daran, diesen makabren Ort schnell hinter mich zu bringen.

Ich spürte das Kribbeln in mir, als Feenwegen mich an der Schulter hielt. In seinem scharf geschnittenen Gesicht las ich dienstlichen Eifer. »Nicht so voreilig, Herr Oberstudienrat. Der Junge war uns nicht ganz ohne Verdachtsmomente in die Fänge geraten. Das, was wir in seinem Auto fanden, belastet ihn immer noch. Nur, es führt uns nicht zu seinen Mittätern. Warfenknecht war ein Glied einer Kette. Uns fehlt das Anschlussstück.«

Ich war erleichtert, als auch er seine Schritte in Richtung der Grabstätte setzte. Die meisten Besucher hatten den Friedhof bereits verlassen. Die Motoren der abfahrenden Autos drangen in die Stille. Eine Handvoll dunkel gekleideter Menschen stand immer noch im Zug des Windes zwischen den Kreuzen auf der Schräge der Warf.

»Halten Sie Ihre Ohren offen im Kreise ihrer Schüler«, sagte Kommissar Feenwegen zu uns, »denn der Friedhof hat noch viel Platz. Es wäre schade, wenn wir uns vor einem vierten Grab treffen müssten.« Er reichte uns die Hand, und ich sah ihm nach, wie er, die Hände in den Taschen seines blauen Trenchcoats vergraben, hoch erhobenen Hauptes, als ginge ihn das alles nichts mehr an, den Steinweg abwärts schritt und hinter der bröckeligen Mauer verschwand.

»Nimmst du teil an Butterkuchen und Tee?«, fragte mich mein Kollege.

»Nein. Tschüss. Mach es gut«, sagte ich und ging zum Bus.

Meine Schülerinnen und Schüler saßen bereits in den Sitzen. Keiner sagte ein Wort. Selbst der Fahrer, der die Beerdigung aus der Fahrerkanzel beobachtet hatte, schwieg. Ich suchte Hinnis Blick. Er nickte mir zu.

»Wir können fahren«, sagte ich.

In meiner Wohnung fand ich nicht den erhofften Abstand. Ich stand lange auf dem Balkon und blickte in die Stadt. Entschlossen packte ich meine Saunatasche, in der Hoffnung, dass Gregor sich ebenfalls am Samstagnachmittag vom beruflichen Stress der Woche erholen wollte. Er konnte mich vielleicht mit munteren Gesprächen aufheitern.

Der Himmel war noch immer grau. Die Straßen lagen leer vor mir. Die hohen Mietskasernen hielten den Wind fern. Ich musste endlich Enno und seinen Selbstmord vergessen. Sicherlich wäre er nur eine Episode in meinem Berufsleben gewesen, wenn nicht die Sache mit Anja und Erika passiert wäre.

Ich schritt an der Auslage des Blumengeschäftes vorbei. Die dicht gefüllten großen Vasen mit bunten Blüten lenkten mich ab, und ich dachte an die Zeit zurück, als wir als Kinder die Blumen in Gärten und auf Feldern selbst gepflückt hatten und die Farben von den Jahreszeiten bestimmt worden waren. Nie hatte ich meiner Mutter eine Orchidee geschenkt. Es gab keine, bei uns wuchsen keine. Hier im Fenster hielten sie mir ihr geflammtes Bunt elegant und exotisch entgegen.

Ich sah, wie sich im Spiegellicht des Schaufensters ein Mann neben mich stellte.

»Ein Tennismatch?«, hörte ich die Stimme, und ich wusste, dass es Kommissar Feenwegen war, der mich zufällig ansprach oder mir nach unserem Gespräch auf dem Friedhof aufgelauert hatte. Ich drehte mich um, blickte in sein Gesicht und erkannte sein kühles, berechnendes Lächeln.

»Nein, Herr Kommissar«, sagte ich. »Im Gegenteil, ich will zwar schwitzen, aber nicht aktiv, sondern passiv. Mein Freund Gregor, der Rechtsanwalt Groeneling, erwartet mich in der Sauna.«

Ich verließ das Schaufenster und bog um den Kiosk in den Bismarckplatz ein.

Feenwegen stutzte kurz und begleitete mich. Um seine etwas versetzte Nase, sicherlich die Folge eines nicht abgedeckten Boxhiebes, lag ein Zucken. Bisher hatte ich ihn mir nicht näher angesehen, und ich studierte seine äußere Erscheinung, als er mich fragte: »Haben Sie etwas dagegen, wenn ich Sie bis zur Sauna begleite?«

»Warum sollte ich?«, antwortete ich.

Sein kurz gestutztes Kraushaar und seine asketischen Gesichtsfalten verrieten seine Zielsicherheit. Er war ein Mann von hohem Selbstbewusstsein.

»Herr Oberstudienrat, Sie hatten doch sicherlich einen guten Kontakt zu diesem Selbstmörder?«, fragte er so nebenbei.

Eiskalte Schauer liefen mir über den Rücken. »Enno Warfenknecht war mein Schüler! Er besaß mein volles Vertrauen«, antwortete ich verärgert. »Ich hätte ihm mein Vermögen – gut, es ist wenig – anvertraut! Das Wort Mörder stört mich deshalb gewaltig.«

Der Kommissar schwieg für Sekunden, während wir uns dem Parkzugang näherten. »Herr Beruto«, murmelte er schließlich, »was ich jetzt sage, zählt zu den wenigen Fakten, die uns bleiben. Sie waren Zeuge seines Freitodes! Nur Sie hatte er sprechen wollen! Was wollte er vor Ihnen loswerden? Seine Freundin platzte in Ihr Gespräch und wirkte als das auslösende Moment!«

Wir nahmen den Pfad in den Park, der wie eine grüne Lunge mitten in der Stadt lag. Der alte Wasserturm, den man vergessen hatte und den heute Denkmalschützer mit Aktionen zu erhalten versuchten, lag seitlich, von mannshohen Sträuchern wild umwuchert.

Ich war verärgert. »Herr Kommissar, ich nehme an, dass wir uns zufällig treffen. Aber in Ihrem schäbigen Verhörzimmer duldeten Sie nicht, dass ich mit meinem Schüler alleine reden konnte.«

»Gut, das stimmt«, antwortete er und fuhr fort: »Aber seine Freundin hat ausgesagt, dass Sie in Begleitung des Jungen kurz vor seinem Tode mit ihm in Ihrer Wohnung war.«

Ich war verwirrt. »Allerdings!«, sagte ich empört. »Beide kamen mit Blumen als Vertreter der Klasse zu meinem Geburtstag, den ich wegen eines tragischen Geschehens allein feiern wollte.« Ich war wütend, dass der Kommissar in meinem privaten Bereich herumschnüffelte. »Ich kümmere mich auch nicht um Ihre Geburtstagsgäste, Herr Kommissar!«, sagte ich zornig.

»Herr Beruto, so war das auch nicht gemeint. Ich suche nach Kontaktstellen des Jungen. Warfenknecht erschoss sich nicht aus schulischen oder familiären Gründen. Dennoch zielt sein Tod darauf hinaus, dass er ein Geheimnis mit sich nehmen wollte.«

Unser Pfad führte uns an der »Radauauster« vorbei, die leer im trüben Nachmittagslicht lag. Im Sommer spielte hier das Marine-Musik-Corps der Bundeswehr vor Tausenden flankierenden Zuhörern im Rahmen der Kurkonzerte im regensicheren Pavillon, der die Form einer Muschel hatte.

»Da ist guter Rat teuer, Herr Kommissar, und Sie können mir glauben, mein Kopf ist überlastet vom vielen Grübeln. Ich mochte Enno und finde keinen winzigen Grund für seine verrückte Tat.« Während ich das sagte, glitten die vielen unbeantworteten Fragen durch mein Gehirn.

»Herr Oberstudienrat, dann haben Sie bitte Verständnis für meine Position. Ich muss jeden Kontakt, den Enno Warfenknecht gehabt hat, überprüfen. Wir haben bisher nichts Konkretes in den Händen, wissen aber, dass da irgendwo etwas schwelt.«

Wir näherten uns der Kieler Straße. Das Schwimmbad lag wie ein eckiger Klotz vor uns. Die Bäume auf der breiten Allee wirkten mickrig.

»Es tut mir leid, Herr Kommissar, ich muss mich auf meine Arbeit konzentrieren und Enno endlich vergessen.«

Feenwegen blieb stehen. »Herr Beruto, in Upplewarf bin ich wie ein Hausierer von Haus zu Haus gegangen. Ich habe die Angehörigen des Boßelvereins, des Sportvereins und Nachbarn befragt, alle mochten ihn, doch keiner konnte Motivhinweise liefern. Dennoch, so glauben Sie mir, ist es sein Geheimnis gewesen, das ihn den Tod hat wählen lassen.«

Ich reichte ihm die Hand. Sein Druck war so fest wie beim ersten Kennenlernen.

»Dann wünsche ich Ihnen gute Erholung«, sagte Feenwegen. Er entfernte sich mit großen Schritten. Seine breiten Schultern spannten den Trenchcoat. Ein Mann, der alles mitbrachte, was man von einem Kommissar erwarten konnte, dachte ich und freute mich auf mein Schwitzbad.

Ich hatte lange in den Sonntagmorgen hinein geschlafen, und selbst das feierliche Geläut der Nikolauskirche hatte mich nicht wecken können. Mit tristen Gedanken bereitete ich mir mein Frühstück vor. Danach beschäftigte mich mein kleiner Haushalt mit den üblichen Aufräumarbeiten. Mir wurde bewusst, dass Einsamkeit, schlimmer noch, das mit ihr verbundene Grübeln, einen Menschen seelisch gefährden und krank machen kann.

Ich dachte an Gregor und wollte ihn besuchen. Aber sofort fiel mir ein, dass er den Sonntag bei seiner schwangeren Tochter und seinem Schwiegersohn verbringen wollte.

Ohne ein direktes Ziel vor Augen zu haben, schloss ich meine Wohnung ab, holte meinen Golf aus der Garage und fuhr los. Das Wetter spielte bereits frühlingshaft verrückt. Dunkle, schwarze, bauchige Wolken entluden sich mit wirbelnden Schneeflocken, während schlagartig aus den aufgerissenen Löchern die Sonne grell durchstach.

Ich ließ meinen Wagen langsam durch die Stadt rollen, entschloss mich dann, über die Küstenstraße zu fahren. Zeit hatte ich genug. Aus meinem Autoradio drang feierliche Orgelmusik zu mir. Ich schaltete auch nicht ab, als der Dechant mit gewählten Worten nach Gleichnissen suchte und auf die Besucher des Hochamtes, das aus dem Quirinus-Münster zu Neuss übertragen wurde, einredete. Ich hatte das Gefühl, während ich meinen Wagen auf der langen Asphaltstraße am begleitenden Deich entlangsteuerte, allein zu sein. Das Gras der weiten Wiesen fraß den Schnee der Schauer und widersetzte sich mit mattem Grün dem scheidenden Winter. Die Höfe lagen mit ihren roten Dächern unter dem wechselnden Wolkenhimmel wie in die Landschaft hineingeworfen.

Mir gefiel diese Gegend, deren Menschen es trotz der Hektik unserer Zeit verstanden, traditionelles Landleben zu pflegen. Selbst die kleinen Dörfer, die zumeist nur aus einer Handvoll Häuser bestanden und sich um die auf Warfen stehenden buckeligen Backsteinkirchen geschart hatten, wirkten urig, gemütlich und anheimelnd.

Ich näherte mich Berumersiel. Die an hohen Schiffsmasten hängenden Fischernetze lugten über den Deich. Einige katenähnliche rote Steinhäuser gruppierten sich um den Dorfeingang. Seitlich lag die »Alte Mühle«, ein Fotomodell für Touristen. Das alte Sieltor durchbrach den Deich. Ein langer Kai endete am offenen Meer.

Ich stellte meinen Wagen seitlich auf den mit Betonsteinen gepflasterten Platz vor der hohen Mauer ab, die wie eine Wehranlage eine hoch gelegene Zeile alter Fischerhäuser vom Hafen trennte. Die Fischkutter mit ihren bunten Rümpfen schaukelten leicht an ihren Tauen. Die Sonne löste sich für wenige Minuten aus den Wolken und warf ihr volles Licht in das Hafenbecken. Möwen segelten im Wind und ihre Schreie vereinten sich mit dem Plätschern des Wassers und drangen in die Stille.

Das Bild gefiel mir, und ich bedauerte es erneut, dass ich das Gewirr der Zahlen beherrschte, es mir aber nie gelingen würde, diese Idylle mit Pinsel und Farbe festzuhalten.

Langsam schritt ich am Kai entlang, schaute auf die Fischerboote und sah dem alten Mann zu, der im dunklen Troyer weltvergessen eine Spindel durch die Netze zog. Seine Pfeife hing ihm aus dem Mundwinkel. Unter seiner Mütze lag ein grauer Haarkranz. Am liebsten hätte ich ihm die Hand gedrückt und ihn um einen Schnaps gebeten.

Ich ging zum Molenkopf, suchte am grauschwarzen Horizont die Insel und beobachtete die tiefe, dunkle Wolke, die mir entgegentrieb und kurz vor ihrer Entladung das grünlich schimmernde Wasser überschattete. Über die seitlich hochführenden Stufen gelangte ich auf die Mauer. Von dort sprang ich auf den mit Klinkern gepflasterten Weg, der auf den Nebendeich führte, auf dem ein altes Fischerhaus stand. Unter der Bierreklame las ich »Kapitänsblick – Café und Restaurant von 1678«.

Durst, Neugierde und Langeweile reizten mich zum Besuch. Ich entdeckte ein Kleinod. Der Tresen lag zurückgezogen vor der Fensterfront, die den weiten Ausblick gestattete. Die Einrichtung entsprach einer alten Schiffskombüse vergessener Jahre. Mitten im Raum hing eine Schiffsglocke, auf deren dickem Bronzebauch »Lüttje Hörn 1842« in Setzbuchstaben stand.

Meine Schritte hallten in den leeren Raum. Ich sah die steile Wendeltreppe. Meine Hände glitten über das fettige, hart gespannte Tau, das ein Stützgeländer ersetzte. Vor mir lag der alte

»Kapitänsblick«. Im runden Turm stand nur ein Tisch, um den sich eine alte Eichenbank wand. Durch kleine Scheiben ging mein Blick auf das Meer, glitt über den nicht enden wollenden Deich, erfasste die roten Dächer und Häuser vor Berumersiel und fand über Fischkutter und Hafenbecken zurück zum Ausgangspunkt.

Ich ließ mich erfreut auf die Bank nieder, genoss die Ruhe des Turmzimmers. Den Netze flickenden Kapitän konnte ich nicht erkennen, glaubte aber, dass er zur »Sirius« gehörte, deren gelben Leib ich von hier oben sehen konnte. Ein Mädchen mit derbem Gesicht, akkurat in weißer Bluse, stand auf der Treppe und schaute mich fragend an.

»Tee, ostfriesisch«, sagte ich.

Sie verschwand nach unten, während der Wind Schneematsch gegen die Fenster schmiss. Im Sommer drängeln sich hier die Touristen, dachte ich und nahm mir vor, mit Gregor den Besuch zu wiederholen. Ihm würde das Türmchen bestimmt gefallen.

Das Mädchen servierte den Tee. Sie zündete das Stövchen an, setzte das Kännchen auf die Flamme, lächelte und stellte Kluntjebecher und Sahnetopf daneben.

»Bin ich der einzige Gast?«, fragte ich, obwohl ich die Antwort kannte.

Eine Gewitterbö dunkelte das Zimmer ein, und durch das knirschende Geräusch der gegen die Scheiben geschleuderten Graupelschauer klang mir eine tiefe Stimme von der Treppe entgegen.

»Nein.«

Ich konnte es nicht glauben, aber er war es. Das Fräulein drückte sich an die Wand und ließ den breiten, starken Mann vorbei. Vor dem Tisch stand der Pastor von Upplewarf.

»Bringen Sie mir auch einen Tee«, sagte er zu dem Fräulein. Er setzte sich zu mir auf die Bank.

»So ein Zufall!«, sagte ich begeistert, denn ich war nun nicht mehr allein.

»Herr Beruto, vom Zufall halte ich nichts«, sagte er. »Wissen Sie, ich hatte von meiner abgeschlossenen Dörflichkeit die Schnauze voll. Meine mir anvertrauten Schäfchen sind seit Ennos Tod verschlossener denn je. Mich trieb es an das Meer. Die Sonne hatte sich kurz durchgesetzt.« Der Pastor wischte die Scheiben klar und blickte lange hinaus, als suche er dort irgendwo zwischen Grau und Schwarz nach etwas.

Ich warf einen Kluntje in meine Tasse und bereitete mir den Tee zu. Die kleinen, heißen Schlucke taten mir gut.

Das Fräulein bediente den Pastor, der den Blick nicht von den Scheiben nahm. Erst als sie über die Treppe nach unten verschwand, wandte er sich mir zu. In seiner groben Hand wirkte das Kännchen wie ein Spielzeug. Als er die Tasse hob, sagte er: »Herr Beruto, auf der Fahrt hierher habe ich auch an Sie gedacht. Der Tod des Jungen hat Sie hart getroffen. Und ich bitte um Verzeihung, aber man hört dieses oder jenes, und so wurde mir zugetragen, dass das Schicksal bei Ihnen hart zugeschlagen hat und Sie Ihre Familie verloren haben. Meine Frau ist unfruchtbar und sucht ihr Heil neben unserer Ehe in ihrer beruflichen Laufbahn. Unsere Kinderlosigkeit hat uns oft sehr bedrückt. Den Gedanken, mit einer Adoption unsere Mangelgefühle zu befriedigen, haben wir abgelegt, da man mir das als Pastor als Augenwischerei auslegen könnte. Wir lassen es bei unserem Zustand. Gott hat es so gewollt.«

Ich nippte am Tee, während er sprach, und rauchte eine seiner Zigaretten, die er mir großzügig angeboten hatte. Mein Blick suchte das Meer, während der Pastor auf den Tisch stierte und weitersprach.

»Meine Frau findet in Upplewarf genügend Sozialfälle, um die sie sich unentwegt bemüht.«

»Diese Selbstlosigkeit spricht für Ihre Frau«, sagte ich. Wir sind schlechte Zuhörer. Das beruflich notwendige dauernde korrigierende Eingreifen macht uns für Erwachsene zu lästigen Besserwissern, dachte ich. So, als habe er meine Gedanken erraten, sagte der Pastor: »Enno, unser Sportstar, und sein verrückter Tod führen uns hier zusammen. Von Zufällen ist nur zu sagen, dass sie vorherbestimmt sind.«

»Wenn Sie so wollen, Herr Pfarrer, dann lege ich das ebenso aus wie Sie.« Ich hantierte mit Kluntje und Teegeschirr herum und fuhr fort: »Die Kripo sucht nach Gründen. Ich kenne keine.«

Der Pastor langte nach einer weiteren Zigarette. Er blies den Rauch von sich, sah mich an und sagte: »Enno war Ihr Schüler. Gut, er ist ausgeflippt. Er beging Selbstmord. Wir müssen ihn vergessen.«

Ich hatte es satt, immer nur an Gräber und den Tod zu denken, deshalb sagte ich: »Herr Pfarrer, genau das ist meine Absicht.«

Nervös drückte er die Zigarette aus. Seine Augen musterten mich nachdenklich. »Was sagen Sie dazu?«, fragte er und seine Stimme klang härter als bisher. Er griff in seine Jacke und legte zwei Schulhefte auf den Tisch. Es waren die genormten DIN-A5-Schreibhefte, wie sie in der Grundschule benutzt wurden. Kindlich naiv saßen die kleinen Namensschilder auf dem Pappeinband. »Lesen Sie«, forderte er mich auf.

Für Sekunden blickte ich unentschlossen auf die Hefte. Eines war rot, das andere erdfarben braun. Die Etiketten waren beschriftet, aber es gelang mir nicht, aus meiner Distanz die steile, männliche Schrift zu entziffern. Über Berumersiel hatten sich erneut dunkle Wolken gehäuft, die nur wenig Licht in den Turm warfen.

Ich langte nach dem roten Heft, führte es vor meine Augen und las: »Hayo Wiefelkamp, geb. 12. 07. 1981, gest. Dezember 2001. Todesursache: Selbstmord.«

Überrascht schaute ich den Pfarrer an. »Mein Kollege vom Technischen Gymnasium hat mir sein Grab gezeigt.« Ich fühlte in mir eine aufkommende Unruhe, legte das Heft ab, ohne es gelesen zu haben, und nahm das braune auf. »Arno Zittinga, geb. 1982, gest. Januar 2002. Todesursache: Selbstmord.«

»Auch diesen Namen habe ich auf dem Stein des Familiengrabes gelesen«, sagte ich und nahm eine Zigarette aus seiner Packung, ohne ihn zu fragen. Er beobachtete mich und gab mir Feuer. Seine Augen waren klein, seine Gesichtszüge verrieten die Spannung. »Das dritte Heft fehlt«, sagte ich.

Der Pastor nickte nur. Er trank den restlichen Tee und sagte: »Es ist in Arbeit.«

»Gibt es Gemeinsamkeiten?«, fragte ich.

»Ja und nein«, murmelte er. »Ich kann Ihnen nicht zumuten, beide Hefte jetzt zu lesen. Sie würden Ihre Fragen danach selbst beantworten können.«

Ich ließ die Seiten eines der Hefte an meinem Daumen vorbeiflippen, stoppte gelegentlich den Fluss der Seiten und bemerkte, dass sie sauber geführt, Lebensdaten und Ereignisse bis zum Tod enthielten.

»Lassen wir das dabei bewenden. Ein andermal«, sagte er.

Ich fragte: »Kennt der Kommissar die Kladden?«

Der Pastor winkte ab. »Selbst wenn ich sie ihm gäbe, wäre es fraglich, ob er mehr herauslesen könnte als ich.«

Ich schaute auf die Uhr.

»Müssen Sie weg?«, fragte er mich.

»Nein«, sagte ich. »Aber ich will meine Küstenfahrt fortsetzen.«

Der Pastor grinste. »Meine Frau ist zum Kaffeeklatsch. Die Frauen von Upplewarf treffen sich alle vier Wochen und besprechen ihre Probleme, dabei ist sie voll eingespannt. Sie unterrichtet an der Grundschule und gibt kostenlose Elternberatung. Und lässt mir Zeit für solche zufälligen Begegnungen.«

Ich stand auf und hielt dem Pfarrer meine Hand entgegen. »Wenn Sie Vertrauen genug in mich setzen, dann lassen Sie mir doch die Hefte einmal zukommen. Für heute reichen mir die Anregungen.«

»Das lässt sich machen. Wie wäre es, wenn wir uns an einem der kommenden Abende treffen würden?«, fragte er.

»Gut«, sagte ich. »Ich schlage den Dienstagabend vor.«

»Das lässt sich machen, dann leitet meine Frau das Frauenturnen in Upplewarf.« Er grinste.

Ich verließ ihn und bezahlte unten in der Kombüse des »Kapitänsblick« seinen und meinen Tee. Wenig später passierte ich das Sieltor und lenkte meinen Wagen wieder auf die Küstenstraße. Direkt vor Burdiek musste ich die Abzweigung nach Upplewarf nehmen.

Ich hatte ein Ziel. Das Verkehrsaufkommen war angestiegen, aber im Vergleich zu Großstadtverhältnissen nicht sonderlich bemerkenswert. In Burdiek an der Kreuzung warf ich einen flüchtigen Blick auf das kleine weiße Haus, das, zwischen einem Hotel und einer Apotheke eingekeilt, putzig mit Riet gedecktem Dach vorlugte und von Erikas Freundin aus Münster bewohnt wurde.

An Erika wollte ich jetzt nicht denken. Ich fragte mich, was den Pfarrer veranlasst haben konnte, die Hefte anzulegen. Er lebte ohne Kinder, seine Frau leistete im Dorf unbezahlte Sozialarbeit, und beide waren sie voll integriert in das Gemeindeleben und zählten zu den Persönlichkeiten, die sich Ansehen und Respekt verschafft hatten. Als Mann der Kirche musste er die frevelhaften Selbstmorde verdammen und jeden Eingriff in geborenes und ungeborenes Leben als schweres Verbrechen gegen Gottes Willen auslegen. Hatten ihn die sich so kurz hintereinander ereigneten Freitode zu sehr belastet? Er kannte die jungen Männer, hatte sie getauft, konfirmiert und ihre Kindheit verfolgt, und fühlte sich von daher mit ihren Leben verbunden.

Der Inhalt der Hefte reizte mich plötzlich.

Die Straße verlief schnurgerade durch Wiesenlandschaften. Am Dorfkrug von Upplewarf endeten meine Ortskenntnisse. Ich überlegte, ob ich mich in der Gaststätte nach dem Weg zum Fehntjer-Hof erkundigen sollte, als ich einen alten Mann sah, der mir gebeugt mit ernsten Zügen und gelichtetem Grauhaar schleppend entgegenschritt und eine kleine Aluminiummilchkanne in der Hand hielt. Ich kurbelte das Seitenfenster nach unten, neigte mich über den Beifahrersitz und rief: »Moin!«

Der alte Mann stutzte, kam ans Fenster.

»Ich möchte zum Fehntjer-Hof«, sagte ich.

Zu meiner Überraschung hellte sich sein Gesicht auf. Ich erkannte seine Freude und blickte in seine schwimmenden, wasserblauen Augen. »Da komme ich gerade her«, sagte er und hob seine Milchkanne ans Fenster. »Deputat«, sagte er stolz. »Jeden Tag bis zu meinem Lebensende. Ich war fünfunddreißig Jahre auf dem Hof.«

»Dann kennen Sie sich ja bestens aus?«, fragte ich ihn.

Der Alte lachte. Ich sah, dass ihm zwei Schneidezähne fehlten. In seinem unrasierten Gesicht kreuzten sich die Falten. Er steckte den Kopf durch das Fenster. »Da bin ich wie zu Hause. Ich habe die Dirn noch zu mir auf den Bock genommen, als wir die Garben mit Pferd und Wagen eingeholt haben. Damals kannten wir noch die blauen Kornblumen und den roten Mohn. ›Elke‹, habe ich zu der Lütten gesagt, ›du bist die Erntekönigin!‹ Und ich habe ihr einen Kranz aus den Blumen um die Zöpfe gelegt, die ja nun nur noch selten sind. Nun ist die Dirn zweiundzwanzig Jahre und Studentin.«

Ich wusste nicht, warum mir seine Worte guttaten. »Und wie steht es heute um das Glück des jungen Fräuleins?«, fragte ich ihn.

Listige Krähenfältchen bildeten sich um seine Augen. »Sind Sie etwa der Lehrer?«, fragte er direkt.

Meine Überraschung war vollkommen. »Ja«, antwortete ich. »Aber nicht von der Dirn.«

Der Alte nickte. »Ich weiß, aber von Enno. Ich habe den Jungen gerngehabt«, murmelte der Alte und fuhr fort: »Als seine Eltern verunglückt waren, ist er oft mit mir draußen gewesen auf den Äckern und Weiden. Ich habe ihn gewarnt, als er sich da auf etwas einlassen wollte. Ich bin nur ein ausgedienter Knecht. Heute gibt es keine mehr, nur noch Herren. Aber ich kenne noch den Unterschied, und wer hört schon auf einen Knecht?«

Schlagartig bildete sich Schweiß auf meiner Stirn. Ich hatte Angst, ihn weiter zu fragen.

Über das Gesicht des alten Mannes glitt ein breites Lächeln. Es sah entstellt aus, weil die Zahnlücken ihm das Aussehen eines Trinkers verliehen. »Meine Olsche wartet«, sagte er. »Sie meckert mit mir herum, wenn ich zu spät komme, und sie hat ja recht, ich bin ein alter verquatschter Kerl.« Der Mann zog seinen Kopf aus dem Fenster und wollte gehen.

Ich rief: »Sie wollten mir den Weg zeigen!«

Seine Hand wies seitlich nach hinten auf den gepflasterten Betonweg, der unauffällig in die Weiden führte.

Seitlich lagen die nassen Wiesen. Weit vor mir sah ich durch die Autoscheibe im weiten Grün die Umrisse des Hofes. Ich dachte an den Pastor, der vom Zufall gesprochen hatte, und ich überlegte mir, was er wohl zu dem Zusammentreffen mit dem Altknecht des Hofes sagen würde.

Die Konturen des Gebäudes schälten sich vor der grauschwarzen Wolkenwand heraus. Die wuchtige Scheune, das riesige Holztor und die sich fast bis zum Boden herabziehenden roten Dachränder verdeckten einen Teil des Wohnhauses. Links und rechts neben der Fahrbahn irritierte mich der Wassergraben, der in mir Erinnerungen an meinen Unfall weckte.

Das Geräusch meines Golfs vertrieb Vögel, die panikartig davonflatterten, und ich wunderte mich, dass ein grauer Fischreiher auf seinen dürren Beinen ausharrte, meinen Wagen übersah und vor dem Wasser auf Beute wartete.

Erst als der Pflasterweg über eine Brücke führte und sich zwei Gräben kreuzten, wuchs das Wohnhaus an, wurde größer, und ich sah die eckigen Fenster im zweistöckigen Giebelhaus. Die blassen Klinker ließen auf ein ehrwürdiges Alter schließen. Hochgewachsene Buchen und Eichen verdeckten den Wiesenhintergrund. Dunggeruch drang in mein Auto. Er war mir nicht fremd. Meine wenigen Landschüler trugen ihn während der Herbst- und Wintermonate in den Klassenraum, wenn sie sich aus den wärmenden Kleidungsstücken lösten. Ich sah das aufgerichtete Förderband, das vor einem hochgeschichteten, quadratischen Misthaufen stand. Das Hofgelände wirkte tot.

Vielleicht war der Graupelschauer an meinem Missmut schuld, der dicke Hagelkörner auf mein Autodach trommelte und mich im geparkten Wagen zurückhielt. Ich sah die Fertiggarage, die geöffnet war und aus der das Hinterteil eines Mercedes lugte. Auf dem Gelände entdeckte ich keine Hundehütte, von der mir Gefahr drohte.

Als sich der Graupelschauer abschwächte, verließ ich meinen Golf. Die wenigen Schritte bis zur Tür nahm ich im Lauf. Drei ausgetretene Sandsteinquader bildeten die Treppe. Der alte Eisentürknauf lag kalt in meiner Hand. Ich stieß ihn mehrmals gegen das Holz und horchte.

Der Türflügel öffnete sich, und ich schaute in das Gesicht des Landwirts, der Elkes Vater sein musste. Das tiefe Misstrauen, das sein Gesicht prägte, überraschte mich. Seine Augen lagen klein im vom Wetter gegerbten Gesicht. Seine Lippen waren schmal, und der einseitig abfallende Mundwinkel ließ auf ein erfolgreiches Leben schließen, denn er verstärkte seinen abschätzenden Blick, der mich von oben nach unten abtastete. Altfränkisch trug er das etwas rötliche Haar streng gescheitelt, seitlich war es anrasiert. Seine Manchesterhose war vom alten Schnitt, sein gewölbter Bauch signalisierte mir seine Unsportlichkeit. Die Hosenträger, Warnzeichen für mich, als ich für Sekunden an meinen hilflosen Direktor dachte, lagen über breiten Schultern.

So hatte ich mir den Vater einer hübschen Tochter nicht vorgestellt. Mich überraschte es nicht, dass sich Elkes Mutter mit vorgeneigtem Kopf als Kontrollstation einschaltete. Auch ihr Blick verkündete mir, dass ich unwillkommen war.

»Ich heiße Beruto«, sagte ich zu dem Mann.

Die Bäuerin schob ihren Gemahl zur Seite. »Er war Ennos Lehrer«, sagte sie nur und reichte mir die trockene Hand, die bewegungslos wie ein Stück Holz in meiner lag. Wir standen so für Sekunden da.

Dem Bauer ging weder ein Licht auf, noch schien ihm irgendetwas an mir interessant. Er blickte mich nur verkniffen an, verzog dabei keine Miene.

»Kommen Sie«, sagte die Bäuerin.

Während ich ihr durch den langen Korridor folgte, fand ich vor mir selbst die Entschuldigung, dass ich nur Fragen an ihre Tochter zu richten hatte.

Das leere Wohnzimmer überraschte mich. Es war nicht der Kamin, der den ersten Blick auffing, sondern die fast historischen Möbel. Wie eine Bauernstube im Cloppenburger Heimatmuseum, dafür belebt und nicht verstaubt, lag das Wohnzimmer einladend vor mir.

»Setzen Sie sich«, hörte ich die Bäuerin, während ihr Mann nur düstere Blicke für mich übrig hatte. »Meine Tochter ...«, sagte die Frau, und in diesem Augenblick stürzte Elke zufällig in das Zimmer.

Ohne Rücksicht auf ihre Eltern zu nehmen schlang sie ihre

Arme um mich und sagte: »Es wurde auch höchste Zeit!« Sie nahm mich an die Hand, zog mich aus dem Zimmer.

Ich folgte ihr und fühlte die empörten Blicke der entsetzten Eltern brennend auf meinem Rücken. Elke war nahe dreiundzwanzig, ich fünfunddreißig, ihre Eltern siebenundvierzig, ein Spiel mit Zahlen.

Elke zog mich zwei Treppen hoch, öffnete eine Tür und ließ mich in ihr Mädchenzimmer eintreten, in dem mich rundum Rätsel umfingen. Ihr unaufgeräumter Schreibtisch stand unter einem eckigen Fenster an der Wand. Ich machte einige Lehrbücher aus.

»Kostendeckungsbeitragsrechnung«, las ich von einem schwarzen Leinenrücken. Mir fiel ein, dass sie Wirtschaftswissenschaften studierte, um später den Hof zu übernehmen. Vor der Wand standen eine Couch, zwei dazu passende Sessel und ein runder Tisch. Ein Bücherregal bedeckte fast ganz die gegenüberliegende Wand. Bunte Buchrücken und aufgestapelte Zeitschriften füllten die Borde. Das restliche Stück Wand nahm Enno ein. Kleine, mittlere, große und zu Postern gewordene Fotos zeigten immer wieder nur das eine Motiv.

Ich näherte mich den Bildern und hörte Elke schluchzen. Die bunten Aufnahmen bestätigten mir, dass solche Prachtmenschen wie Enno nur selten geboren werden. Athletisch, muskelbepackt, durchtrainiert mit dem beständigen, siegessicheren Lächeln im schönen Gesicht sah ich Enno in Badehose, im Trainingsanzug und in strammen Jeans. Er lebte nicht mehr. Die Kamera hatte für Erinnerungsfotos gesorgt.

Ein Bild rief meinen Unwillen hervor. Ich drehte mich um, sagte zu Elke, die im Sessel saß und ihre Tränen nicht verbergen konnte: »War Enno Jäger?«

»Nein«, sagte sie. »Ich habe doch bereits im Krankenhaus erzählt, dass ich annahm, er wollte die Jägerprüfung ablegen. Auf dem Bild hält er Vaters Jagdgewehr.«

Ich schaute lange auf das Foto. Enno hatte die Jagdflinte im Anschlag und legte, so meinte ich zu sehen, mit verkniffenem Gesicht eiskalt auf ein Ziel an.

Ich verließ die Bilderwand. Elke trug Jeans, die ihre gut gewachsenen Beine eng umschlossen. Der Wollpullover aus groben Maschen lag locker um ihren Oberkörper. Ihre lange dunkle Haartracht hing wie ein Schleier über der Sessellehne. Ich wagte es nicht, sie länger als eine Sekunde anzuschauen, denn die große Ähnlichkeit mit meiner verstorbenen Erika warf innere Zwiespälte in mir auf.

»Setzen Sie sich zu mir, Herr Oberstudienrat«, sagte sie, wies auf die Couch und fuhr fort: »Enno mochte Sie und schwärmte von Ihnen. Ich habe weitere Bilder in meinem Album, das ich Ihnen später zeigen möchte.«

Das Mädchen zog mich an. Ich war verwirrt, schließlich hätte sie eine meiner Schülerinnen sein können.

Ich vernahm das Tuckern eines Dieselmotors, ging an das Fenster, beugte mich über den Schreibtisch und sah, wie sich der Mercedes in Richtung Brücke entfernte.

»Meine Eltern«, sagte Elke. »Das ist ihre törichte Art zu protestieren. Ich werde bald dreiundzwanzig. Aber sie bestrafen mich mit ihrer Abwesenheit, weil ich mit Ihnen das Gespräch über Enno auf meinem Zimmer suche. Sie wollen Kaffee, Kuchen und Kontrolle. Für sie bin ich noch lange nicht erwachsen. Sie fahren jetzt zu den von Birkenhains, um dort Trost zu finden, da deren Söhne irgendwo im terroristischen Untergrund das Ansehen der alten Familie schädigen und dem weit verzweigten Adel mit aufsässigen Theorien in den Rücken fallen.«

Irgendetwas hielt mich davon zurück, mich neben Elke zu setzen, die den Sessel verlassen hatte und nun, die Beine weit von sich gestreckt, auf der Couch Platz genommen hatte. Vielleicht spürte sie meine Hemmungen, denn sie stand auf, trat an das Bücherregal, öffnete eine untere Schranktür und fragte mich: »Haben Sie etwas dagegen, wenn ich Dvořák auflege?«

Erst jetzt bemerkte ich den Plattenspieler und Plattenständer. »Schallplatten, keine CDs?«, fragte ich.

»Nein«, antwortete sie, »Platten wirken origineller.«

Die Musik setzte ein. Elke ließ einige Takte verstreichen, dann sagte sie: »Lieder aus der neuen Welt.« Sie näherte sich mir mit strahlenden Augen und einem hinreißenden Lächeln. Ihr Körper schwang im Rhythmus der Musik. Sie kroch zu mir, drückte mich auf die Couch, schlang ihre Arme um mich und flüsterte wieder: »Lieder aus der neuen Welt.« Dann legte sie den Kopf auf meine Brust und heulte in die Musik oder genauer, sie weinte mit der Musik.

Ich unterbrach ihren Gefühlsausbruch nicht. Ihre Tränen drangen durch meinen Pullover. Ich spürte die Nässe auf meiner Haut, bewegte mich nicht und ordnete ihr schönes Haar zu einem Pferdeschwanz. Auch mich ergriff die Musik. Mit geschlossenen Augen formte meine Fantasie die Lieder der neuen Welt nach, türmte Wolkenkratzer zu riesigen Stadtgebilden zusammen, kehrte danach in die alte Welt zurück. Ich dachte an Anja und Erika und sah den Bungalow am Kanal, auf dem das Segelboot mit flatternden Segeln lag.

Wieder ein Zufall!, fiel mir erschrocken ein, denn auch meine verstorbene Frau hatte gelegentlich die Platte aufgelegt, deren tiefe Aussagen ich damals nicht verstanden hatte, wenn ich bei dieser Musik die Klassenarbeiten korrigiert hatte. Anja, Erika und Enno waren drüben. Elke und ich aber waren hier.

Als Dvořák das temperamentvolle New York verließ und sich schwermütig zurückfand zur träge fließenden Moldau, war mir klar, dass auch wir zurückmussten. Aber eine innere Macht trieb mich weg vom Gräberdenken, verscheuchte vom Wind zerfetzte Lebensbäume, vertrieb die Präludien der Orgel von Upplewarf und legte Nebelschleier über die Grabsteine der jungen Selbstmörder. Wir lebten und die Musik entzog Elke den Schmerz.

Ich zog ihr den groben Strickpullover aus, ließ ihr kleines Hemdchen hinter der Couch verschwinden und küsste lebenshungrig ihren schönen jungen Busen.

Nackt, verführerisch, herausfordernd und schön schritt Elke an den Schrank, drehte die Platte um, und die Lieder aus der neuen Welt vereinten uns, halfen uns einen Weg zu finden aus dem Jammertal der misslichen, unerklärlichen Kette der Todesfälle. Elke war nicht Erika, ich war nicht Enno, aber unsere Kraft, unsere neue Liebe ließ uns vergessen, und Elke wurde Erika und ich wurde Enno. Wir warfen von uns und luden neu auf.

Während wir mit gehendem Atem und erschöpften Körpern nebeneinander lagen, sagte ich: »Elke, wir sind es Enno schuldig, seine geheimen Verführer zu entlarven!« Ich erzählte ihr vom zufälligen Zusammentreffen mit ihrem früheren Altknecht.

»Ich hatte viel Zeit zum Grübeln«, sagte Elke und starrte die Decke an. »Enno verhielt sich gelegentlich recht sonderbar. Er besuchte sehr oft die von Birkenhains. Ich habe mich immer wieder gefragt, was ihn dort so faszinierte.«

»Elke«, sagte ich, »Enno wollte mir etwas mitteilen, bevor er sich erschoss.« Und ich fuhr fort: »Zu dir sagte er, jemand hätte gequatscht.«

Das Mädchen erhob sich. Mein Blick ruhte auf ihren schönen jungen Brüsten.

Sie küsste mich und sagte: »Hajo, ich weiß nicht, was Enno damit meinte, aber mir kommt jetzt einiges recht seltsam vor.«

Wir zogen uns an. Elke fasste mich am Arm. »Besuchen wir jetzt sein Grab«, sagte sie.

Ich nickte. Wir gingen nach unten. Ihre Eltern waren noch nicht zurückgekehrt. Elke stieg zu mir in den Golf. Ich fuhr

Richtung Upplewarf über den Plattenweg und hatte die Angst vor den Gräbern verloren. Am Dorfkrug vorbei steuerte ich meinen Wagen in Richtung Kirche.

Die Kirche mit dem schiefen Glockenturm auf der Warf lag bereits vor einem sich eindunkelnden matten Grau. Mich hätte es nicht gewundert, wenn sich Fledermäuse um den Glockenturm in die Dämmerung gewagt hätten. Auf den Parkplätzen vor der Mauer, die sich wie ein schwarzer Schatten um die Warf legte, standen viele Autos.

Ich parkte meinen Wagen auf der Zufahrt zum Feldweg. Er stand auf den Spuren des Busses. Durch die dürren Äste der Zweige tastete mein Blick das klobige Gotteshaus ab, das jetzt düster wie ein englisches Schloss wirkte. Kein Fenster zeigte Licht.

Ennos Grab konnte ich wegen der Friedhofsmauer nicht erkennen. Ich stellte mich hoch im Autositz und blickte in die geschätzte Richtung, ließ mich dann sofort wieder in den Autositz fallen.

»Was ist los?«, fragte Elke überrascht, die neben mir saß. Obwohl die matte Dunkelheit auch das Innere unseres Autos umhüllte, meinte ich zu sehen, dass sie blass geworden war.

»Auf dem Friedhof halten sich Männer auf«, sagte ich. »Ich sah ihre Lichter, so als trügen sie Fackeln. Sie befinden sich in der Nähe von Ennos Grab.«

»O Gott«, stöhnte Elke.

Ich hielt mich mittlerweile für ziemlich abgebrüht, wenn es sich um unerklärliche Begebenheiten im Zusammenhang mit dem Tod handelte, und wunderte mich nicht so sehr über den Schweiß, der mir aus den Poren drang, sondern eher über das plötzlich in mir aufsteigende Angstgefühl.

Ich griff nach der Türklinke und wollte mich aus dem Wagen stehlen, um einen Blick über die Mauer zu wagen. Aber Elkes

Arm umklammerte mich. Ihre Augen waren starr. Ich nahm ihre Hand. Sie war eiskalt.

»Wir müssen hier weg!«, flüsterte sie. Sie zitterte.

Genau in diesem Moment drang ein dumpfer Gesang zu uns. Ich horchte. Die Melodie kam mir bekannt vor, ich konnte aber den tiefen Stimmen keinen Wortsinn entnehmen. Über Turm und Kirche legten sich die Schatten des Abends.

Ich setzte meinen Golf zurück auf die Asphaltstraße und fuhr ohne Scheinwerferlicht, das Gaspedal nur gefühlvoll bedienend, davon.

Elke schwieg. Uns war der redliche und faire Versuch vereitelt worden, Hand in Hand an Ennos Grab zu treten und in Gedanken an ihn uns vor ihm zu bekennen.

Auch ich schwieg. Als die eingeschaltete Lichtreklame des Dorfkruges vor mir aufleuchtete, fuhr ich, ohne Elke zu fragen, auf den Parkplatz.

»Ich bin ein unbescholtener Oberstudienrat. Du bist eine erwachsene Studentin. Elke, hast du den Mut, in der Kneipe mit mir ein Bier zu trinken?«, fragte ich.

Elke rang nur für wenige Sekunden mit sich. Sie wägte den Dorfklatsch ab, schob das Veto ihrer Eltern von sich und stieg entschlossen aus.

»Nicht nur ein Bier«, sagte sie fest, warf ihre Haartracht auf den Rücken und schritt mir trotzig voraus. Sie steuerte den schönsten Platz in der Gaststätte an, während ich die Wirtin und den Wirt beobachtete. Sie schauten sich erschrocken an, als wir, das ungleiche Paar, Platz nahmen.

Einige Tische waren von Skatspielern belegt, und mir tat das joviale Nicken eines dicken Gastes gut, der seine Karten in der Hand hielt.

Wir saßen an einem Tisch vor dem Fenster. Die Vorhänge waren noch nicht zugezogen, und ich konnte auf meinen geparkten Golf blicken.

Die beleibte Wirtin watschelte an unseren Tisch. »Na, Elke, hast du die Rolle eines Fremdenführers übernommen?«, fragte sie, und ich beobachtete, wie mich die kleinen Augen in dem fetten Gesicht ohne Grund neugierig anstierten.

Ich stieß Elke mit dem Fuß unter dem Tisch an und sagte: »Sie irren sich. Sicherlich bietet Ihre reizvolle Gegend Fremden viel Sehenswertes, aber Elke und ich sind alte Bekannte. Pastor van Aaken hat Ihnen doch sicherlich schon von mir erzählt.«

Ich sah, wie die Wirtin mit ihrer vorgetäuschten Freundlichkeit rang.

»Ach so. Nein. Der Pastor hat nichts gesagt«, sagte sie und schwieg.

Ich sagte: »Zwei Pils.«

Sie verließ uns mit kleinen Schritten. Ich schaute ihr nach, grinste und sagte zu Elke in Abwandlung eines Liedes, um meine Wut loszuwerden: »Der Gott, der solche Ärsche wachsen ließ, der brauchte keine Knechte.«

»Pfui«, sagte Elke. »Das ist gemein.«

Ich nahm Elkes Hand in die meine und fühlte, dass es ihr peinlich war, aber sie nahm sie nicht weg. Mir war bewusst, dass die Anwesenden im Lokal uns beobachteten und bemüht waren, unser Gespräch zu belauschen. Zur Bestätigung sah ich, wie der Wirt den Blick nicht von uns nahm. Mir wurde bewusst, dass Elkes Friedhofsmiene dazu beitrug, das Misstrauen gegen uns zu verstärken.

Die Wirtin setzte die Biergläser auf den Tisch. Ohne einen Ton zu sagen verschwand sie. Ich blickte ihr nach, als junge Männer mit brennenden Pechfackeln im Marschschritt das Lokal betraten.

»Eins, zwei, eins, zwei, eins, zwei ...« Mehrstimmig drang es wie ein bedrohlicher Gesang zu uns. Ihr hartes Schuhwerk donnerte im dröhnenden Rhythmus durch die Gaststätte. Im Lokal klatschten die Skatspieler Beifall und reihten sich in den

Tonfall von »eins, zwei – eins, zwei – eins, zwei ...« ein. Die Truppe marschierte im Gleichschritt am Tresen vorbei. Der Wirt winkte ihnen zu, und ich sah, wie die Männer im Winkelzimmer verschwanden.

Der Brandgeruch der Fackeln lag in der Gaststätte. Die korpulente Wirtin verließ unseren Tisch, und ich beobachtete, wie sie ihre gewaltigen Hinterhälften im Takt des »eins, zwei – eins, zwei«, bewegte. Ich blickte dem Trupp nach.

Elkes Hand zuckte. Erst jetzt sah ich den alten Mann, der mühsam versuchte, steif seine Füße im Schrittmaß zu halten und den jungen Leuten folgte.

»Ennos Großvater«, flüsterte Elke, und ich erinnerte mich an die Beerdigung. Elke nickte mir zu. Wir hoben die Biergläser und tranken sie hastig leer. Ich ließ die Wirtin kommen, zahlte und verließ mit Elke unter den neugierigen Blicken der Skatspieler das Gasthaus.

Die Strahlen meiner Scheinwerfer huschten über den Plattenweg und rissen einen Lichtkegel aus der Dunkelheit. Ich fuhr langsam und blickte hin und wieder auf den blassgrünen Böschungsrand.

»Gehörten die Männer zum Schützenverein?«, fragte ich Elke.

»Das weiß ich nicht. Ich kannte nur wenige von ihnen, denn nicht alle kamen, wie mir schien, aus Upplewarf.«

Ich wollte Elke nicht wie ein Kriminalbeamter verhören und schwieg. Erst als ich über die Brücke fuhr und die beleuchteten Fenster im Bauernhaus sah, fragte ich erneut: »Waren Freunde Ennos unter ihnen?«

»Ja, es waren die, die ich kannte«, sagte Elke.

Die Erlebnisse vor der Kirche und im Dorfkrug hatten unsere euphorische Stimmung zerschlagen. Elke grübelte. Ich parkte vor dem Haus, stieg aus und ließ die Wagentür offen. Auch Elke vermied Lärm und drückte ihre Tür leicht in das Schloss. Während sie in ihrer kleinen Tasche nach dem Hausschlüssel suchte, nahm ich sie in die Arme und küsste sie. Meine Hand fuhr liebevoll und spielerisch durch ihr schönes Haar.

»Tschüss«, flüsterte ich ihr in das Ohr.

Sie weinte leicht, und wir sahen den Lichtschein, der durch die sich öffnende Tür nach draußen fiel.

»Sie schnüffeln wieder hinter mir her«, flüsterte Elke und ging auf die Haustür zu, während ich mich hinters Steuer setzte und den Weg über die Brücke zum Dorf nahm.

Mein Kopf schmerzte leicht. Ich wusste, dass nicht der kühle, böige Wind die Ursache gewesen sein konnte, sondern die vielen sprunghaften Gedanken, die meine Fantasie ständig in Bilder umgesetzt hatte.

»Was für ein Tag!«, stöhnte ich, und meine innere Rückschau stimmte mich glücklich, als ich Elkes schönen Körper vor mir sah und den Klang der Musik von Dvořák in meinen Ohren hallte.

Ich war vor Jahren mit Erika in Prag gewesen. Wir hatten in den alten Cafés gesessen und auf die Karlsbrücke geschaut. Unser Spaziergang entlang der Moldau unter den Strahlen einer rot untergehenden Oktobersonne gehörte zu den Stunden, die Erika und ich, so hatten wir uns vorgenommen, mit in unser Alter nehmen wollten.

Ich fuhr langsam. Vor dem Dorfkrug parkten viele Autos.

Es war seltsam. Bei meinem Blick auf den erleuchteten Gasthof verspürte ich ein bedrohendes Gefühl. Eine innere Unruhe ergriff mich und trieb mich plötzlich zu Ennos Grab. Zuerst sträubte ich mich, wollte den Gedanken von mir schieben. Mir fielen die vielen Gruselgeschichten meiner Kindheit ein, und ich dachte an die Kälte, die Friedhöfe in der Dunkelheit ausstrahlen.

Parkprobleme gab es nicht. Ich stellte meinen Golf dicht an die kleine Eingangspforte. Durch die Windschutzscheibe sah ich die dunklen Umrisse des Glockenturms. Nur gelegentlich fielen durch die Wolkenbänke Strahlen des zunehmenden Mondes.

Ich entnahm meinem Handschuhfach meine Taschenlampe. Für Sekunden saß ich still, meine Hände umschlossen verkrampft die Metallhülse des Handscheinwerfers, während ich versuchte, Herr meiner Nerven zu werden. Entschlossen zog ich die Schlüssel aus dem Zündschloss und verließ meinen Golf.

Kreuze und Grabsteine formten schemenhaft bedrohliche Umrisse. Die Kirche lag wie eine dunkle Burg auf der Warf. Für Sekunden stand ich lauschend vor der kleinen geöffneten Eisentür in der Mauer. Über diese Stege waren die alten Frauen geschlichen, als sie ihre Füße unter ihren gebeugten Körpern auf den festen Grund setzten, den Himmel über sich wussten und im Gebet das Gespräch mit Gott suchten.

Der plötzliche Ruf einer Eule nahm mir fast den Mut. Ich schaltete die Taschenlampe ein, hielt den Strahl auf den Boden vor mir gerichtet und schritt drauflos. Der Wind umfing mich. Mir war kalt. Ich leuchtete die Gräber an, beobachtete, wie sich die Lebensbäume leicht im Wind beugten und die goldenen Namensgravuren auf den Steinen aufleuchteten.

Ennos Grab war bereits abgesackt. Das Grün einiger Kränze hatte sich bräunlich gefärbt. Die Schleifen, zerzaust vom Wind, waren nur noch Fetzen. Wie ein riesiger überdimensionaler Maulwurfhügel kam mir Ennos letzte Ruhestätte vor.

Mit kleinen Schritten umrundete ich das Grab, las Wortfetzen und im Schein der Lampe starrte ich auf das wirre Durcheinander.

Dann fiel mir der frische Kranz auf. Rote und weiße Nelken, wie zur vollen Blüte gereift, bündelten sich auf blau schimmernden Tannenzweigen. Ich bückte mich, griff nach den schwarz-weiß-roten Schleifen und las die fett gedruckten in Versalien geschriebenen Wörter:

SO JUNG UND SCHON EIN ALTER KAMERAD.

Darunter befand sich ein winziges stilisiertes Kreuz, das aus der Ferne nur als schwarzer Punkt zu erkennen war.

Ich dachte an die Männer, die im Schrittmaß mit »eins, zwei – eins, zwei ...« in den Dorfkrug einmarschiert waren. Wieder befiel mich das Gefühl einer fernen Bedrohung. Für Sekunden konzentrierte ich mich auf Enno. Ich hoffte vergeblich auf Zeichen, die mir kundtun sollten, dass er, wie Erika und meine kleine Anja, dort sein würde, wo es keine Qualen und Schmerzen gab.

Mein Gesicht brannte. Ich versuchte, alles von mir zu werfen, was mich an diesem Abend bedrückte. Der Wind drehte auf, Schneeflocken trieben mir entgegen. Ich sah, wie sie sich weich auf die Nelken setzten, und wusste, dass ich den Friedhof so schnell wie möglich verlassen musste. Meine Schritte wurden schneller, und meine Flucht wurde nicht von den wirbelnden Flocken der Böen angetrieben, sondern von der Angst vor der mit Kreuzen und Grabsteinen voll bestückten Warf.

5

In der Nacht vom Sonntag auf den Montag hatten mich Träume geläutert. Mehrmals war ich aufgewacht, als mein Unterbewusstsein mich in kritische Situationen gesteuert hatte. Aber die Welt des Traumes ließ mich mit Elke auch Angenehmes erleben.

Ich gönnte mir ein Duschbad, frühstückte wie ein König und vergaß Wetter, Wind und Wolken, als ich durch den Bismarckpark zur Schule ging.

Im Lehrerzimmer blieb ich schweigsam, unwissend, als die Kollegen die Bundesligaergebnisse besprachen. Dagegen ereiferte ich mich engagiert, als das Thema Wirtschaftspolitik vor dem Hintergrund einer Massenarbeitslosigkeit diskutiert wurde.

Mein Unterricht verlief ohne Störungen. Meine Klasse sah ein, dass über Enno zu reden uns nicht weiterbringen würde. Besessen erarbeiteten wir Stoffe der Differenzialrechnung, und ich war glücklich, dass ich voll eingespannt wie bei einem Tischtennismatch keine Sekunde Zeit fand, um an gestern zu denken.

Nach dem Unterricht ging ich direkt nach Hause. Der Direktor, der seinen spitzen Bauch wie eine von Gott verliehene Würde vor sich hertrug, erinnerte mich an Elkes Vater, als er mir zunickte und zu seinem Fahrzeug schritt.

Ich kochte mir Spaghetti aus einer Fertigpackung und rief Gregor an. Er wollte mich gegen fünfzehn Uhr besuchen. Die Zeit bis dahin nahm mich voll in Anspruch. Spülen, Sachen weghängen und die kleine Wäsche ließen mir gerade noch Zeit genug, um gegen fünfzehn Uhr das Teewasser aufzusetzen.

Gregor half mir. Er deckte den Tisch, während er mit ernstem Gesicht meinem Vortrag lauschte, den ich ihm hielt, und meinen Sonntag schilderte, ohne die süßen Stunden bei Dvořáks Musik zu erwähnen. Er ließ sich gedankenvoll in den Sessel fallen, während ich ihn bediente.

Als ich mich zu ihm setzte, stopften wir uns die Pfeifen mit dem Tabak, den er so lobte und von einem Bremer Versandgeschäft nicht gerade preiswert bezog.

»Weißt du, Hajo«, sagte er, »das Schützenwesen hat bei uns eine große Tradition. Bereits im hohen Mittelalter formierten sich in den aufblühenden Städten die Bürgerwehren gegen die räuberischen Überfälle des Adels. Etwa um 1210 tragen ihre Mitglieder in Belgien und Holland schon Uniformen, es sind Meisterwerke der damaligen Webkunst. Bei uns in Deutschland sind die Bürgerwehren ab dem vierzehnten Jahrhundert dokumentarisch belegt. Sie schlossen sich gegen 1360 in Gotha zum deutschen Schützenbund zusammen und sind jetzt harmlose Vereine. Heute dienen die meisten von ihnen dazu, die Gemeinden gesellig zusammenzuhalten, und bieten Vergnügungen auf den Dorfwiesen an, wenn sie ihren Schützenkönig ausschießen.«

Ich war verblüfft und sog mächtig an meiner Pfeife. Das, was Gregor sagte, passte genau in die Geschehnisse. Dennoch machte mich der Kranz mit der schwarz-weiß-roten Schleife stutzig, denn die Farben hatten eine anrüchige Vergangenheit.

»Gregor, du könntest recht haben«, sagte ich, während wir den Tee genossen. Meine Fantasie hatte voreilig die Männer im Winkelzimmer und selbst den alten greisen Großvater meines Schülers in die Schublade extremistischer Kreise gestellt.

Ich holte die Finnlandprospekte, und wir suchten auf der Karte den Standort unserer gebuchten Hütte. Mitten in unsere Vorfreude auf Urlaub, Entspannung und Fernweh hinein klingelte das Telefon.

Ich wurde nur selten angerufen. Neugierig suchte ich den Korridor auf. Pastor van Aaken war in der Leitung. Er sagte den Besuch ab, den wir für morgen vereinbart hatten. Ein Schwerkranker erforderte seine ständige christliche Betreuung im Krankenzimmer. Er sagte mir, dass seine Frau mir die Schulhefte vorbeibringen würde.

Gregor musste ich erst von meinem Zusammentreffen mit Pastor van Aaken im »Kapitänsblick«, berichten. Er hörte ruhig zu.

»Das macht mich schon neugierig«, sagte er.

»Wenn ich die Hefte habe, komme ich zu dir«, antwortete ich.

Als Gregor mich verlassen hatte, fuhr ich zu Elke. Ihre Eltern waren auf den Feldern. Bis zum Abend saß ich mit ihr in ihrem Zimmer. Sie bestätigte mir, dass Enno Mitglied des Schützenvereins gewesen war, bezweifelte allerdings seine aktive Rolle. Ihren Äußerungen entnahm ich, dass sie mit meinen Recherchen nicht einverstanden war. Sie wollte endgültig vergessen, und suchte den Neuanfang, dessen Mittelpunkt ich war.

Als es dunkel wurde, steckte Elke eine Kerze an. Ich beobachtete sie dabei. Ihr langes Haar fiel wie ein Schleier nach unten. Anmutig, gebeugt, die Brüste hingen locker im Wollpullover, ihre streng sitzenden Jeans – sie war eine einzige Herausforderung. Was ist das für ein Drang? Woher kommt er, der uns in solchen Situationen alles entzieht, nur um auf Liebe zu hoffen? Ein Geheimnis der Welt, um in einem Menschen seine Erfüllung zu finden? Das fragte ich mich, während das Kribbeln meiner Besitzgier schlagartig meine Gedanken vertrieb, und ich nur sagte: »Elke, leg bitte Dvořák auf.«

Die Kerze flackerte, und die Flamme warf schattige Bänder über Bücherborde und die Fotos von Enno. Elke musste gefühlt haben wie ich. Sie setzte sich zu mir auf die Couch, legte ihre Arme um mich, und wir lauschten der Musik. Erst als der

Komponist die neue Welt verließ und sich die Musik im Plätschern der Moldau verflüchtigte, zog ich Elke aus, warf ohne Hektik, ihren Körper genießend, ihre Kleidungsstücke auf den Boden und fand mich mit Elke ein in die Musik, in den träge fließenden Fluss, der sich ewig durch die schmale Rinne seinen Weg suchen wird, während wir irgendwann unsere Körper verlassen müssen. Es gab nur Elke und mich. Die Welt bestand aus uns. Schreiben, Dichten, die Krone gehörte den Schöpfern solcher Musik, wie sie Dvořák geschaffen hatte.

Als ich mich von Elke verabschiedete, legte sie sich die dicken Lehrbücher auf den Schreibtisch.

»Tschüss!«, sagte sie und küsste mich heiß. Ihre Eltern waren noch nicht zurück, und sie begegneten mir auch nicht, als ich über den Plattenweg nach Hause fuhr.

Frau van Aaken, eine resolute und kräftige Erscheinung, lehnte höflich ab, als ich sie einlud, mit mir in meiner Wohnung eine Tasse Tee zu trinken. Wir standen unter dem Schutz des Betonvorsprungs, der über der Haustür die schweren Regenschwaden abfing.

»Ich bin in Eile«, sagte sie höflich. »Ein paar notwendige Einkäufe, Herr Beruto, und dann drängen die Termine im pädagogischen Landleben.« Sie reichte mir die Schulhefte, schlug den Kragen des gelben Regenmantels hoch, rief »Tschüss!« und rannte zu ihrem Auto.

Ich winkte ihr nach. Die farbigen Schulhefte lagen leicht in meiner Hand. Ich dachte an den Pastor, der mich nicht ohne Absicht zum Leser seiner Geheimnisse auserkoren hatte. Der auf die Erde klatschende Regen stimmte mich missmutig.

Ich betrat meine Wohnung, suchte im Schrank nach meinem Trenchcoat, holte meinen Golf aus der Garage und fuhr zu Gregor.

Die Vorzimmerdame ließ mich durch. »Der Chef hat keinen Besuch«, sagte sie, als Gregor aus seinem Büro kam. Groß und würdevoll stand er vor der mit Leder gepolsterten Tür. In seinem aristokratischen Gesicht sah ich sein verständnisvolles Lächeln.

»Der Chef bekommt jetzt auch keinen Besuch mehr, mein Fräulein«, sagte er und winkte mich in sein mit vielen antiken Kostbarkeiten ausgestattetes Zimmer. »Setz dich, Hajo«, forderte er mich auf und blickte neugierig auf die Hefte, die ich aus dem Inneren meines Mantels hervorholte. »Einen Augenblick«, sagte er, nahm den Hörer ab und sprach in die Muschel: »Die Teezeit ist vorbei. Aber zwei Tassen Kaffee finde ich jetzt angebracht.«

Dann wandte er sich wieder mir zu.

»Sind das die ominösen Hefte?«, fragte er.

»Ich hab sie noch nicht aufgeschlagen, Gregor. Frau van Aaken hat sie mir vor zwanzig Minuten gebracht.«

Gregor lehnte sich zurück. Seine Finger strichen über seinen grauen Schnurrbart und sein Gesicht strahlte eine abgeklärte Ruhe aus, die seine Würde unterstrich. »Hajo, weißt du, wir Juristen lieben die Spannung, die Konfliktsituationen nun einmal mit sich bringen. Der vielleicht harmlose Selbstmord deines Schülers regt jetzt meine Fantasie an, und die Hefte des Pastors werfen Fragen auf, die nicht nur den Jungen betreffen, sondern auch auf den Kirchenmann zielen, denn ich bin neugierig und möchte herausfinden, was ihn dazu geführt hat, die Kladden wie ein Buchhalter zu führen.«

Ich schwieg. Ein Mädchen servierte uns den Kaffee. Es war sehr jung und verließ mit glühenden Wangen wortlos das Zimmer.

»Rauchen wir eine«, sagte Gregor, rührte Milch und Zucker in den Kaffee und wies auf die für Klienten ausgelegte Schachtel.

Während die ersten Rauchschwaden bläulich durch den Raum zogen, griff er nach einem der Hefte. Ich beobachtete ihn, als er las, und bemerkte dabei, wie sein Gesicht ernst wurde und sich seine Falten strafften. Gregor sagte keinen Ton.

Mich trieb es nicht an, zum zweiten Heft zu greifen, sondern ich rauchte und wartete. Aber Gregor spannte mich auf die Folter, als er die Kladde nicht aus den Händen legte, sondern erneut an den Anfang der Eintragungen zurückging.

Ich drückte meine Zigarette aus und griff zum zweiten Heft. Ich sah die saubere Handschrift des Pastors.

Hayo Wiefelkamp, geboren am 12. 07. 1981.

Taufe: 19. 12. 1981. Leitspruch: Tue Recht und scheue Niemanden. Gott sei dein Anwalt.+ Schulbesuch: 1. – 4. Klasse, Grundschule Upplewarf, Lehrerin Frau van Aaken. 5. – 13. Klasse, Technisches Gymnasium Jadingen. Anklage: Bankraub bei der Raiffeisenbank in Goldsiel. Hayo entzog sich dem angesetzten Prozess durch Einnahme eines Gifts. Qualvoller Tod im Landeskrankenhaus. Frage: Wie kam er an das Gift? Antwort: Keine. Gründe für den Selbstmord: Scham, denn Hayo stammt aus einer guten Familie. Vater ist Landarzt. Geschwister: Bruder und Schwester, beide zeigen bürgerliche Normalentwicklung. Erfahrbare Hobbys und Freizeitgestaltung: Schießsport, Judo und Karate. Normale Kindheit in einem bürgerlichen Elternhaus. Leistungen in der Schule: normale Durchschnittsnoten um Befriedigend. Lieblingsfach: Geschichte mit Schwerpunkt Zweiter Weltkrieg. Umgang: Schützenverein, gelegentliche Discobesuche, nur wenige Freundschaften mit Mädchen. Fazit: Nicht erkennbare Gründe für den Bankeinbruch, da Hayo keine Geldsorgen kannte. Großzügige Taschengeldanordnung durch den Vater.

Es folgten noch einige Daten, die auf mich nebensächlich wirkten.

Ich legte das Heft auf den Tisch.

Gregor saß gedankenverloren in seinem Sessel, dessen Holzschnitzwerk an frühere Zeiten erinnerten. Seine Hände lagen auf dem Heft.

»Recht merkwürdig«, sagte er, »tauschen wir.«

Ich nahm sein Heft und gab ihm das bereits abgelegte.

Auf dem Tisch las ich vom kleinen Etikett »Enno Warfenknecht«.

Die Reihenfolge wollte es, dass ich es ungelesen zur Seite schob.

Im dritten Heft setzte die exakte Schrift von Pastor van Aaken die Daten von Geburt, Taufe und Konfirmation des Schülers Arno Zittinga sauber ins Bild. Die Parallelen zu Hayo Wiefelkamp endeten beim Geburtsjahrgang 1981. Arno hatte den Weg über die Realschule zum Technischen Gymnasium gefunden. Er kam ebenfalls aus einem guten Elternhaus, soweit solche Aussagen zur Festlegung der charakterlichen Eigenschaften eines Menschen überhaupt aussagekräftig sind. Denn die kleinbürgerliche Zuordnung geht davon aus, dass es angesehenen Familien gestattet ist, positive Schicksale für sich zu pachten. Dass dem nicht so war, bewies unerklärlicherweise Arno Zittinga, den der Pastor mit dem Spruch »Suche das Licht! Es wird dir leuchten immerfort!« konfirmiert hatte. Bei einem blitzartigen Überfall auf das Waffendepot der Bundeswehr in Heidkamp hatte der wachhabende Soldat im Todeskampf noch einen Schuss auf die mehrköpfige Bande abgeben können, der Arno am Oberschenkel erwischt und ihn bewegungsunfähig gemacht hatte. Er wurde als Einziger in der Kaserne gefasst.

Ich las fasziniert weiter. Pfarrer van Aaken musste sich in den Fall vertieft haben, denn im Protokollstil führte er den Fortgang der Geschichte aus. Der diensttuende Stabsarzt hatte sich des Opfers angenommen. Er hatte die Wunde behandelt und die notwendige, aber aufschiebbare Operation in die frühen Morgenstunden verlegt, damit ihm Assistenzärzte und Schwestern assistieren konnten. Arno Zittinga bekam ein Bett in der zurzeit leeren Krankenstation des Lazaretts zugewiesen. Der Arzt hatte angeordnet, dass sich der Sanitätsdienst um den Mann zu kümmern hatte. Der angeschossene Patient hatte bleich und lethargisch im Revier gelegen, umgeben von leeren Betten, und bot keinen Anlass zur Dauerbewachung. Der Sanitätsunteroffizier verließ sich auf Stichproben, während die Nachricht des Überfalls auf das Waffendepot bereits vom Fernsehen ausgestrahlt wurde.

Doch die eigentliche Sensation sollte noch eine Steigerung finden. In den frühen Morgenstunden fand der Sanitätsunteroffizier während seines Kontrollganges das Bett des Patienten leer vor und presste Sekunden später seine Hände an den Magen, als er Arno Zittinga mit herausgestreckter Zunge, erwürgt von den zusammengeknoteten Bettlaken, vom Jalousienkasten herabhängen sah.

So weit die Eintragungen. Ich suchte nach den Hobbys und fand die Eintragung: Schießen, Selbstverteidigung. Seltsamerweise entdeckte ich in der Rubrik Lieblingsfach Geschichte, und auch Arno Zittingas Interesse lag auf dem Schwerpunkt Zweiter Weltkrieg. Und, was mich zusätzlich erregte, er war Mitglied des Schützenvereins von Upplewarf.

Warum sollte ich noch in Ennos Heft schauen? Seine ihm vorgeworfenen Einbrüche endeten ohne Rechtfertigung mit einem Schuss in den Kopf, dachte ich und sah, wie Gregor sein Heft gedankenvoll ablegte und die Kladde über Enno aufhob.

Ich sagte keinen Ton, zog eine Zigarette aus der Schachtel, steckte sie an, rauchte, schaute dem Qualm nach und trank den restlichen Kaffee, der kalt geworden war. Gregor saß entrückt in seinem hohen Stuhl.

Ich konnte mir aus dem Gelesenen keinen Reim machen. Sicherlich stießen die Selbstmorde auf verwandte Motive, andererseits fiel auf, dass sie alle Mitglieder des Schützenvereins waren, was aber Städter überbewerten müssen, weil die dörfliche Jugend, von den Vätern angeleitet, in das Vereinswesen hineinwächst.

Endlich blickte Gregor auf. Seine Finger fuhren durch den grauen Schnurrbart. »Das ist ja hochinteressant«, sagte er und schaute mich an.

Ich antwortete: »Da ist Enno nicht alleine.«

»Hajo, ich bin Jurist. Ob es im Sinne des Pastors geschieht, das weiß ich zurzeit nicht. Aber meine langjährige Tätigkeit in dieser Stadt hatte immer nur eine Konsequenz für mich, nämlich der Gerechtigkeit zum Siege zu verhelfen. Ich habe keine Wahl. Die Hefte gehören in die Hände des Staatsanwalts!«

Ich schaute Gregor überrascht an. »Ich weiß nicht, ob van Aaken damit einverstanden sein wird.«

Gregor legte sein Gesicht in Falten: »Aber Hajo, warum hat er die Hefte angelegt? Sein Misstrauen führte ihn doch zu dem Entschluss, das, was ihn bedrückte, niederzuschreiben. Er hat doch die Anklage erhoben!«

Mir war nicht wohl in meiner Haut. Der Pastor hatte mir vertrauensvoll seine Aufzeichnungen überlassen. Aber Gregor war Jurist und kein Pastor.

»Na gut, wenn du meinst«, sagte ich und dachte dabei an den misstrauischen Kriminalbeamten Feenwegen, der ebenfalls Ennos Selbstmord nicht als zufälligen Einzelfall akzeptieren wollte. Nun, sollte die Sache ihren Lauf nehmen.

Ich dachte an Elke, die Hand in Hand im Dorfkrug mit mir den Zug der Männer beobachtet hatte.

Gregor spürte, dass ich mit mir rang. »Hajo, die Hefte gehören dem Verfasser. Als Anwalt trage ich die Verantwortung dafür, dass ihr Vorhandensein und ihr Inhalt als Geheimnis in diesen vier Wänden bleiben.«

Ich nickte. Diese Aussage meines Freundes beruhigte mich.

Gregor fuhr fort: »Mein Beruf und mein Gewissen verlangen aber andererseits von mir, dass ich den hier aufgezeigten Zufälligkeiten auf den Grund gehen muss.« Er blickte auf die Uhr. »Machen wir dem Pastor einen Besuch«, sagte er entschlossen.

Gregor saß schweigsam neben mir. Er hielt die Schulhefte in seinen Händen. Ich fuhr den Golf im vierten Gang, während mein Fuß das Gaspedal nur leicht andrückte. Die Scheibenwischer schaufelten mir in gleichbleibendem Rhythmus den Blick auf die Straße frei, denn pausenlos tropfte der Regen vom Himmel. Trist lag die grüne Wiesenlandschaft unter der grauen Wolkendecke, die weder Anfang noch Ende erkennen ließ. Nur hin und wieder überholten mich eilige Fahrer, und ihre Autos warfen mir zusätzliches Spritzwasser gegen die Scheibe.

An diesem Spätnachmittag wirkte Upplewarf auf uns wie ein Dorf, in dem keiner leben wollte. Die nasse Straße war leer gefegt. Die Häuser mit ihren blassen Klinkern hinterließen den Eindruck, als wären sie im prasselnden Regen eingeschrumpft. Auch der Dorfkrug lag hinter dem mit riesigen Pfützen bedeckten Parkplatz tot im schäbigen Grau.

Ich fuhr die lange Dorfstraße ab, die nur von der roten Lichtreklame eines Gemischtwarenladens belebt wurde.

»Einen Moment, Gregor«, sagte ich. »Ich muss eben nach dem Weg fragen.«

Der Regen schlug mir in das Gesicht. Das Geschäft war leer. Eine Tür schwang auf, und die Kauffrau schritt mir mit watschelnden Schritten und wedelnden Armen entgegen. Ihren schweren Leib bedeckte ein weißer Kittel. Ich langte in den

Drahtkorb und hielt ihr eine Schachtel Zigaretten entgegen. Sie zählte das Geld.

»Wo wohnt Pastor van Aaken?«, fragte ich. In ihr breites Gesicht zog Misstrauen. Sie musterte mich, und ich dachte: Sie könnte eine Schwester der Dorfkrugwirtin sein.

»Fahren Sie bis zur Kirche. Etwa fünfzig Meter weiter biegt ein Feldweg ab.«

»Danke«, sagte ich und rannte zum Auto.

Gregor studierte das Kirchenschiff mit dem geneigten Glockenturm vor der sich ausregnenden grauen Himmelsfläche. »Ein bedrohliches Gebäude«, sagte er. »Wie eine Endstation nach vielen Irrwegen.« Er schüttelte sich, als sein Blick oberhalb der massiven Mauerumrandung die Kreuze und Grabsteine erfasste.

»Irgendwo auf dem Warfhügel liegen Enno und die beiden Jungen, die sich besonders für den Zweiten Weltkrieg interessieren«, sagte ich und drosselte die Geschwindigkeit, um den Feldweg nicht zu verpassen.

Der einzeln stehende Bungalow war weder üppig noch bescheiden. Von den Tannen im Vorgarten tropfte der Regen. Ich parkte auf den Steinplatten vor der Garage. Gregor blieb im Wagen, als ich ausstieg, zur Tür hastete und den Klingelknopf drückte.

Der Pastor öffnete die Tür. Sein mächtiger Körper füllte fast den Rahmen aus. Er hielt mir seine Hand entgegen, und ich erkannte in seinem groben Gesicht die Freude über meinen Besuch.

»Willkommen, Herr Beruto, haben Sie die Hefte gelesen?«, fragte er zur Begrüßung, und ich bemerkte, dass er seine Neugierde auf mein Urteil kaum unterdrücken konnte.

Ich nickte und zeigte auf meinen Wagen. »Ich bin nicht allein gekommen«, sagte ich. »Mein Freund, Rechtsanwalt Groeneling, begleitet mich und möchte mit Ihnen reden.«

Van Aaken fuhr mit seiner großen Hand durch sein angegrautes Kraushaar. »So?«, fragte er überrascht. Er blickte mich an, dann sagte er: »Gut, Herr Beruto, bitten Sie ihn herein. Er ist mir ein willkommener Gast.«

Ich winkte Gregor zu. Er stieg aus und schützte die Hefte vor dem Regen.

Van Aaken begrüßte Gregor freundlich. Sie waren fast gleich groß. Ich kam mir zwischen ihnen klein vor. Der Pastor führte uns in das Wohnzimmer. Wir ließen uns in die Sessel nieder. Van Aaken hielt ein Schnapsglas in der Hand.

»Wetter und Schicksal sprechen für einen Stärkungsschluck. Wie sehen Sie das, meine Herren?«

Gregor nickte. »Ich könnte einen Lütten vertragen«, sagte er und legte die Hefte auf den Tisch.

»Einen kann ich mir wohl auch erlauben«, sagte ich und spielte auf meine Eigenschaft als Fahrer an.

Der Pastor goss die Gläser randvoll.

Gregor wartete nicht lange auf einleitende Förmlichkeiten. Schmus war ihm zuwider. Er trank den eiskalten Schnaps, und wir folgten seinem Beispiel ohne das übliche Prost.

»Herr Pastor, mein Freund machte mich ohne Ihr Wissen zum Mitleser Ihrer Aufzeichnungen. Ich hoffe, dass Sie Herrn Beruto deshalb nicht böse sind. Wenn Sie mein juristisches Urteil interessiert, dann sage ich Ihnen hier ohne Schminke, dass die Hefte eine Menge Sprengstoff beinhalten. Da Sie sich als Verfasser sehr mutig weit vorwagen, gehört meines Erachtens, falls Sie ernsthaft Ihren Zweifeln weiter nachgehen wollen, ein Jurist dazu. Das ist der Grund meiner Anwesenheit in Ihrem Hause.«

Ich bewunderte Gregor, wie er den Zusammenhang gefunden hatte und ohne aufdringlich zu wirken dem Pastor Handlungsspielraum einräumte. Ich vernahm den erleichterten Seufzer des Pastors.

»Sie teilen also mein Misstrauen?«, fragte er.

Gregor nickte.

Van Aaken wandte sich an mich. »Herr Beruto, der Tod Ihres Schülers hinterließ doch bei Ihnen ähnliche Zweifel?«

Ich nickte. »In Ihren Aufzeichnungen fand ich nur Bestätigungen und Parallelen, Herr van Aaken«, antwortete ich.

»So ist das«, sagte er und fuhr fort: »Da ich als der hiesige Pfarrer, der vom Vertrauen der Kirchenmitglieder lebt, mein tiefes Misstrauen nicht öffentlich von der Kanzel bekunden kann, suchte ich nach einem Gleichgesinnten, der mir in Ihrer Person, Herr Oberstudienrat, zufällig begegnete. Es freut mich aber umso mehr, dass Sie, Herr Groeneling, als Jurist meine Sorgen aufgegriffen haben.«

Gregor ließ sich vom Pfarrer noch einen Schnaps einschenken. Er trank ihn und sagte: »Ich bin ein alter Mann. Aber da sehe ich eine Aufgabe vor mir, die mich reizt. Herr van Aaken, wir wollen nicht zögern, die Staatsanwaltschaft auf diese seltsame Selbstmordserie aufmerksam zu machen. Da Sie als Gottesmann der Gemeinde das nicht in die Wege leiten können, autorisieren Sie bitte mich damit und überlassen Sie die Hefte mir, die ich als Aufzeichnungen irgendeines anonymen Bürgers von Upplewarf kennzeichnen werde.«

Van Aaken sah mich verzeihend an. Er hielt die Flasche hoch, und Gregor genehmigte sich noch einen kühlen Schnaps. Ich lehnte ab, da ich fahren musste.

Als wir den Pastor verließen, hatten wir ein Konzept. Gregor hatte sich vorgenommen, die Staatsanwaltschaft einzuschalten, und van Aaken und ich blieben im Hintergrund, denn – das muss ich hier hervorheben – wir hegten einen Verdacht und vermuteten einen Zusammenhang, waren aber ohne schlüssige Beweise.

Ich fuhr Gregor nach Hause und dachte an Elke, die sicherlich auf meinen Besuch gewartet hatte und jetzt nicht wusste, dass Ennos Selbstmord neue Kreise zog.

6

Unzufrieden verließ ich die Schule. Der Unterricht war mir mühsam und schwer erschienen. Vielleicht waren die Ereignisse am Vortage mit schuld daran, dass es mir an der notwendigen Konzentration gefehlt hatte und mir ungewohnte Fehler unterlaufen waren.

Den Anspannungen, die ich nach dem Lesen der Hefte in mir fühlte, konnte ich nicht entfliehen. Eine innere Unruhe drängte mich, Elke zu besuchen. Ich bereitete mir noch ein Schnellgericht zu, und als es fertig war, dudelte das Telefon.

Ich rannte in den Korridor. Gregor war es, der meine Nerven strapazierte.

»Hajo«, sagte er ohne Vorrede, »ich habe mir die Sache noch mal durch den Kopf gehen lassen. Mir ist nicht bekannt, ob die Staatsanwaltschaft bereits in Wartestellung sitzt oder ohne Argwohn unsere nicht zu beweisenden Angriffe gegen Anonyme hinnehmen wird. Deswegen habe ich Kommissar Feenwegen für sechzehn Uhr zu mir gebeten und möchte, dass auch du an dem Treffen teilnimmst. Van Aaken hat bereits zugesagt.«

»Na ja«, sagte ich nur und zögerte. Ich dachte an Elke, die ich aufsuchen wollte.

»Was hast du, Hajo?«, fragte Gregor.

»Ich komme«, sagte ich entschlossen, legte das Telefon erst gar nicht auf die Station und rief Elke an. Das monotone Summen ging mir auf die Nerven.

»Hier Schaverding«, klang mir eine Frauenstimme entgegen.

»Beruto, Oberstudienrat Beruto«, sagte ich und hoffte, dass mein Titel als Eisbrecher dienlich war. Ich horchte in die Muschel. Frau Schaverding schwankte wahrscheinlich zwischen Einhängen und Lügen. Deshalb unterbrach ich die Stille. »Frau Schaverding, die Kriminalpolizei recherchiert im Fall Enno. Ich muss Elke dringend sprechen!«

Was Frau Schaverding umstimmte, weiß ich nicht, doch sie sagte: »Moment.«

Elke meldete sich, und ich vernahm ihren raschen Atem.

»Du?«, fragte sie.

»Elke, hör zu«, sagte ich, »mir war jeder Trick recht, dich zu sprechen. Ich komme heute Abend gegen sieben.«

Elke antwortete: »Es wird auch höchste Zeit, denn auch ich muss einiges loswerden. Tschüss.«

Ich saß für Minuten still vor dem Telefon, suchte den Zusammenhang, schritt dann in die Küche, nahm das Gekochte zu mir und kümmerte mich anschließend um den Abwasch.

»Die Herren sind bereits versammelt«, sagte das Büromädchen mit süßem Lächeln und wies auf das Zimmer.

Gregor schob mir einen der antiken Sessel zu. Ich begrüßte van Aaken und den Kriminalbeamten. Während Gregor sich seine Pfeife stopfte, sagte er: »Meine Herren, der tragische Selbstmord des Schülers Enno Warfenknecht hat uns alle tief erschüttert. Seine Motive werden für uns nicht länger rätselhaft bleiben, falls wir die mir anonym zugesandten Aufzeichnungen zum Reden bringen können.« Er wies auf die Hefte, die auf dem Tisch lagen. »Herr van Aaken, ich habe Sie gebeten, an diesem Gespräch teilzunehmen, da Sie die Gemeinde Upplewarf betreuen und die Selbstmörder auch persönlich kannten. An Sie möchte ich die erste Frage richten.«

Gregor nahm die Hefte auf.

»Kommt es Ihnen nicht recht seltsam vor, dass die drei jungen Männer Ihrer Gemeinde zum einen kriminell geworden sind und anderseits bei einem hohen Intelligenzgrad auf ihre Festnahme mit dem Freitod reagiert haben?«

Ich beobachtete Feenwegen. Seine Brauen zogen sich zusammen.

Der Pfarrer neigte sich leicht vor.

»Herr Anwalt, als Seelsorger der Gemeinde spende ich Trost und unterwerfe mich Gottes Willen. Vorwürfe an die Verschiedenen sind mir nicht gestattet. Verdächtigungen auszusprechen verbietet mir mein Amt. Allerdings vermute ich für meinen Teil, dass die Jungen etwas mit in den Tod nahmen, das ihnen heiliger erschien als Gottes Wort, das ihnen untersagte, Hand an sich zu legen.«

Der Kommissar saß gespannt in seinem Sessel.

Gregor wandte sich an mich.

»Hajo, du hattest zu deinen Schülern immer einen guten Kontakt. Du kanntest Enno Warfenknecht besser als wir. Dich wollte er sprechen, damit drückte er sein Vertrauen zu dir aus. Und vor deinen Augen erschoss er sich.«

Ich antwortete: »Ich neige zu der Ansicht, dass Herr van Aaken die Richtung gefunden haben muss, denn Enno besaß alles, was junge Menschen sonst anstreben. Hinzu kam, dass er gute Chancen hatte, Zehnkampfmeister zu werden. Ein größeres Ziel, das wir nicht kennen, muss er über alles andere gesetzt haben. Das zu finden würde uns vielleicht Klarheit bringen. Ach, da fällt mir noch ein ...« Ich nahm dem Kriminalbeamten das Wort, der gerade etwas sagen wollte. »Als ich nach dem Selbstmord nach Upplewarf fuhr, um Elke Schaverding, seine Freundin, zu besuchen, wies mir ein geschwätziger Altknecht den Weg. Er kannte sowohl Elke als auch Enno Warfenknecht von Kindheit an. Im Gespräch deutete er an, dass er Enno gewarnt hätte, sagte aber nicht, vor was.«

Feenwegen sagte erregt: »Unsere Überprüfungen ergaben, dass alle drei Schüler aus guten Familien kommen. Der Schock ihrer Festnahme traf sie umso tiefer. Fürs erste Hinsehen sind es für mich Kurzschlussreaktionen.«

Gregor sah den Kommissar fragend an. »Das kann und wird vielleicht eine Rolle gespielt haben. Aber betreten wir einmal das Vorfeld. Warum überfällt ein Arztsohn eine Bank? Nach den glaubhaften Aufzeichnungen des besorgten Beobachters, der die Hefte anlegte, fehlte es dem Jungen nicht an Geld. Der Sohn des wohlhabenden Baustoffhändlers beteiligt sich an einem Überfall auf ein Bundeswehrdepot. Warum?«

Kommissar Feenwegen lachte erleichtert. »Herr Anwalt, gerade dieser Fall hat uns Schweiß und Zeit gekostet. Ich war deswegen in Stuttgart. Der ähnliche Ablauf eines Überfalles auf die Franklin-Kaserne konnte in die Terroristenszene eingeordnet werden. Es gab aber keine Beziehungen zu uns nach Norddeutschland. Selbst die Computeranalyse sowohl des LKA als auch des BKA führten uns nicht weiter. Wir wissen nicht, ob Bankeinbruch und Überfall als Einzeltaten kleinen Verbrechergruppen zuzuschreiben sind oder einer systematisch vorgehenden organisierten Bande. Genauso rätselhaft ist für uns die batteriebetriebene Stichsäge, die wir im Auto des Schülers Warfenknecht gefunden haben, die ihn äußerst stark belastet.«

Wir blickten den Kommissar überrascht an. Ich spürte, wie mein Herz schneller schlug, denn bisher hatten wir nicht gewusst, was die Polizei in Ennos Wagen gefunden hatte.

Der Kommissar bemerkte unsere Neugierde. »Herr Groeneling, Sie sind Notar und Anwalt. Ich mache Sie darauf aufmerksam, dass Sie und die beiden Herren der Schweigepflicht unterliegen, wenn ich jetzt in die Details gehe.«

Gregor fischte sich eine Zigarette aus der Packung und bot sie uns an. Sein Feuerzeug klickte und während wir den Rauch ausstießen, sagte er: »Ich fertige von unserem Gespräch ein Protokoll an, das von uns allen unterschrieben wird.«

Kommissar Feenwegen nickte zufrieden. »Meine Herren. Wir haben einige spektakuläre Einbrüche in Ratshäuser verzeichnen müssen. Gerade hier in den ländlichen Gemeinden fehlt es oft an Geld, wichtige Dinge hinter Türen von Panzerschränken mit Alarmanlagen zu deponieren. In Warfenkirchen, Sielgrodens und Schlootens fehlten nach nächtlichen Überfällen die Gemeindesiegel und Passformulare. Wir haben diese Vorkommnisse vor der Presse verschwiegen. Unsere nächtlichen Einsätze vor ländlichen Ratshäusern blieben ohne Erfolge. Was uns dabei sonderbar vorkam, war die einmalige Methode, mit der sich die Kriminellen Zugang in die Dienststuben verschafft hatten. Sie benutzten dazu ein Sägewerkzeug, mit dem sie das Schloss heraussägten und so die meist einfachen Türen öffneten. Auf dem Markt war ein solches Gerät, das selbst Eisenscharniere durchtrennte, nicht zu bekommen.«

Der Kommissar redete weiter, und ich wusste jetzt, was Enno in der Heckklappe seines Polo mit sich geführt hatte.

Van Aaken legte sein Gesicht in tiefe Falten.

Gregor suchte mit seinem juristisch geschulten Verstand den gemeinsamen Nenner. Der Kripo war es bisher nicht gelungen, Ansätze zu finden, da jeweils ein Selbstmord die Spur abrupt unterbrach.

Gregor rauchte erneut. »Meine Herren, drei wesentliche Argumente stehen im Raum. Es handelt sich um Geld, Waffen und Pässe. Herr Kommissar, Sie kennen die Hefte noch nicht, die ein anonymer Beobachter der Szene abgefasst hat. In ihnen steckt nicht nur Misstrauen, sondern auch die Sorge um Gefahren, die unseren schlafenden Instinkt wecken muss, denn es geht um unsere Demokratie.«

Ich bemerkte die Genugtuung des Pfarrers, als er sagte: »Ob in meiner Gemeinde oder um sie herum Geheimbünde existieren, entzieht sich meiner Kenntnis, aber meine christliche Verantwortung verlangt von mir, dass ich der Sache nachgehen muss. Wenn junge Menschen ihr Leben wegwerfen, um andere nicht zu verraten, dann müssen wir konsequent die Irrlehren, die sie verblenden, entlarven, damit sich der Schaden nicht ausweiten kann.«

Der Kommissar nahm die Hefte an sich.

»Nehmen Sie die Aufzeichnungen mit, Herr Feenwegen«, sagte Gregor. »Sie sind juristisch wertlos, da sie keine Beweiskraft haben, da jedermann Denunziationen verfassen kann. Dennoch meine ich, dass ihr Inhalt zum Nachdenken anregt.« Er fuhr fort: »Ich werde morgen den Staatsanwalt aufsuchen und ihn veranlassen, Strafantrag gegen die drei verstorbenen Schüler zu erlassen, weil sie Mitglieder einer kriminellen Vereinigung gewesen sein können. Ich hoffe, damit eine aufgestaute Kraft zu entfachen, die den von uns vermuteten Hintergrund aufdecken hilft.«

Ich kannte Gregor seit vielen Jahren. Er trug selbst Kriegswunden an seinem Körper. Mir war klar, dass er sich entschieden hatte, trotz seines Alters den Kampf gegen Unbekannt erbarmungslos zu führen.

Kommissar Feenwegen war wie umgewandelt. »Es täte mir gut, Herr Anwalt, wenn Sie mit Ihrem Elan bereits abgelegte Vermutungen aus verstaubten Akten neu beleben könnten.«

Van Aaken stand auf. Er, Gregor und der Kommissar waren hochgewachsen. Sie blickten auf mich herab.

»Herr Anwalt, meine volle Unterstützung ist Ihnen sicher«, sagte der Pfarrer.

Sie verabschiedeten sich.

Gregor rief ihnen nach: »Meine Herren, Sie hören von mir!«

Ich stand mit meinem Freund allein in der Kanzlei.

»Gregor, ich muss weg«, sagte ich. »Dein aufgezeigter Weg

ist konsequent. Wir müssen jetzt zusammenhalten, denn ab heute haben wir Feinde, die wir nicht kennen.« Ich wusste, warum ich diese Äußerung machte, denn Anja und Erika hatten mich vor Gefahren gewarnt.

Gregor stand vor mir. Sein Gesicht zeigte die Bereitschaft, jeden Kampf aufzunehmen. Sein Selbstvertrauen beseelte ihn.

»Hajo, was sein muss, muss sein«, sagte er und reichte mir die Hand. »Du fährst zu Elke Schaverding?«

Ich nickte.

»Denk bitte an die neue Situation!«, rief er mir nach, als ich durch sein Vorzimmer schritt und das Lächeln des hübschen Mädchens mit nach draußen nahm.

Tief in verwirrende Gedanken verstrickt, lenkte ich meinen Golf durch den Feierabendverkehr. Erst als ich seitlich der Straße die Felder und Wiesen ausmachte, über die sich die Dämmerung legte, wurde mir bewusst, dass ich rein mechanisch meinen Wagen steuerte.

Gregors konsequente Schlussfolgerung aus den Gesprächen mit van Aaken, dem Kommissar und mir durfte nicht verniedlicht werden. Als Mathematiker konnte ich seiner Logik folgen. Mich hatte es mächtig erschüttert, dass Enno sich dem Verdacht ausgesetzt hatte, einer Einbrecherbande angehört zu haben, die einen militanten Hintergrund vermuten ließ. Seinen Tod konnte ich nur als Bestätigung auslegen.

Ich fand keinen Blick in die frühabendlichen Wolken und die friedliche Weide- und Wiesenromantik mit den geduckten Bauernhäusern. Mich zerfraßen die Zweifel, die offen ließen, inwieweit Elkes leidende Haltung echt und aufrichtig war. Hatte sie mit Enno leben können, mit ihm die Freizeit, wissend um seine möglichen Ambitionen, teilen können? War ihre Hingabe zu mir aufrichtig?

Uns hatte die Trauer zusammengebracht. Wir wollten vergessen und neu anfangen.

Als ich vor dem hohen Bauernhaus meinen Wagen abstellte, sah ich verwundert auf einen Mercedes, dessen Typenbezeichnung über den Ansprüchen meiner Gehaltsgruppe lag. Es war aber nicht nur der Wagen, mehr noch erstaunte mich sein Kennzeichen der Stadt München.

Ich näherte mich den Steinstufen, drückte die Klingel und musste mich gedulden.

Vielleicht haben Elkes Eltern Besuch, dachte ich, als ich lange wartend vor der Tür stand.

Zu meiner Überraschung öffnete Elke selbst die Tür. Sie wirkte gestresst und aufgeregt.

»Da bist du endlich«, sagte sie und gab mir einen flüchtigen Kuss. Ihre Stimme hatte sich fast in Hektik überschlagen. »Ennos Freund aus München ist bei mir«, flüsterte sie und schritt mir eilig voraus.

Der Besuch hätte mich unberührt gelassen wie kalter Kaffee, wenn ich nicht gerade als Mitglied eines Männerquartetts zu Elke gekommen wäre, das fast wie eine Antiverschwörung Machenschaften aufdecken wollte, in denen sich Enno verstrickt hatte.

Ein Freund aus München?, dachte ich argwöhnisch, als ich hinter Elke die Treppe hochstieg. Konnte es mir vielleicht schon heute Abend gelingen, einen Blick durch das Fenster zu werfen, das mir den Blick auf die kriminellen Einbrüche in die Bank, auf das Waffendepot und die Ratshäuser verbarg? Diese Gedanken liefen blitzartig durch mein Hirn.

Elke öffnete die Tür ihres Zimmers, das mich mit der himmlischen Musik von Dvořák verband.

Wie aus einer neuen Welt stand der jüngere Mann vor mir. In seinen Gesichtszügen entdeckte ich ein ironisches und dennoch verbindliches Lächeln.

»Nonninga«, sagte er, und ich wunderte mich über seinen kräftigen Händedruck.

»Beruto«, sagte ich. Mein Blick glitt über seine schlanke Figur und nahm den teuren Anzug wahr.

»Sie sind der Lehrer von Enno?«, fragte er, und es klang einfach so dahingeworfen, dass ich mich ärgerte. Seine Art, mich wie zufällig hinzunehmen, reizte mich.

»Habe ich Ihren Namen richtig verstanden, Herr Nonninga?«, fragte ich und ließ ihm keine Zeit zu einer Antwort. »Das klingt echt ostfriesisch, denn die Endsilbe ›inga‹, die ja hier häufig anzutreffen ist, wird abgeleitet von *Koninga*, auf hochdeutsch Führer oder König. Demnach stammen Sie von altem hiesigen Geschlecht.«

Elke stand hilflos vor dem Bücherregal. Ich blickte auf das Schrankfach, in dem sich der Plattenspieler befand.

»Ich komme von einem Hof, der im Brookmerland liegt und den mein jüngerer Bruder betreut«, sagte er. »Wissen Sie, die Landwirtschaft wirft keine hohe Rendite ab. Ich möchte mehr.«

Ich notierte sein trotziges Lächeln, denn immer noch kam Nonninga mir von oben. Seinen Mercedesstern wollte er zum Strahlen bringen, das spürte ich. Deshalb fragte ich: »Brookmerland? Das liegt in der Gegend von Emden an der Küste. Mir fällt Maihafe ein und der eckige Kirchturm, in dem sich ein Seeräuber verbarrikadiert hatte und sich den Truppen von Tom Brook ergeben musste.«

Nonninga starrte mich misstrauisch an. Ich ließ ihn nicht zu Wort kommen und übersah Elkes Bemühungen, ihn und mich in die Sessel zu dirigieren. Mein Ziel war es, den Lackaffen loszuwerden, um mit Elke zu reden.

»Die Seegeschichte kann auch anders verlaufen sein«, sagte ich. »Schließlich trennen uns von Ihrem Hof gute neunzig Kilometer und meine Heimatgeschichte hat einen beschränkten Radius.«

Nonninga fand keinen Gefallen an meinem Heimatgespräch. Er suchte den Ausweg, denn, das war mir klar, der Mann hatte eine windige Vergangenheit und stempelte mich zum blöden Pauker ab.

»Ich bin rein zufällig hier«, sagte er, »und ich erfuhr von Elke, dass mein Freund Enno eine große Dummheit begangen hat. Gerade er, bei seinen Anlagen.«

Ich suchte vergeblich nach Trauerfalten in Nonningas verkniffenem Gesicht. Mich wunderte es daher nicht, dass er vom runden Tisch sein kleines eckiges Köfferchen nahm, Elke die Hand drückte und zu mir sagte: »Mein hohes Einkommen bedingt volle Terminspalten und Ruhelosigkeit, Herr Oberstudienrat. Sie leben mit weniger und einer festen Kundschaft ruhiger.«

Ich nickte und antwortete: »Auch kleine Einkommen können stressen!«

Nonninga verschwand zu meiner Freude ohne Antwort.

Elke führte mich zum Sessel. Als ich mich setzte, hüpfte sie auf meinen Schoß, legte ihre Arme um meinen Hals und weinte ohne Vorwarnung drauflos.

Ich verharrte still und geduldig, griff nur gelegentlich nach ihrem Pullover und trocknete ihr mit der Wolle die Tränen ab. Dabei horchte ich nach draußen. Das Geräusch des Mercedes verklang.

Ich fürchtete mich vor der Neugier der Eltern, denn es wäre mir peinlich gewesen, wenn sie mich mit ihrer weinenden Tochter auf meinen Knien überrascht hätten.

Elke schluchzte. »Hajo, es ist so schrecklich! Endlich bist du da. Ich hatte solche Angst.«

Ich unterdrückte meine Unruhe. »Du bist kein Kind mehr, Elke. Was bedrückt dich?«, fragte ich gelassen.

Elke verließ meinen Schoß, schritt an den kleinen Spiegel, der neben dem Fenster hing und nicht größer war als eine Postkarte. Sie ordnete ihr langes Haar und tupfte mit dem Zeigefinger ihre Augenränder trocken. Dann drehte sie sich um und sagte: »Dieser Nonninga wünschte von mir ein Päckchen, das Enno vor seinem Tode bei mir hinterlegt hätte. Ich habe ihm die Wahrheit gesagt, denn ich weiß nichts davon. Ich habe ihn gebeten, bei Ennos Großeltern nachzufragen. Aber dort war er bereits gewesen. Daraufhin behauptete er, es müsse hier in meiner Wohnung sein. Ich habe ihn gefragt, was das für ein Päckchen gewesen sein könnte. Nonninga sprach von einem braunen Briefumschlag, der Fotos, Dias und Prospekte aus dem Urlaub enthalten würde.«

Elke sah mich an, als sie meine Verwirrung bemerkte. Mich hielt es nicht mehr im Sessel.

»Weißt du etwas über diese Urlaubsfotos?«, fragte ich aufgeregt.

»Nein«, antwortete sie verwirrt. »Jetzt fängst du auch noch davon an. Nonninga wurde handgreiflich, als ich ihn daran hinderte, den Schrank zu durchwühlen! Dann kamst du als rettender Engel.«

Ich sah, wie ihr erneut die Tränen kamen.

»Meine Liebe, ganz langsam«, sagte ich und legte meinen Arm auf ihre Schultern. »Kann Nonninga mit Urlaub irgendetwas anderes gemeint haben?«

Sie hob die Schultern. »Das kann sein. Denn Enno hat mit Nonninga wirklich eine Reise unternommen. Sie waren in den Sommerferien in Kleinasien. Ich hatte kein Geld für die Reise, und Enno bekam von seinem Großvater einen großzügigen Zuschuss, den Rest bezahlte Nonninga, der enorm gut verdient.«

Mich traf ihre Aussage wie ein Schlag, verbarg meine Überraschung aber vor Elke, als sie fortfuhr.

»Enno hatte meinen Fotoapparat mitgenommen, den er irgendwo liegen gelassen hat.« Elke schritt an das Regal, entnahm einer Schublade ein Silberarmband und ließ es auf meine Hand gleiten. »Er hat es mir als Andenken mitgebracht«, sagte sie.

Ich studierte die feine Handarbeit, und es gelang mir, die sich auf jedem Kettenglied wiederholenden arabischen Schriftzeichen, die um die bräunlich-roten Korallensteinchen lagen, zu entziffern. »*Maschallah*«, sagte ich. Elke schaute mich irritiert an. »Elke, diese arabischen Schriftzeichen, die *Maschallah* gelesen werden, sagen aus, Allah, also Gott, möge alles gut lenken für dich, was du auch unternehmen möchtest.«

»Und das weißt du?«, fragte sie.

»Ich bin ja auch schon ein wenig herumgekommen im Leben«, antwortete ich.

»Wir hatten uns vor der Reise ein wenig zerstritten«, sagte sie leise. »Ich war eifersüchtig, weil er mich allein ließ, und als Enno mir nach der Reise dieses Armband schenkte, habe ich ihm verziehen. Enno wollte nichts mehr davon hören. Er reagierte sauer, wenn ich auf seine Reise zu sprechen kam.«

Die Dunkelheit kroch in das Zimmer.

»Elke«, sagte ich, »wie wäre es mit *Lieder aus der neuen Welt?*«

Ich sah, wie tiefe Freude ihr Gesicht glättete und ihre dunklen Augen verführerischen Glanz annahmen. Ich schritt an die Tür, drehte den Schlüssel um und sagte: »Damit Nonninga nicht nach seinem Päckchen suchen kann.«

Elke legte die Platte auf. Während die ersten Takte aufwühlend, hektisch in das Zimmer drangen, zündete ich die Kerze an, die auf dem runden Tisch stand. Die Flamme, so schien es mir, tanzte im Rhythmus der Musik.

Elke legte sich zu mir auf die breite Couch. Ich fühlte ihre breiten Lippen auf meinem Gesicht und verteilte ihr dunkles Haar wie ein Fischernetz um meinen Kopf. Als Dvořák die Moldau im alten Prag plätschern ließ, befreite ich Elke und mich von unseren Kleidungsstücken und küsste ihr Silberarmband, das sie angelegt hatte und sagte ehrfurchtsvoll *Maschallah*, während ich eintauchte in die himmlische Musik und das Licht der Kerze, die mir Anjas, Erikas und Ennos erlangten Frieden signalisierten.

Elke hatte mir die Einsamkeit genommen. Meine Unterrichtsstunden fesselten die Schüler und füllten mich aus. Das Pausenzeichen, das ich früher oft inmitten verkrampfter Lektionen sehnsüchtig erwartet hatte, überraschte mich jetzt, während mir die Schulstunden zu kurz vorkamen.

So macht Unterrichten Spaß, dachte ich, als mein Rotstift nach dem Essen weniger als sonst in die Zahlengebilde, Symbole und Zeichen fuhr.

Etwas dieser frohen Stimmung wirkte in mir nach, als ich zu Gregor fuhr. Zu meiner Verwunderung war er nicht anwesend. Er hatte mich zum Tee eingeladen. Ich wusste von ihm, dass er den Staatsanwalt gestern überzeugt hatte und dass bereits eine Sonderkommission mit Feenwegen die Recherchen aufgenommen hatte.

Gregors Schwiegersohn, ein etwas rundlicher, gemütlicher Typ, wies die Sorgen um meinen Freund mit einem jovialen Lächeln weit von sich.

»Nach dem Essen ging mein Schwiegervater zum Deich«, sagte er. »Er wollte frische Seeluft schnappen und nachdenken.«

»Herr Dirks, wissen Sie, das kenne ich von Gregor nicht. Wenn er mir einen Termin nannte, dann hielt er ihn nicht nur ein, sondern saß gewöhnlich schon vor der Zeit parat«, sagte ich, denn mir war bewusst, dass wir uns auf einen gefährlichen Pfad gewagt hatten, und mir brannte die Geschichte mit Nonninga aus München unter den Nägeln. Ich wollte sie loswerden.

Rechtsanwalt Dirks lachte. »Vielleicht hat er Durst auf ein Bier verspürt. Wer weiß?«

Nachdenklich verließ ich das Anwaltsbüro und achtete nicht auf die Blicke der Mädchen, die im Vorzimmer in Akten suchten.

Vielleicht hat der Schwiegersohn recht, dachte ich.

Elke hatte an diesem Nachmittag eine Vorlesung an der Fachhochschule und sie dort aus der Menge der Studenten herauszusuchen verspürte ich keine Lust. Nach Hause wollte ich auch nicht.

Ich fragte mich, welchen Deich Gregor wohl aufgesucht haben könnte. Im Nahbereich unserer Stadt bot sich für den schnellen Rundgang der Südstrand an. Gregor konnte aber auch die Umgehung zum Ölhafen gewählt haben, um von dort am Religusstrand, ohne die hässlichen Öltanks vor sich zu sehen, den Weg nach Vorlapp gewählt haben. Gregor war in dieser Beziehung unberechenbar. Wenn es ihm in den Sinn kam, dann störten ihn die zwanzig Kilometer zum Nordseebad Horumersiel oder zum benachbarten Schillig nicht. Für die Rückreise nahm er dann ein Taxi.

Ihn jetzt zu suchen war ein hoffnungsloses Unterfangen.

Während ich über Gregors mögliche Wanderstrecke und den geplatzten Termin nachdachte, befuhr ich die Umgehungsstraße, ließ Vorlapp seitlich liegen und steuerte meinen Golf über die Küstenstraße. Plötzlich dachte ich an den »Kapitänsblick« in Berumersiel.

Ich fuhr ohne Stress, genoss die Landschaft, die im Sonnenschein weiträumig und farbig wirkte. Wie ein Autowanderer, der zur eigenen Erbauung beim Autofahren Erholung sucht, ließ ich meinen Wagen ohne große Geschwindigkeit über die Straße rollen, den Frieden der Landschaft aufnehmend. Das Summen des Motors transformierte meine Fantasie in die Wohlklänge Dvořáks. Über die weiten grünen Wiesen huschte das Flackerlicht einer Kerze in meinen Vorstellungen.

Ich parkte vor versammelter Kutterflotte, folgte mit meinen

Blicken den segelnden Möwen und hätte mein Geschick zu diesem Zeitpunkt gegen kein anderes in der Welt eintauschen wollen.

Die freundliche Bedienung im »Kapitänsblick« servierte mir den Tee. Ich rauchte, blickte durch die Scheiben des Türmchens, in dem ich alleine saß, auf das sich in Meeresnähe abschwächende Blau und konnte die Insel als kleinen zarten gelbgrauen Strich erkennen.

Ich dachte an die Ministerpräsidentenhochzeit. Vor dem Altar der buckeligen Kirche hatte vor wenigen Tagen unangekündigt vor kleinem Publikum ein angesehener Politiker einer zwanzig Jahre Jüngeren sein Jawort gegeben.

Ich dachte an Elke, die etliche Jahre jünger war als ich, und freute mich auf den morgigen Nachmittag. Wir hatten uns verabredet, wollten in Norddeich im Meerwasser-Wellenbad schwimmen gehen, danach zur Krönung unserer Ostfrieslandrundfahrt im renommierten »Nordseehotel« Kutterseezunge mit Kräutersoße nach Fischerart beim Kerzenschein genießen. Ein Geheimtipp meiner Kollegen, die mir gut gesinnt waren.

Am Horizont stiegen kleine Wölkchen hoch und setzten erste Zeichen für eine Wetteränderung.

Gregor fiel mir ein. Eigentlich hätte ich jetzt mit ihm in seiner Kanzlei sitzen müssen. Er wollte mir irgendetwas Wichtiges mitteilen.

Ich stieg die Treppe nach unten. »Kann ich bei Ihnen telefonieren?«, fragte ich die Bedienung. Sie nickte freundlich.

»Ein Orts- oder Ferngespräch?«, fragte sie nach.

»Ein Ferngespräch«, sagte ich. Ich wählte Gregors Nummer. Eine unbegründete Unruhe trieb mir den Schweiß auf die Stirn.

»Endlich«, sagte ich. »Hier spricht Beruto. Ich benötige dringend Herrn Dirks.«

Es klickte. Ich erkannte die Stimme des Schwiegersohns.

»Herr Beruto, Gregor ist tot!«

Für Sekunden, die mir wie Ewigkeiten vorkamen, fand ich kein Wort, konnte nicht formulieren, spürte nur kalten Schweiß. In mein Schweigen drang die Stimme des Rechtsanwaltes Dirks.

»Man hat ihn in Schillig gefunden. Er muss einen Herz- oder Kreislaufkollaps erlitten haben, dabei ist er mit dem Kopf auf die Steinstufen der Deichtreppe gefallen.«

Ein Kloß saß in meinem Hals. So als hätte sich mein Kehlkopf zu einem Luftballon deformiert, hinderte er mich am Sprechen.

»Herr Beruto? Hallo!«

Endlich gelang mir das befreiende »Ja«.

»Mein Schwiegervater ist im Krankenhaus untersucht worden«, hörte ich Dirks.

Mir liefen die Tränen über die Wangen.

»Keine Gewaltanwendung?«, fragte ich in meiner Verzweiflung.

»Nein«, sagte der junge Anwalt.

Ich hängte den Hörer ein. Das Mädchen schien mit mir zu leiden. Ohne Worte kassierte sie für den Tee und das Gespräch, und ich spürte ihre traurigen Blicke auf meinem Rücken.

Der Schock saß tief. Ich hatte einen Freund verloren, der mir mehr war als ein Zwillingsbruder. In den Kreis meiner Toten, mit denen ich abends vor brennender Kerze versuchte, meditierend das Gespräch zu führen, war nun auch Gregor eingetaucht.

Elke half mir über den ersten Schmerz hinweg. Sie kümmerte sich rührend um mich und blieb gelegentlich über Nacht, ohne Rücksicht auf die Vorwürfe der Eltern, bei mir in meiner Wohnung.

Ich hatte Pastor van Aaken nebst Gattin zu einem Bier eingeladen. Elke hatte sich für Stunden in der Küche mit dem

Anrichten von Salaten beschäftigt, während ich mich um Wein, Bier und die üblichen Getränke bemüht hatte. Den Tisch hatten wir gemeinsam zum feierlichen Anlass gedeckt.

Zu unserer Überraschung erschien der Pfarrer, seine Gattin locker im Arm haltend, gut aufgelegt eine Stunde früher als verabredet vor unserer Tür.

Elke nahm Blumen in Empfang und stellte sie in eine Vase.

Van Aaken wollte seinen Trenchcoat nicht ablegen, während seine Frau bereits leger in Jeans und selbst gestricktem Norweger Elke palavernd ins Wohnzimmer folgte.

»Wir müssen noch weg, Herr Beruto«, sagte der Pfarrer und grinste mich an.

»Und wohin soll unser Ausflug gehen?«, fragte ich ihn überrascht.

»Dorthin, wo ich jetzt herkomme, nach Upplewarf. Heute ist Freitag. Im Dorfkrug tagt der Stammtisch.«

»Ach, Sie meinen?«, fragte ich nur, ohne mich näher auszulassen.

Der Pfarrer hatte meine Gedanken erraten. »Sie sollen mir helfen, meine Schäfchen zu beobachten, denn schließlich hat Ihr Freund Gregor eine Bombe gelegt.«

Ich langte nach meiner Lederjacke und wollte zu Elke in die Küche. Van Aaken hielt mich am Arm fest. »Das ist nicht nötig, meine Frau wird Elke informieren«, sagte er.

Während ich mit ihm das Haus verließ, fragte ich ihn: »Sind Sie etwa der Meinung, dass unsere Bedenken und Gregors Weg zum Staatsanwalt bereits über dunkle Kanäle durchgesickert sind?«

»Das herauszufinden ist mein Anliegen«, sagte der Pfarrer und bat mich, meinen Wagen zu nehmen, da er ja üblicherweise den Weg zum Dorfkrug zu Fuß zurücklegte.

Die Tage wurden bereits länger, die Nächte entsprechend kürzer. Dennoch musste ich die Scheinwerfer einschalten. Als ich auf die Bundesstraße abbog, fragte van Aaken: »Starb Gregor eines natürlichen Todes?«

Bis dahin hatten wir geschwiegen. Mich selbst hatte diese Frage unaufhörlich gequält.

»Der Arzt des Krankenhauses fand keinen Hinweis auf äußere Gewaltanwendung. Wir dürfen nicht vergessen, dass er bereits über siebzig war.«

Van Aaken schwieg. Auch ich ging meinen Gedanken nach. Erst nach vielen Minuten sagte er: »Er wird uns sehr fehlen.«

»Ich hatte mit ihm eine Reise nach Finnland gebucht«, sagte ich.

»Die Todesanzeige in der Zeitung war recht seltsam formuliert. Als Theologe kenne ich mich aus. Die Angehörigen wünschen demnach keine Friedhofsgäste«, sagte er.

»Das verhält sich anders«, sagte ich und fuhr fort. »Hinter Gregor steht keine große Familie. Das Enkelkind ist noch nicht zur Welt gebracht, und Gregor hat noch kurz vor seinem Tode sein Testament dahingehend geändert, dass seine Asche nach seiner Einäscherung in der Nordsee verstreut werden soll.«

Der Pfarrer sagte: »Er war ein angesehener Mann. Und seinen letzten Willen werden die Bürger zu würdigen wissen.«

Der Verkehr erforderte keine hohe Konzentration. Van Aaken schwieg. Auch ich sah keine Veranlassung zum Reden.

Die lange Dorfstraße in Upplewarf lag wie ein schwarzes Band vor mir. Der Dorfkrug war hell erleuchtet.

Ich stellte meinen Golf in die Nähe der Sträucher. Der Himmel war nur spärlich behangen und gelegentlich schaute der fast volle Mond durch die zarten Wolkenbänke. Als ich ausstieg, atmete ich die würzige Seeluft ein. In ihr lag bereits die Milde des nahenden Frühlings.

»Gehen wir«, sagte van Aaken.

Mir fiel seine Nervosität auf, als wir an den geparkten Fahrzeugen vorbeigingen. Ich kam mir hinter seinem breiten Rücken winzig vor.

Der Pfarrer drückte die Tür auf und ließ mich vorgehen. Gesprächslärm begleitete das Summen des Ventilators. Rauchige Luft schlug uns entgegen. Einige Gesichter der Anwesenden kannte ich. So, als würden zwei angesagte Künstler eine Bühne betreten, erstarrten die Unterhaltungen.

Mein Blick huschte über das breite Gesicht des Skatspielers, der, wie mir schien, auch jetzt das gleiche Blatt in den Händen hielt. Seine Augen verrieten mir Feindschaft, seine Falten zwischen kleinen Fettpolstern erstarrten.

Die Wirtin stand auf ihren säulenartigen Beinen. Sie hielt ihren wuchtigen Oberkörper gewölbt in eingefrorener Bewegung. Ich sah in das dumme, stumpfe Gesicht des Wirts, der eine Hand am Zapfhahn hielt, während das Glas, das seine andere Hand umfasste, überlief.

Hinter mir sagte der Pfarrer: »Guten Abend.« Er legte seinen Arm wie zum Schutz um meine Schultern und führte mich an den Tresen.

Nur vom Winkelzimmer drang noch Gesprächslärm zu uns. Es war, als hätte jemand einen Filmstreifen angehalten und ihn wieder weiterlaufen lassen.

Der Wirt stellte das Glas ab und griff nach einem leeren. Ich vernahm die schweren Schritte der Wirtin hinter meinem Rücken. Der Skatspieler schlug seine Trümpfe auf den Holztisch, und ich bemerkte einige neugierige Gesichter, die um die Ecke der Trennwand blickten, die das Winkelzimmer abgrenzte. Schlagartig erstarben dort die Gespräche.

Wir rauchten. Die Wirtin stand verlegen hinter dem Tresen. Mit dem Pastor wollte sie sich nicht anlegen, während sie mir ihre Abneigung deutlich zum Ausdruck brachte.

Ich verließ den Barhocker und schlenderte mit glimmernder Zigarette an den zum Karree geformten Tischen vorbei durch das Winkelzimmer. Die Männer schwiegen. Ich spürte ihre Abneigung. Mein Blick war geradeaus gerichtet auf die plumpe Ausgangstür. Bildete ich mir die Feindschaft nur ein?

Plötzlich spürte ich eine aufkommende Angst. Der Flur, der zur Toilette im Anbau führte, lag ohne Licht vor mir. Ich drückte hastig den Schalter und warf meine Zigarette weg, als ich mich der Klotür näherte. Sie wurde vor mir aufgestoßen.

Ein kräftiger junger Mann starrte mich für Sekunden drohend an. Mir liefen Kälteschauer über den Rücken. Ich blieb irritiert stehen und entschloss mich, alle Kräfte zur Selbstverteidigung zu mobilisieren. Meine Hände ballten sich zu Fäusten.

Ich sah den geringschätzigen Blick in dem breiten Gesicht, das nur von landwirtschaftlichen Arbeiten seine herben Züge empfangen haben konnte. Mit einem verächtlichen Grinsen wandte der Mann sich ab, und ich hörte, wie er die Tür zum Lokal hart hinter sich in die Angeln warf.

Ich horchte. Lautes Gelächter setzte im Winkelzimmer ein. Hatte das mit mir zu tun?, fragte ich mich, während ich an das Pinkelbecken trat und nur das Geräusch meines Strahls vernahm. Nur nicht einschüchtern lassen, Hajo!, befahl ich mir selbst.

Vor dem Spiegel entdeckte ich in meinem Gesicht einen Zug der Entschlossenheit. Hastig verließ ich das Örtchen. Mit Elan drückte ich die Tür zum Winkelzimmer auf und betrat gelassen den Raum.

Die Männer an den Tischen unterbrachen ihre Gespräche. Die meisten von ihnen waren jung. Nur wenige, wie ich bei einem blitzschnellen Rundblick erkannte, waren in meinem Alter. Ich wagte es nicht, sie einzeln anzuschauen, und heftete meinen Blick auf den Boden. Zu meiner Überraschung entdeckte ich, dass ihre zur Entspannung ausgestreckten Füße in festen, halbhohen Stiefeln steckten.

Keine witzige oder aggressive Bemerkung unterbrach die unheimliche Stille. Ich atmete auf, als ich neben dem Pfarrer am Tresen Platz nahm. Er hatte ein Lächeln aufgesetzt, als sei er der glücklichste Mensch von Upplewarf. Vor ihm stand das Bier. Er rauchte eine Zigarette, und ich bemerkte den kleinen Schatten, der in sein Gesicht zog, als er mich sah.

»Prost, Oberstudienrat«, sagte er überlaut und hob sein halb volles Glas an. Sein kräftiger Körper, den er mit dem Ellbogen auf dem Tresen abstützte, signalisierte mir ein Gefühl der Sicherheit.

Van Aaken reichte mir seine Zigarettenpackung. Sein Feuerzeug lag griffbereit zwischen seinen Fingern.

»Mein Freund, nun habe ich dich überzeugen können, dass mich mein Pfarramt in dieser Gemeinde glücklich und zufrieden stimmt. Meine Frau unterrichtet an der hiesigen Schule, sodass kein Gemeindeglied, selbst die Jüngsten, zu kurz kommen.«

Mir war klar, warum van Aaken mich geduzt hatte, und ich beobachtete, wie die Skatspieler uns im Auge behielten.

»Ich freue mich auf deinen Unterrichtsbesuch bei mir am Gymnasium«, sagte ich, »denn auch meine Arbeit mit der oft zu viel gescholtenen Jugend wird dir gefallen. In meiner Klasse habe ich weder Probleme mit Haschisch oder Hartdrogen noch mit Links- oder Rechtsradikalen.«

Der Pfarrer hob sein Bierglas hoch. »Prost, Hajo!«, sagte er, und auch ich langte zum Pils und antwortete: »Prost, Hartwig!«

Er und ich tranken die Gläser bis zur Neige, schoben sie der erstaunten Wirtin über den Tresen zu, während Hartwig fordernd sagte: »Wir trinken noch zwei Pils!«

Ich näherte unbemerkt meinen Kopf seinem Ohr. »Sie tragen Springerstiefel!«, flüsterte ich.

Hartwig nickte, und ich sah zu meiner Überraschung, dass er

bereits nicht mehr auf dem Barhocker saß, sondern neben mir stand und sich langsam entfernte, um das Winkelzimmer zu betreten, aus dem lebhaftes Stimmengewirr drang. Gelassen blieb ich auf meinem Stuhl sitzen. Erst jetzt bemerkte ich die große Holztafel, auf der junge Männergesichter unter stilisierten Kreuzen ihre Namen und Lebensdaten hinterlassen hatten. Die im Kleinformat fotografierten Gesichter blickten von vergilbten Schwarz-Weiß-Fotos. Ihre Köpfe bedeckten kesse Schiffchen. Bei wenigen saßen seitlich neben den Stautaschen ihrer Hemden in Knopfnähe Zierbänder für erwiesene Tapferkeiten.

War es der tiefe Zug aus meinem Bierglas, der meine Fantasie so sehr angeregt hatte, dass ich in der zweiten Reihe auf der Holztafel Ennos Gesicht zu entdecken glaubte? Es war nur eine gedachte Ähnlichkeit. Dort, wo sonst die Krawatte im Kragendreieck saß, baumelte ein Ritterkreuz. Die schwarze Panzeruniform setzte Kontraste zu dem schmalen Jünglingsgesicht.

Das war nicht Enno!

Ich stützte mich auf dem Tresen ab. Van Aaken kam zu mir zurück. Er grinste breit, griff zum Bier und trank es ohne abzusetzen aus.

»Zahlen!«, sagte er, ohne mich zu fragen. Auch ich schluckte den Rest des Glasinhalts. »Tschüss!«, rief der Pfarrer, und wir verließen den Dorfkrug.

Der Mond hatte keine Chance mehr. Schwarze Wolkenbänke waren aufgezogen. Die helle Lichtreklame des Dorfkruges fiel auf den Parkplatz. Mein Golf stand unter dem Dunkel der Strächerzweige. Wir stiegen ein. Ich schaltete die Scheinwerfer ein und fuhr los.

Müde ließ ich meinen Golf über die lange Dorfstraße rollen.

»Hartwig, wenn das ein Test war, dann kann ich nur sagen,

wir haben viele Feinde«, sagte ich, während ich den Wagen nicht in Richtung Jadingen steuerte, sondern mir vorgenommen hatte, vor der Mauer an der Kirche zu wenden, und fuhr fort: »Ich zweifle an dem Ergebnis des Arztes, der Gregor untersucht hat. Sein Gang zum Staatsanwalt wird auch für uns nicht ohne Folgen bleiben.«

»Sie fürchten uns mehr, als wir sie zu fürchten haben«, sagte van Aaken müde und forderte mich auf: »Bieg hier ab. Der Weg führt uns zum Besitz des Grafen von Birkenhain.«

Ich war überrascht, folgte aber ohne Einwände seiner Anweisung.

Der mit Zementsteinen gepflasterte Weg lag endlos unter dem Licht der Scheinwerfer. Hin und wieder erschütterten Schlaglöcher meinen Golf. Der Lichtkegel huschte über den Grasrand und erfasste ganz selten Ausschnitte der Wiesen. Ich dachte, dass van Aaken eine Abkürzung für unsere Heimfahrt ausgesucht hätte. Wir näherten uns Lichtern.

»Ist das das Grafengut?«, fragte ich.

»Ja«, sagte er. »Fahr hier langsam, da vorn biegt ein kleiner Weg ab, den müssen wir nehmen.«

Ich bremste den Golf ab und fuhr dennoch viel zu schnell über die ausgeschlagenen Löcher des Kies-Sandweges. Wir wurden im Wagen hin und her geschleudert. Im Auf und Ab des Scheinwerferlichts erkannte ich vor mir die Umrisse einer Scheune, die mit geöffneten Toren wie ein riesiges Haifischmaul vor mir lag.

»Hartwig, was hast du vor?«, fragte ich aufgebracht, denn ich sah das Ende des Weges vor mir, fand keinen Ausweg und musste meinen Golf vor landwirtschaftlichem Gerümpel zum Stehen bringen. Ich sah einen ungeheuer großen Mähdrescher neben mir. Der Schweiß rann mir in den Nacken.

Ich löschte die Lichter meines Wagens. »Und nun?«, fragte ich. Mir kamen Zweifel an seiner Freundschaft, und ich hätte mich nicht gewundert, wenn Hartwig mir eine Pistole an die

Schläfe gehalten oder mir mit seinen großen Händen die Luft abgedreht hätte.

Nichts dergleichen geschah. Wir stiegen aus, und mir war gruselig, als ich seinen Arm auf meinem Rücken spürte und er seine andere Hand ausstreckte, nach vorn wies und sagte: »Hajo, seit einigen Wochen habe ich mich hier in der Dunkelheit aufgehalten. Drüben!«

Ich sah die Lichter des mir unbekannten Guts Birkenhain.

»Dort wohnt der Graf. Hier seitlich geht ein Fußweg ins Donnermoor, den nur Eingeweihte kennen. Er endet im Nichts. Er ist gefährlich, denn dort leben Kreuzottern in Massen. Ihr Biss kann tödlich sein.«

Mir wurde noch unheimlicher zumute, und ich zuckte zusammen, als ein Käuzchen irgendwo im Scheunengebälk krächzte.

»Was soll das?«, fragte ich und fühlte mich von allen Seiten bedroht.

»Dort, wo der Baum steht, geht der Weg ins Moor. Er scheint nirgendwohin zu führen und muss dennoch irgendwo enden«, sagte Hartwig.

»Das verstehe ich nicht«, antwortete ich und wäre am liebsten in meinen Golf gestiegen und zu Elke gefahren, um mich der Musik von Dvořák hinzugeben.

Aber Hartwig war versessen. »Vom Gut her führt ein zweiter Weg, der diesen am Punkt Null trifft. Man kann also nur von den Birkenhains losgehen, um hier an der Scheune zu landen.«

»Na und?«, fragte ich. »Was stört dich daran?«

So, als wäre er beleidigt, antwortete er: »Weil die jungen Männer des Winkelzimmers dort mit Fackeln irgendwo verschwinden, aber nicht hier ankommen.« Hartwig stieß mich an.

Ich sah jetzt die Lichterkette der Autoscheinwerfer und vernahm das Brummen der Motoren. Ich bin nicht Soldat gewesen, hatte aber plötzlich den Eindruck, als säße ich als Beobachter vor einer feindlichen Stellung.

Schlagartig erloschen die Lichter vor Gut Birkenhain.

»Jetzt müssen sie gleich kommen«, sagte van Aaken.

Ich spürte seine innere Anspannung, die sich wie Elektrizität auf mich übertrug. Am Rand des Moores funkelten Lichter auf, die schwankend über den Boden zu hüpfen schienen. Ich dachte an das »eins, zwei – eins, zwei ...« im Dorfkrug.

Es war anstrengend, die kleinen Lichter in der Dunkelheit zu verfolgen. Mich verwunderte Hartwigs Ansinnen, als er sagte: »Wir schleichen uns an!«

Sprachlos starrte ich ihn an. Warum sollte ich als Oberstudienrat kurz vor Mitternacht unter einem dunklen, mondlosen Himmel durch ein mir fremdes Moor kriechen?

»Wir sind es Gregor schuldig«, sagte Hartwig und verließ entschlossen das Scheunengrundstück. Sein christliches Gewissen hätte ihm Einhalt gebieten müssen, wenn er auch nur im Geringsten meine Angst gespürt hätte.

Ich schritt hinter ihm her und fühlte nach wenigen Metern den weichen, federnden Boden unter meinen Füßen. Ich war vorher nie in einem Moor gewesen, und der Gedanke, dass sich jede Sekunde eine erschreckte Schlange in meinen Füßen verbeißen könnte, trieb mir den Schweiß aus den Poren.

Die Lichter zogen sich von links wie an einer Schnur entlang in unser Blickfeld. Der Boden war feucht. Wir kamen nur langsam auf dem weichen Gelände vorwärts, da dicke Grasbüschel uns ständig im Wege standen, an denen vorbei unsere Schuhe im schlammigen Moor eintauchten.

Van Aaken blieb stehen. »Da, siehst du?«, sagte er. »Sie gehen weiter, obwohl dort kein Weiterkommen möglich ist. Sie müssten jetzt für ewig im Moor verschwinden.« Er starrte nach vorn. Die Lichter verschwanden aber nicht. Sie entfernten sich von uns im rechten Winkel.

Entschlossen stolperten wir weiter, während sich die Männer auf dem Weg ins Moor entfernten. Schließlich entschwanden die Lichter, während der Boden unter unseren Füßen feucht und matschig war. Ich hatte das Gefühl, als watschelte ich durch Morast. Und so war es auch. Ich fühlte die Nässe, die durch mein Schuhwerk drang und den Sog, wenn ich meine Füße hob.

Hartwig blieb stehen. Er beugte sich vor und hielt die Hand abschirmend auf den Kopf seiner Taschenlampe. Ich sah die Fußabdrücke auf den Rändern der wässrigen Pampe. Es war, als hallten gedämpfte Schüsse aus der Weite des Donnermoors zu uns, die nicht laut waren, sondern mehr an die Knallplätzchen kleiner Kinderrevolver erinnerten.

»Nichts!«, sagte er.

Wir traten den Rückweg an. Wir stolperten und schwiegen. Ich hatte das Gefühl, als säße zwischen meinen Schuhen und den Socken eine Quarkschicht. Die Angst vor Schlangen trieb mich an.

Erschöpft vom Moorausflug setzten wir uns schließlich wieder in den Golf. Ich steuerte meinen Wagen auf die Dorfstraße, und wir hatten nur ein Ziel, so schnell wie möglich nach Hause zu kommen.

Frau van Aaken und Elke empfingen uns mit sorgenvollen Gesichtern.

»Bring die Salate, Elke«, sagte ich, »wir trinken noch einen, denn die van Aakens übernachten heute bei uns.« Ich sah, wie der Pfarrer nickte.

7

Mein Besuch in Gregors Kanzlei weckte traurige Gefühle in mir. Die wenigen Tage hatten dem Schwiegersohn gereicht, das Büro seinen Vorstellungen entsprechend umzuorganisieren. Der Raum, in dem die flotten Mädchen den Klienten Hektik und Lebendigkeit vorgeführt hatten, stand jetzt voller Aktenschränke, und hinter einem Schreibtisch mit moderner Telefonanlage saß nur eine, allerdings sehr gut aussehende Dame, die um ihre Schönheit wusste und mit kühlem Charme die Besucher an den kleinen runden Tisch verwies, auf dem das breite Angebot der Lesemappen lag – vom »Spiegel« bis hin zu den Wochenblättern, die mit raffiniert abgebildeten nackten Frauenkörpern ihre Leserschaft suchten.

Die Dame kannte mich nicht und wies mir den Stuhl vor dem ausgebreiteten Lesematerial an. Ich griff in die Mappen und wartete auf den Wink der Schönheit, die beschäftigt vor einem aufgeschlagenen Journal saß und Belege buchte. Gelegentlich blickte ich auf die Tür, die mit dickem Lederpolster meine häufigen Privatgespräche mit Gregor vor Angestellten und Besuchern abgeschirmt hatte.

Ich blieb nicht lange allein. Ein älteres Ehepaar beschäftigte mit dem hart klingenden Dialekt der Landbewohner die Schönheit und landete, mich neugierig musternd, am runden Tisch.

»Herr Beruto?«, hörte ich meinen Namen gehaucht, und mit flackernden Augenaufschlägen forderte mich die Empfangsdame auf, das Zimmer zu betreten, das mir vertrauter war als ihr.

Der Schwiegersohn, Rechtsanwalt Dirks, saß wie ein Generaldirektor hinter Gregors historischem Schreibtisch. Er hielt mir jovial seine Hand entgegen und blickte mich ernst an.

»Herr Beruto, als Anwalt, Erbe und Schwiegersohn Ihres alten Freundes Gregor muss ich Ihnen mitteilen, dass er testamentarisch gefordert hat, dass Sie seine Asche für seinen ewigen Frieden in die Nordsee verstreuen sollen.«

Ich verstand ihn nicht ganz und legte los: »Gregor war mein engster Freund. Sein tragischer Tod traf mich mit der gleichen Härte wie der Verlust meiner Familie. Ich bin kein Jurist. Deshalb frage ich Sie, Herr Dirks, hat er mich wirklich um diesen Dienst in seinem Testament gebeten?«

Der Anwalt nickte. »Ich muss hinzufügen«, sagte er, »dass Gregor darauf bestanden hat, seine Asche in Begleitung einer Person Ihrer Wahl an einer von ihm festgelegten Position dem Meer zu übergeben.«

Ich schluckte und schaute ihn ungläubig an.

»Genau das ist sein Letzter Wille«, sagte Dirks. Sein breites, wohlgenährtes Gesicht zeigte keinen Schimmer einer tief sitzenden Trauer.

»Begleiten Sie mich morgen früh?«, fragte ich und dachte, dass Gregor sicherlich an ein Familienmitglied gedacht hatte, als er sein für mich undurchschaubares Testament abgefasst hatte.

Der Anwalt lehnte sich zurück, und das geschnitzte, wertvolle Möbel duldete den Druck seines schweren Körpers ohne Aufschrei. Es hatte ebenso seelenlos Gregor gedient.

»Was glauben Sie, Herr Oberstudienrat. Ich kann nicht wie ein Lehrer nur zu bestimmten Stunden unterrichten. Meine Praxis erfordert meine permanente Anwesenheit.«

»Vielleicht kann Ihre Frau, Gregors Tochter, mich begleiten?«, fragte ich irritiert.

»Sie ist hochschwanger. Ich erwarte meinen ersten Sohn von ihr«, sagte er.

Ich musste mich zurückhalten, um ihm nicht in die Fresse zu schlagen. Das hat Gregor nicht verdient, dachte ich und stand auf.

»Dann weiß ich Bescheid«, sagte ich und verließ die Praxis.

Die Hauptgeschäftsstraße war noch voller Leben. Ich schlenderte ziellos an den Schaufenstern vorbei, besuchte für eine Stunde das Café Kahler, blickte auf die vor den Fenstern hinter einem Drahtzaun gehaltenen rosafarbenen Flamingos und entschloss mich, Elke zur Seebestattung mitzunehmen. Wir hatten uns nicht verabredet, da sie sich um die Abfassung eines Referats bemühte. Ich rief sie vom Café aus an.

Elke war über Nacht bei mir geblieben. Während der Nacht quälten mich Gedanken, die immer neue Bedrohungen produzierten. Mein unruhiges Hirn schüttelte sich vor dem »eins, zwei – eins, zwei ...« der geschnürten Stiefel junger Männer. Lange lag ich neben Elke wach, die erschöpft und glücklich weggetreten war.

Das schrille Klirren des Weckers riss mich aus dem Schlaf.

Mein Schulleiter hatte meine Stunden zuvorkommend auf die übrigen Tage verteilt. Ich setzte den Wasserkessel auf, während Elke für ein schnelles Frühstück sorgte. Wir mussten um halb zehn in Norddeich sein, weil der Kapitän mit seiner »Rara Avis«, einem normalen Fischkutter, wegen der Tide pünktlich die Mole verlassen musste. Das Krematorium hatte mir diesen Termin angekündigt und wollte mir dort die Urne mit Gregors Asche übergeben.

Ich trieb Elke an. In Hast verschlangen wir ein paar Toastschnitten und eilten zu meinem Golf. Elke trug die gesteppte Daunenjacke. Sie hatte sich in den Sitz gekuschelt und fror leicht. Die Autoheizung musste erst warm laufen.

Ich fuhr durch fast leere Straßen, die sich bald mit hektischem Berufsverkehr füllen würden. Der Himmel war grau und zeigte keine Konturen. Die mich sonst so sehr faszinierenden Wiesenlandschaften und die weiten Felder trugen nur verblasste Farben.

Der aufziehende Morgen brachte wenig Licht. So, als hätte das triste Grau von mir Besitz ergriffen, fühlte ich meinen seelischen Tiefstand.

Elke sagte kein Wort, während ich meinen düsteren Gedanken nachhing. Eine Beisetzung ohne Sarg und Erde, ohne Pastor, ohne Trauergemeinde, ohne Kränze und Blumen, ohne Kerzen und Orgelmusik, dachte ich und freute mich, als ich an der Dorfstraße in Accum eine Kinderschar sah, die mit frischen Gesichtern auf den Schulbus wartete.

Das Verkehrsaufkommen nahm zu. An der Ampel vor der Stadt stand ich für drei Rotphasen und beruhigte meine aufgewühlten Nerven, indem ich den friedlichen Hauch spürte, der über der Steinallee lag, die zum Schloss führte. Die Menschen schritten daher und hasteten nicht. Sie waren nicht grau, sondern wirkten auf mich plastisch und farbig.

Auch Elke hatte sich aus ihrer hängenden Sitzhaltung gelöst und schaute in die Stadt. »Jever ist hübsch«, sagte sie.

Es wurde allmählich heller, ohne dass der Himmel sein Grau von sich stieß. Um Wittmund führte uns die Umgehungsstraße an den Kasernen vorbei. Danach verlief die Straße ohne Windungen immer nur geradeaus. Der Flugplatz der Bundeswehr lag seitlich. Meine Blicke hasteten durch die Büsche und erhaschten für Sekunden die Umrisse der Kampfflugzeuge, die wie riesige Vögel in Duckstellungen vor den bewachsenen Bunkern standen. Ich dachte dabei an die jungen Männer, die mit Fackeln im Rhythmus ihres »eins, zwei – eins, zwei …« Ennos Grab verlassen hatten und zum Dorfkrug marschiert waren.

Am Landschaftsbild änderte sich nichts, nur die Ortsschilder wechselten. Auf den Weiden grasten Kühe. Die Höfe bekamen ein wenig Farbe. In Aurich bog ich von der Kreisstraße ab, und wir näherten uns der Region, die Urlauber begeistert als »wunderbare Landschaft«, »herrliche Gegend« oder sogar als »Naturparadies« empfanden. Moore, Weiden und Waldstücke, verträumte Dörflichkeit, Feriendörfer in Sprungnähe zu den Küstenbadeorten, durchfuhr ich im forschen Tempo.

In Hage erinnerten mich die windschiefen Bäume, deren Kronen zusammengewachsen waren und erstes zartes Frühlingsgrün andeuteten, an ein von der Natur erstelltes Kirchenschiff mit riesigen Ausmaßen. Die hohe Windmühle signalisierte uns mit ihren weit gespannten Flügeln eine unausgesprochene Begrüßung. Der schiefe, wuchtige Klinkerkirchturm lugte standfest über die bürgerlichen Wohnhäuser.

Elke schaute begeistert durch die Scheiben und kuschelte sich behaglich in den Sitz. Schloss Lütetsburg lag vor uns, als hätten Kinderhände es aus Legosteinen erbaut, hinter einer alten, vergessenen Holzbrücke, die sich über einen grünbraunen Wassergraben spannte.

Die breite Einkaufsstraße von Norden wirkte auf uns idyllisch, und die Vielzahl der Schaufenster reizte Elke, als sie sagte: »Es muss Spaß machen, hier einzukaufen und zu bummeln.«

Die Straße wurde breiter. Bis Norddeich waren es nur noch wenige Kilometer. Ich sah das Hinweisschild »Fischereihafen« und bog ab. Langsam fuhr ich an der Hinterpartie des »Nordseehotels« vorbei.

»Elke, hier wollten wir Seezungen essen«, sagte ich.

Die Straße führte durch einen Tunnel, stieg dann leicht an und brachte uns auf den Deich. Der Ausblick war großartig. Die Fischkutter lagen vertäut an der Mole. Zu zweit, zu dritt, vereint wie Geschwister, rieben sie ihre Rümpfe aneinander. Ihre Masten ragten in das matte Grau des Himmels.

Ich hatte den Golf angehalten.

Elke sagte: »Ich liebe diese Fischerromantik.« Doch dann schwieg sie. Auch ich sah das schwarze Fahrzeug und erkannte den auf matten Lack aufgetragenen goldenen Palmenwedel.

»Die Bestattungsfirma«, sagte ich, und mir war es, als zöge sich mein Hals zusammen. Ich ließ den Golf die Asphaltstraße hinabrollen, fuhr im Schritttempo an den bunten Fischkuttern vorbei und parkte neben dem Leichenwagen.

Der Fahrer stieg aus. Er trug den der Situation angepassten schwarzen Anzug.

Elke stand fröstelnd neben mir und schluchzte leicht, als der Bestatter mir seinen mit schwarzen Balken versehenen Block nebst Kugelschreiber hinhielt. Ich dachte: Wie in einem Krämerladen, und unterschrieb. Der Fahrer öffnete die Tür seines Gefährts, holte die runde Steinurne heraus und hielt sie mir mit demutsvollem Blick entgegen. Ich nahm das Steingefäß an. Es lag kalt in meinen Händen, und wehmutsvoll dachte ich an den großen Mann, der mein bester Freund gewesen war und dessen Asche in dieser kleinen Urne alles war, was von ihm übrig geblieben war.

»Gregor? Hat irgendwer dieser ›Eins-Zwei-Bande‹ dein friedliches Leben verkürzt?«, fragte ich, ohne dass ein Wort über meine Lippen wehte. Ich vernahm keine Antwort.

In das Geräusch des sich entfernenden Leichenwagens drang die Stimme des Kapitäns.

»Sie können den Lauf der Dinge nicht ändern, Mann.«

Ich blickte auf. Er stand auf einem Kutter, der an der Molenwand lag. Seine Prinz-Heinrich-Mütze hielt er zum Zeichen der Trauer in der Hand. Sein Gesicht umrahmte ein gewaltiger struppiger, grau durchsetzter Bart, und es schien, als wäre sein krauses Kopfhaar mit ihm verwachsen. Blaue Augen beherrschten das zerfurchte Gesicht.

Auf Anhieb hatte ich Vertrauen zu dem Mann, der mich listig betrachtete.

»Kommen Sie«, sagte er und reichte Elke die Hand zum Abstieg auf den Kutter, der wegen der Tide unterhalb der Mole lag.

Ich trug die Urne wie eine Reliquie und setzte mich auf die Kaimauer, um mit meinen Füßen auf dem Fischkutter zu landen. Der Salzgehalt der Luft, in den sich Fischgestank mischte, stieg zu mir hoch. Vor mir turnte der Kapitän, der seine Mütze aufgesetzt hatte, über zwei andere Kutter und hielt Elke an der Hand. Erst jetzt bemerkte ich, dass der Kapitän hochgewachsen war. Er trug einen schwarzen Troyer und weite, dunkle Schlaghosen.

Das dritte Schiff war die »Rara Avis«, und während ich schwitzend die Bordkanten überstieg, die Urne wie ein schutzbedürftiges Baby an mich gepresst, und den beiden folgte, fiel mir ein, dass »Rara Avis« aus dem Lateinischen stammte und auf Deutsch »Seltener Vogel« hieß.

Elke war bereits im Steuerhaus verschwunden, als mir der Kapitän höflich die Tür aufhielt. Sie saß auf einem verschraubten Hocker hinter einem Tisch, auf dem unaufgeräumtes Geschirr herumstand.

»Das ist nicht unbedingt romantisch«, sagte ich und ließ mich auf den freien Hocker nieder. Hinter uns befand sich eine Kochplatte mit dem Geschirr einer Schnellküche. Vor uns waren das Steuerrad und die Armaturen mit dem Radargerät.

Ich beobachtete durch die Scheiben des Steuerhauses, wie der Kapitän die Taue der »Rara Avis« vom Nachbarschiff löste. Gelassen betrat er das Steuerhaus, ließ den Motor an und der Kutter tuckerte der Fahrrinne entgegen.

Ich stellte die Urne zu dem ungewaschenen Geschirr und hielt Elkes Hand. Hat Gregor gewusst, wie entsetzlich makaber sich seine Beisetzung vollziehen würde?, fragte ich mich und starrte durch die Scheiben auf den grauen Himmel und das graue Wasser. Am Horizont war nicht auszumachen, wo der

Himmel endete und das Meer anfing. Erst nach einer Kursänderung machte ich die Umrisse der Insel Norderney aus. Das gleichmäßige Tuckern des Dieselmotors wirkte einschläfernd. Die Insel nahm Konturen an. Ich erkannte die dem Wattenmeer zugeneigte Seite und sah einen weißen Fleck. Es war das Fährschiff.

Das Wasser lag ohne jede Kräuselung vor uns. An Gregors Beisetzung schien selbst der Wind kein Interesse zu zeigen. Die lange Sandbank von Juist tauchte seitlich auf. Der Kapitän wandte sich uns zu und reichte mir die Kopie einer Seekarte.

»Wo das Kreuz steht, soll er ewig ruhen«, sagte er, zog die Mütze und steuerte wortlos seine »Rara Avis« westlich an Norderney vorbei. Die Hochhäuser schälten sich aus dem Grau. Der lange Sandstreifen färbte sich allmählich gelblich ein. Auch von Juist blinkten die Dünen weißlich zu uns herüber.

Ich blickte lange auf die Seekarte. Aufgetragene Kreise und Zahlen erinnerten mich an eine Wetterkarte, und das Kreuz saß für mich irgendwo im unbekannten Seegelände.

Erst jetzt bemerkte ich, dass ein paar flügelschlagende Möwen zu Gregors Beisetzung erschienen waren.

»Wie weit ist es noch?«, fragte ich den Kapitän.

Ohne uns sein Gesicht zuzuwenden sagte er: »Eine Stunde!« Er bediente das Steuer, und die »Rara Avis« entfernte sich von Norderney. »Wenn Sie sich einen Tee zubereiten wollen, bedienen Sie sich!«, sagte er.

Elke sah mich an. Sie war dankbar für diese Abwechslung. Sie trat an die Spüle, ließ Wasser laufen und räumte das Geschirr ab.

Ich blickte auf die Urne, die jetzt allein auf dem Tisch wie eine Herausforderung vor mir stand. So sehr ich auch an Gregor dachte, mir kam kein helfender Gedanke. Ich fühlte mich abgestumpft und blickte dösend durch die große Scheibe, vor der der Kapitän wie ein Riese mit seinen Pranken das Steuer bediente. Mir wäre es lieber gewesen, die See hätte gekocht, ein Sturm hätte geheult und die »Rara Avis« hätte gegen hochgehende Wassermassen gekämpft.

Elke klapperte mit Geschirr. Sie setzte den Wasserkessel auf, als gehörte er zu uns, als wären der Kapitän und wir ein Team, das endlos so weiterfahren müsse, ohne Sinn.

Ich sah, wie auf der einen Seite die Insel Norderney immer mehr in das Grau eintauchte und auf der anderen Seite die Insel Juist sich entfernte. Der Kapitän stand ohne Bewegung wie eine Säule vor der Scheibe, und auch das Tuckern des Motors verlor nicht den monotonen Klang. Ich wagte keinen Blick auf meine Uhr. Meine Hand berührte die Urne, die den Staub meines Freundes enthielt.

Der Wasserkessel zischte im Hintergrund der Kombüse. Ein weit entfernter Tanker zog seine Bahn. Elke fand sich zurecht, als wäre sie auf der »Rara Avis« zu Hause. Sie klapperte mit dem Geschirr. Schließlich rückte sie den Sahnetopf, Kluntjebecher und das Stövchen, in dem das Teelicht flackerte, vor Gregors Urne. Während sie die Tassen spülte, ließ sie den Tee im Kännchen auf dem Stövchen ziehen.

Gregor, dachte ich, nun brennt doch noch ein Licht vor deiner Asche. Ich beobachtete, wie die kleine Flamme flackerte, und wusste, dass es von meinem Atem kommen musste.

Elke ließ den goldbraunen Tee über die Kluntjestücke fließen. Ich vernahm das zarte Klirren, als sie zersprangen.

»Danke«, sagte er Kapitän, als er von Elke die Tasse in Empfang nahm. Ich sah, wie er eine Zigarette aus der Packung fischte, und er warf mir unaufgefordert die Zigaretten zu, als hätte er meine Gedanken erraten. Ich steckte mir auch eine an. Der heiße Tee möbelte mich auf. Auch der Kapitän nahm eine zweite Tasse.

Elke hatte sich nur seitlich an den Hocker angelehnt. Wir warteten, ohne die Zeit zu messen, blickten durch die Scheiben auf das graue Meer, ohne es noch wahrzunehmen, und hielten uns an den Händen.

Endlich, dachte ich, als der Kapitän ohne Vorankündigung den Motor der »Rara Avis« drosselte. Er verließ den Platz vor dem Steuer und trat an unseren Tisch. Sein großer Zeigefinger suchte das Kreuz auf der Seekarte.

»Wir haben die Position erreicht«, sagte er, zog seine Mütze und setzte sie wieder auf. »Walten Sie Ihres Amtes.«

Fast widerwillig griff ich nach der Urne. Der Kapitän schritt uns voraus. Elke folgte mir. Er nahm die Richtung zum Bug des Schiffes, zog wieder seine Mütze und wies mir den Platz an der Bugseite zu.

Ich zögerte und schaute mich um. Elke stand mit blassem Gesicht seitlich. Der Himmel war grau, das Meer war grau, mein Blick verlor sich im Grau. Ich neigte meinen Oberkörper über die harte Stahlkante und ließ die Urne einfach los. Das Wasser spritzte leicht auf, zog kleine strudelnde Wellen, dann verschwand das Steingefäß mit ein paar Blasen im trüben Meer.

Gregor, dachte ich, das war's!

Ein paar Möwenschreie durchbrachen die Stille.

8

Die Zeit heilt alle Wunden, sagt der Volksmund. Dieser Weisheit kann ich nur bedingt zustimmen. Meine kleine Anja und auch Erika behalten ihren Platz in meinem Inneren. Dennoch stand ich kurz vor einem Neuanfang. Elke fühlte wie ich, und Enno stand zwischen uns.

Meine häufigen Besuche auf dem Fehntjer-Hof blieben nicht ohne spürbare Folgen auf das Verhältnis zu Elkes Eltern. Nach und nach legten sie die offen zur Schau getragene Feindschaft ab und begannen mich einfach zu akzeptieren. Sie sahen in mir kein Hindernis mehr für die Zukunft ihrer Tochter, sondern im Gegenteil, meine Position und meine hilfreichen Mathematikberatungen waren Elke in jeder Weise nützlich.

Mein Verhältnis zu meinen Kollegen hatte ich aufgefrischt. Ich war kein Trauerkloß und suchte öfter als vorher mit ihnen den Gedankenaustausch. Pfarrer van Aaken und Frau zählten jetzt konstant zu unserem engsten Bekanntenkreis, und Elke begann in der Freizeit der Lehrerin bei ihrer unbezahlten Sozialarbeit zu assistieren.

Von der Staatsanwaltschaft hatte ich nichts gehört. Van Aaken und auch ich begannen die verflossenen Ereignisse herabzuspielen. Gelegentlich, wenn sich Elke und Frau van Aaken in der Küche um ein besonderes Abendessen bemühten, begleitete ich Hartwig in den Dorfkrug, und mein Gang durch das voll besetzte Winkelzimmer verlief ohne feindliche Seitenblicke. Ich konnte Hartwig am Tresen vor den nostalgischen Porträts der Wirtsfamilie und vor den Fotos der gefallenen Jungen von Upplewarf zuflüstern: »Deine Gemeinde ist doch friedlich!«

»Ein schlummernder Vulkan«, grinste er.

Die freien Tage der Osterferien waren vorbei, genauer ausgedrückt, uns wie Sand durch die Finger geglitten. Ein Besuch des Stadttheaters, ein Ausflug nach Hamburg, ein Nachmittag im Bremerhavener Schifffahrtsmuseum, Cafébesuche, Deichspaziergänge und die vielen unvergessenen Stunden in Elkes Zimmer oder bei mir zu Hause.

Der schnell um sich greifende Frühling verlängerte die Tage und lockte uns mehr denn je hinaus ins grüne Vorland. Wir befanden uns bereits im Mai. In Norddeutschland verwöhnte uns eine helle, grelle Sonne vom blauen Himmel mit einem Vorgeschmack auf den Sommer. Wir schlenderten über den Deich, und alles um uns war einfach und schön. Die zarten Gänseblumen und das Gelb der Löwenzahnblüten fanden unsere Bewunderung. Das ewig gehende und kommende Meer verwob sich in unsere Träume.

Als wir uns mit großem Teedurst meiner Wohnung näherten, schritt uns Kommissar Feenwegen lächelnd entgegen.

»Lange nicht mehr gesehen«, sagte er und reichte uns jovial die Hand.

Der Kommissar kam mir ungelegen. Elke und ich hatten die Vergangenheit von uns geschoben, und nun stand er vor uns und rührte allein durch seine Anwesenheit an vernarbten Wunden.

»So ein Zufall«, sagte ich nur und nahm Elke an die Hand, um ihn einfach stehen zu lassen.

»Das Gegenteil trifft zu«, sagte er und grinste.

Ich schaute ihn fragend an.

Feenwegen nickte.

»Gut, kommen Sie mit zu einem Tee«, sagte ich.

Ich ging voraus und öffnete die Tür. Dankbar schaute ich Elke an, denn das Zimmer lag aufgeräumt vor uns. Während Elke in die Küche ging, wies ich dem Kommissar einen Platz im Wohnzimmer an.

»Herr Kommissar, jetzt bekommen Sie nicht einfach einen Tee, sondern etwas Besonderes. Elke hat das Wasser vom Fehntjer-Hof mitgebracht. Es kommt aus der Zisterne, denn sie behauptet, dass unser Stadtwasser den Teeblättchen den Geschmack entziehen würde.«

Der Kommissar grinste. »In Upplewarf ist alles anders. Es liegt bereits in Friesland«, sagte er.

»Das hört Elke gern«, antwortete ich.

Feenwegen richtete sich auf. »Wir sind unseren Verdachtsmomenten nachgegangen, mussten die Ermittlungen allerdings, was die jungen Männer betrifft, erfolglos einstellen.«

Der Kommissar schwieg und betrachtete mich.

»Auch van Aaken und ich vermuteten bereits das Ergebnis«, sagte ich froh, da auch ich gern ohne Konflikte leben wollte. Mich irritierte es, dass er in sein kantiges Gesicht Falten setzte.

»Nicht so voreilig«, sagte er und blickte in Richtung Küche. »Ich möchte, dass Ihre Freundin am Gespräch teilnimmt.«

Ich nahm ihm nicht übel, dass er Freundin sagte, denn es war der Kripo mit Sicherheit nicht entgangen, dass Elke und ich unzertrennlich wirkten, da wir für sie keine Randfiguren waren.

Wir ließen Elke Zeit, den Tee aus dem weichen Regenwasser zuzubereiten. Schließlich stellte Elke strahlend den Kluntjebecher, das Sahnetöpfchen, Stövchen und die Teekanne auf den Couchtisch und verteilte die Tassen. Sie setzte sich zu uns an den Tisch.

Nun musste Feenwegen kommen. Was hatte er vorzubringen?

»Der Leichnam Gregors, der Ihr Freund war, fand im Krankenhaus aufgrund seiner Betagtheit keine sonderliche Beachtung«, begann Feenwegen gedehnt. »Die Untersuchung bestätigte die mögliche abrupte Unterbrechung des Kreislaufes, obwohl keine Anzeichen für einen Infarkt vorlagen. Meinem

Druck auf den Staatsanwalt ist es zu verdanken, dass sich der Chefchirurg die Untersuchungsunterlagen auf seinem Schreibtisch etwas genauer angesehen hat. Das Ergebnis ist verblüffend. Der Professor schließt Gewaltanwendung nicht aus und weist auf einige seltsam platzierte Prellungen hin, die nicht von seinem Sturz herführen können.«

Fassungslos hatte ich zugehört. Impulsiv sagte ich: »Also doch die Eins-Zwei-Bande.«

Feenwegen blickte auf.

»Welche Bande?«, fragte er.

Ich berichtete von meinen Besuchen im Winkelzimmer des Dorfkrugs und schilderte den Fackelmarsch von Ennos Grab, den die Truppe im »Eins-Zwei-Takt« zum Dorfkrug zurückgelegt hatte.

Eine innere Stimme warnte mich, und ich verschwieg ihm die Beobachtungen, die Hartwig und ich im Donnermoor gemacht hatten.

In Elkes Gesicht stiegen Schatten. »Herr Kommissar, das muss nicht unbedingt mit dem Geschehen um Gregors Tod im Zusammenhang stehen«, sagte sie unruhig, »schließlich gehören die Männer zum Schützenverein von Upplewarf. Enno war ebenfalls Mitglied.«

Ich konnte Elke verstehen. Sie versuchte den Kommissar abzulenken, weil sie eine Angst verspürte, die ihren Frieden bedrohte.

Der Kommissar nickte ernst. Er trank den Tee, lobte seine Qualität und sagte: »Gregor hatte es zu eilig. Nach dem Besuch beim Staatsanwalt hat er sein Testament geändert. Nun können wir seiner versenkten Asche keine Beweise mehr entlocken. Es bleibt alles mysteriös.«

»Steht denn absolut fest, dass Gregor durch die Anwendung von Gewalt verstorben ist?«, fragte ich.

Feenwegen sagte: »Ich gehe davon aus. Aber der Chefarzt

benötigt die kollegiale Hilfe der Gerichtsmediziner, um ganz sicher zu sein. Auf die Antwort müssen wir noch warten!«

Feenwegen trank den Tee, stand auf, bedankte sich und sagte: »Halten Sie die Ohren steif. Ich melde mich wieder, wenn wir weiterkommen sollten.«

Ich begleitete den Kommissar zur Haustür.

»Tschüss«, sagte er und schlenderte davon.

Der Himmel blieb blau. Aber in meinen Gedanken sah ich störende Wolken, die finster aufzogen.

»War es Mord?«, fragte Elke, als sie mir die Tür aufhielt.

»Ja«, sagte ich.

Elke kam von der Fachhochschule. Sie stöhnte über den zu hohen Schwierigkeitsgrad der Klausur in Volkswirtschaftslehre und drückte mir eine Doppelkarte in die Hand. In ihren Augen saß die Neugierde.

Meine Finger betasteten das teure Papier. Ich schlug die Karte auf und las:

Anlässlich meines 60sten Geburtstages bitte ich um die Ehre,
mich und meine Gattin am 15. 05. 2002 um 20 Uhr
ungezwungen zu besuchen.
Graf von Birkenhain –
Gesine von Birkenhain geb. van Benedikt

Die Zeilen waren in einem zarten Grün auf beigem Untergrund gedruckt. Auf der Deckseite saß das Wappen. Es zeigte Birkenstämme, vor denen Löwen in Duckstellung saßen, während eine Taube friedlich ihre Flügel ausstreckte.

Elke wartete lächelnd auf meine Meinung. »Gehen wir hin?«, fragte sie.

Ist es erneut ein Zufall? Oder steckt System dahinter?, fragte ich mich und zögerte mit meiner Antwort.

Elke trug noch den Anorak und saß in ihren weißen Jeans lässig im Sessel.

Entschlossen sagte ich: »Elke, demnach gehören wir zur Prominenz.«

Sie sprang auf und küsste mich. »Ich freue mich!«, sagte sie, und ich verstand sie, denn schließlich hatte sie ein gutes Verhältnis zu ihren Nachbarn.

Ich drückte Elke in den Sessel.

»Auch ich habe eine Überraschung für dich«, sagte ich und holte aus meinem Schreibtisch den Brief, den ich am Mittag im Postfach vorgefunden hatte. Ich entnahm dem Umschlag das Schreiben und las:

Sehr geehrter Herr Beruto,

wir haben die Buchung des Ferienobjektes, Hütte 2/27 Nr. 7322, für die Zeit vom 17. 06. bis 15. 07. 2002 für Sie reserviert. Ein Rücktritt ist nur noch mit einer Kostenerstattung von 25% möglich.

Ebenso haben wir auf der »Finnjet« für die Hinreise ab Travemünde am 16. 06. 02 und für die Rückfahrt am 16. 07. 02 ab Helsinki für zwei Personen eine A-Kabine reservieren lassen. Wir bitten um eine Anzahlung 2200,00 €.

Mit freundlichen Grüßen

Elke sah mich an. Sie studierte Wirtschaft, und die genannte Summe kam ihr hoch vor.

»Jetzt, wo Gregor tot ist, musst du tatsächlich auch für ihn bezahlen?«, fragte sie.

»Geld ist nicht alles«, sagte ich, »denn du fährst an Gregors Stelle mit!«

Elke schaute mich eine Weile unsicher an. Dann sprang sie auf, küsste mich und sagte nur »Toll!«

Ich konnte ihre Freude verstehen, denn sie hatte über den engen Radius unserer Heimat hinaus noch keinen Schritt gesetzt. Die Aussicht, mit mir in dem für sie fernen Finnland einen vierwöchigen Urlaub zu verleben, trieb ihre Gedanken aus der kleinen Alltagswelt hinaus in vorher nicht gekannte Fantasiebilder.

Sie verließ mich, und ich hörte, wie sie in der Küche mit dem Geschirr klapperte.

Auch mich stimmte der Urlaubsgedanke froh. Ich lehnte mich entspannt in den Sessel und wartete. Ich war kein Neuling, was die Reise in das herrliche Finnland anbelangte. Vor verschlossenen Augen sah ich die riesigen Wälder vor mir, spazierte an einsamen Seeufern entlang, die kein Ende fanden.

Elke riss mich aus meinen Träumen, als sie mir den Tee servierte. Sie schritt an mein Bücherregal und griff nach dem dicken Atlas.

»In der letzten Schublade meines Schreibtisches liegen die Prospekte und eine Finnlandkarte«, sagte ich.

Der Graf feierte seinen Geburtstag an einem Samstagabend. Ich hatte mit Elke vereinbart, dass ich über Nacht bei ihr auf dem Fehntjer-Hof blieb. Ihre Eltern waren ebenfalls eingeladen. Den Vorschlag von Elkes Vater, Elke und mich in seinem Wagen mitzunehmen, lehnte ich ab. Ich wusste nicht, was auf mich zukam und wollte selbst den Zeitpunkt unserer An- und Abreise bestimmen.

Als ich am späten Nachmittag vor meinem Schlafzimmerschrank die Garderobenfrage klären wollte, stand ich einige

Minuten unentschlossen vor der Stange, auf der hing, was ich bisher sorglos getragen hatte. Schließlich entschied ich mich für die dunkelblaue Clubjacke, zog eine graue Flanellhose vom Bügel und fand zu dem weißen Hemd eine passende schottisch gemusterte Krawatte. Das bin ich dem Grafen von Birkenhain schuldig, dachte ich, da ich vorher noch nie in adligen Kreisen verkehrt hatte.

Ich zog mich um und fuhr los.

Elke mussten ähnliche Gedanken gequält haben. Als ich ihr gegenüberstand, rief ich überrascht »Oh«, denn wir hatten uns bisher nur in unseren Alltagsklamotten gezeigt. Sie hatte sich dem Besuch des Landadels angepasst und trug eine ihren Busen bezaubernd hervorhebende Satinbluse und eine ärmellose Lodenweste in Jagdgrün mit aufgesetzten Hirschhornknöpfen. Der weit geschnittene Tuchrock mit abgesetzten Taschen kleidete sie großartig. Ihre lange Haartracht hatte sie zu einem Pferdeschwanz geknotet.

Ich drückte Elke einen Kuss auf die Wange. »Du siehst aus wie eine Hochwohlgeborene«, sagte ich.

Elke lachte. »Hajo, so in Schale fehlt dir nur noch die Akkreditierung zum Botschafter.«

»Vielleicht werde ich noch einmal Außenminister von eurem verkapselten Friesland«, konterte ich und hielt ihr meinen Arm entgegen. In kindlicher Ausgelassenheit schritten wir wie ein Paar zu meinem Golf.

»Gnädiges Fräulein«, sagte ich, griff zur Autoklinke, öffnete den Wagen, warf die Tür wie ein Butler hinter ihr ins Schloss und setzte mich hinter das Steuer.

Ich fuhr los. Den Weg kannte ich. Die alte Scheune, in der ich mit van Aaken auf das Aufkreuzen der »Eins-Zwei-Bande« gewartet hatte, fand meinen Blick. Das Donnermoor lag seitlich und steckte für mich voller Rätsel. Gregors Tod, die Selbstmorde und die Sorge um meine und Elkes Zukunft beschäftigten mich. Ich schob die Gedanken von mir, als ich den Wagenpark vor Graf von Birkenhains Gut erreichte.

Als ich ausstieg sagte ich: »Elke, mein Auto ist das kleinste.«

Sie lachte und freute sich, endlich mit mir an einem gesellschaftlichen Ereignis teilnehmen zu können.

»Dafür bist du für mich der Größte«, sagte sie und nahm meinen Arm.

Die Luft war mild, fast sommerlich. Der mit Platten belegte Fußweg führte unter den Kronen mächtiger Buchen und knochiger Eichen entlang. Wir ließen das Dunkel der Bäume hinter uns. Ein gepflegter Rasen stieg sanft bis zu einer mit einer Steinmauer umrandeten Terrasse an. Scheinwerfer und Lichtketten erhellten das rötliche Mauerwerk.

Ich blickte auf die Fassade des hohen Giebels. Rustikal wirkende grüne Holzläden umrahmten die Fenster. Die weit ausgestellten Türflügel warfen helles Licht nach draußen und wiesen uns den Weg. Zu uns klang Klaviermusik, und ich fragte Elke: »Ist das ein Hof oder ein Schloss?«

Elke zupfte an ihrem Rock. Ich bemerkte die schwache Röte in ihrem Gesicht, die ihr gut stand.

»Die von Birkenhains gehören zum alten Adel, und selbst die Königin von England hat während ihres Staatsbesuchs hier Quartier gemacht«, sagte sie. »Bei ihnen spielt gewiss einer der großen Interpreten Klavier, den wir nicht kennen. Sie setzen sehr auf Kultur.«

Ich vernahm wie zur Bestätigung ein leises Plätschern von Tönen. Ich hatte das Gefühl, zu einem Nichts zusammenzuschrumpfen. Die große Welt!, dachte ich. Aber Elke schritt mit mir kräftig drauflos.

An einem Flügel saß ein Mann, dem langes graues Haar über die Schultern fiel. Niemand achtete auf uns. Wir setzten uns auf freie Stühle, und ich beobachtete die Köpfe der Zuhörer. Als der Pianist endlich zu einem letzten Akkord in die Tasten gegriffen hatte, sich dem Publikum zuwandte, seinen Oberkörper tief neigte, klang ihm der Beifall der etwa fünfzig Anwesenden entgegen. Auch ich klatschte.

Die Zuhörer verließen die Stühle, und erst jetzt konnte ich in die Gesichter der Geburtstagsgäste schauen. Elke hatte meinen Arm genommen. Wir schritten inmitten der Prominenz über den Marmorboden, und ich bemerkte die Seitenblicke der Männer, die Elkes Schönheit bewunderten.

Über dem kleinen Konzertsaal wölbte sich eine Decke mit Stuckgirlanden und ließ vom Messinghalter einen riesigen Kronleuchter herab, der mit seinen geschliffenen Kristallen das Licht in kleinen bläulichen Strahlen von sich warf. Seitlich auf angedeuteten Säulen in Nischen standen Marmorköpfe großer Dichter, Denker und Musiker. Siegesgöttinnen mit gewaltigen Busen, in wallende Tüchern gewickelt, mit hoch erhobenen Eichenlaubkränzen, lächelten von rissigen Leinwänden.

Mir fiel auf, dass Elke die jüngste der Damen war, und auch ich konnte mich altersmäßig zur Minderheit zählen. Die Herren waren meistens im gesetzten Alter. Ihre verwelkten Frauen trugen teure Kleider. Ihre Haltungen waren sehr würdevoll, und sie repräsentierten etwas, was ich nicht wahrnehmen konnte.

Zu meiner Freude erkannte ich Hartwig, der seine Frau, wie ich Elke, am gewinkelten Arm führte. Wir begrüßten uns nur kurz, und ich bemerkte, dass er unsere Freundschaft nicht vorführen wollte.

Wir strebten einer geöffneten Doppeltür entgegen. Vom Krawattenknoten eines fast scheintoten Greises, der sich mühsam mit zwei Stöcken nach vorn kämpfte, baumelte ein Ritterkreuz. Auf der faltigen, gebräunten Haut einer grauhaarigen Alten lag ein blinkendes, feingliedriges Schmuckkunstwerk, dessen Steine wie die Sterne der Milchstraße auf ihrer vertrockneten Brust funkelten. Ihr Geschmeide hatte sicherlich einen höheren Wert als das Gehalt meiner noch vor mir liegenden Dienstjahre.

Elke sagte keinen Ton. Sie lächelte lieb in alle Richtungen. Wir waren fast die Letzten, die den feierlichen Raum betraten. Weiß gedeckte Tische mit den Sträußen der ersten Frühlingsblumen und umgestülpten Gläsern standen einzeln verteilt, bildeten aber in dem großen Raum die Form eines Herzens, wenn man mit etwas Fantasie die Anordnung betrachtete.

Blitzschnell überflog ich die bereits besetzten Plätze und drängte Elke seitlich an den Tisch, der die Herzspitze zu bilden half. Hartwig erkannte meine Absicht und rückte uns die Stühle zurecht. Nach uns füllten sich die letzten Plätze. Ein angegrauter Diener in Livree schloss mit weiß behandschuhten Händen die Tür.

Vorn, wo nach links und rechts die Wölbungen der Herzbögen ausliefen, thronte Graf von Birkenhain mit seiner Gemahlin. Flammend rote Rosen bildeten eine Wand und verdeckten die Beine des Paares. Das Haar des Sechzigjährigen war voll und grau. Im runden Gesicht saß aristokratisch der gestutzte Schnurrbart. Seine cremefarbene Jacke ließ die Ränder der weinroten Weste hervorlugen. Sie gaben ihm das Gepräge großer Filmstars, die alten Ruhm mit solchen Gesten festigten.

Die Gräfin, die um die Mitte vierzig sein konnte, trug ihr Alter mit Würde. Sie ließ ihren Charme mit hell gebleichtem Blondhaar und tiefem Dekolleté sprühen, denn sie verdiente es, bewundert zu werden.

Mein Freund der Pastor saß schweigend am Tisch und betrachtete wie ich das Geschehen.

Elke flüsterte mir zu: »Wir sind hier im gräflichen Jagdzimmer!«

Ich nickte und studierte den Raum. Die Wände, erst kürzlich mit japanischer Grastapete renoviert, trugen Gemälde, die röhrende Hirsche, englische Hetzjagden und romantische Szenen bayerischer Hochwälder zeigten. Auf einem Bild erkannte ich den ertappten Wilderer, den Hochwohlgeborene mit Siegeslächeln gestellt hatten. Der Mann tat mir leid, und ich fühlte mit ihm.

Hinter mir lag die geöffnete Tür eines großen Seitenzimmers. Ich konnte die Ausmaße nicht abschätzen, sah aber die Hirschgeweihe und wie mir schien auch ein Elchgeweih. Das Gemurmel und Stühlerücken erlosch. Hinter dem Grafenpaar warfen Strahler grelles Licht.

Ein erwartungsvolles Geraune drang in das Jagdzimmer. Unangekündigt erschien eine Blaskapelle. Der Radetzkymarsch erklang. Die Gäste sprangen begeistert auf und klatschten den Takt mit. In den feierlichen Auftakt marschierten im Gleichklang der Musik junge Männer in jagdgrünen Uniformen mit gefüllten Tabletts an die Tische. Sektkorken knallten in die vertraute Musik. Gläserränder klirrten, als sie aneinander stießen. Das war wie bei einer großzügigen Silvesterfeier.

Auch an unserem Tisch erschien ein junger Mann und bot Sekt, Wein und Schnaps nach Wahl an. Hartwig griff zur Weinflasche, und seine Frau, die ihren starken Körper unter einem blauen Tüllkleid verbarg, reichte die gefüllten Römer an. Ich sah dem Mann nach, der uns bedient hatte, und mir wurde schlagartig klar, dass er es war, der mir vor der Toilette des Dorfkrugs seine Feindschaft angekündigt hatte.

Frau van Aaken blickte mich an. »Na los, trinken wir«, forderte sie mich auf, und ich hörte den leisen Klang der Gläser.

Hartwig grinste: »Hajo, zeig Haltung! Das ist notwendig.«

Ich hob mein Glas und prostete Elke zu, die Gefallen an diesem Rummel zu finden schien.

Der Radetzkymarsch erstarb. Aus der Ecke der Herzöffnung erhob sich ein schwerer Mann, der mit rednerischem Talent in die aufkommende Ruhe sprach.

»Wir alle, die heute die Ehre haben, am sechzigsten Geburtstag unseres verehrten Herrn Grafen von Birkenhain anwesend sein zu dürfen, wünschen ihm für die weiteren Lebensjahre alles erdenklich Gute und hoffen mit ihm, dass unsere gemeinsamen Bemühungen, dem Verfall unserer Kultur entgegenzutreten, von Erfolg gekrönt sein werden.« Der Redner wartete den Beifall ab und fuhr fort: »Man muss nicht ernst auf die Großstädte schauen, auch hier bei uns diktiert die gefährliche Parole, alle glücklich machen zu wollen, die Laschheit, das Drückebergertum, die Faulenzerei. Männer wie unser Graf zeigen Wege, geben Impulse und führen uns zu der Zuversicht, dass unsere Jugend zurückfindet zu Werten, die ewig das Deutschsein bestimmt haben!«

Der Beifall unterbrach ihn. Er fuhr fort.

»Unser Vaterland, das allen nur Freikarten zum Müßiggang verschenkt, muss zurückfinden zu Eintrittskarten, die ihren Preis wert sind.« Der Redner ereiferte sich, spuckte von sich, was seiner Ideologie im Wege stand, schleimte sich ein unter die schützenden Fittiche des international bekannten Grafen, und er fand sein Publikum. Immer wieder, wenn er die Missstände wie ein Mediziner als Krankheitssymptome unserer Gesellschaft vorführte und hinzufügte »von unseren Steuergeldern«, prosteten ihm die Gäste zu.

Ich fragte van Aaken, der mit ernstem Gesicht vom Nippen am Weinglas keine Fröhlichkeit gewann: »Wer ist dieser Scheißkerl?«

Hartwig grinste. »Ein Landtagsabgeordneter«, sagte er trocken.

»Habt ihr keinen anderen?«, fragte ich empört.

»Doch«, sagte Frau van Aaken, »aber der ist nicht hier.«

Ich kann von mir sagen, dass ich kein politischer Mensch bin. Aber das, was dieser feiste Redner der gräflichen Familie unkontrolliert entgegenschleimte, musste selbst seine Parteifreunde verärgern.

Das Ende der Hasstiraden kam in Sicht. Der Beifall war nicht einhellig. Ich blickte mich nach dem alten Greis um, dem das Ritterkreuz den Zugang in die sich gewandelte Welt versperrt hatte und der nicht begreifen konnte, dass die Hingabe für eine falsche Sache verstauben konnte. Ich entdeckte ihn. Er saß ohne seine Hände zum Beifall zu bewegen still vor einem gefüllten Glas, als ginge ihn das alles nichts mehr an. In seiner Nachbarschaft blinkte der teure Schmuck im Rhythmus der knochigen Hände, denn die alte Lady spendete überzeugten Beifall.

Der Graf war weder gerührt noch überzeugt. Er erhob sich, und in dem abflauenden Beifall rief er: »Prost!« Er reichte seiner Frau ein Sektglas und unter dem Klatschen der Anwesenden stieß das gräfliche Paar an.

Das zeigte Wirkung. Elke hielt mir ihr Glas entgegen und auch Hartwig trank, während er in die Augen seiner Frau blickte und einen tiefen Schluck nahm.

Die Stimmung war hervorragend, und ich stimmte dem Kapellmeister zu, der in seiner Konzentration entrückt seine Leute dirigierte, die sauber »Kein schöner Land in dieser Zeit!« spielten, und es kam mir wie eine Ironie auf die Rede des Abgeordneten vor, der aufsprang und begeistert mitsang.

Die schnellen Jungs in ihren grünen Uniformen schleppten die Getränke. Die Musikkapelle spielte zwei Strophen. Der Gesang durchströmte das Jagdzimmer. Danach setzten die Musiker die Instrumente ab und verließen die kleine Bühne hinter dem Grafentisch.

In das Vakuum drang schmetternde Fanfarenmusik, und das begeisterte Publikum spendete Beifall, als die jungen Männer zackig die Bühne betraten. Ihre Griffe wirkten exakt, wenn sie ihre Fanfaren absetzten, um den Pauken das Spiel zu überlassen. Auf den silberbestickten grünen Fähnchen las ich »Spielgemeinschaft Upplewarf«. Ein Dorffest, dachte ich.

Die Stimmung war bombig. Die jungen Getränketräger waren

clever und machten auf Anhieb leere Gläser aus. Ich entdeckte Elkes Vater, der begeistert im Takt des Marsches seine Füße bewegte.

Ein nahtloser Übergang vollzog sich, als sich der Fanfarenzug auf engstem Raum exakt zurückzog und der Trommler und der Pfeifenchor den Lockmarsch spielten und danach aus dem Hintergrund »Preußens Gloria« vom Fanfarenzug und der Blaskapelle und dem Tambourcorps erschallte.

Die Begeisterung nahm kein Ende. Mich selbst faszinierte diese Musik. Für Amateure gelang den Spielleuten Fantastisches. Begeistert schaute ich zu und sah, dass Elke den Marsch mitklatschte. Auch Hartwig stand vor dem Tisch. Er starrte auf das Tambourcorps, das ihre Uniformen den Farben Frieslands angepasst hatte. Kindergesichter und gestandene Männer trugen Schirmmützen, jonglierten mit den Holzknüppeln auf gespannten Tierhäuten der Trommeln oder hielten in klobigen Händen die Pfeifen an breite Lippen.

Der grauhaarige Butler öffnete unbemerkt die Tür zum Konzertzimmer und ließ drei jungen Männern den Eintritt, die im Stechschritt bestickte Fahnen trugen, an denen Bänder wehten. Sie steckten in den Uniformen der Schützen. Auf ihren Brüsten entdeckte ich geflochtene Kordeln. Hinter ihnen schritt ein junger Mann, der im Gleichschritt eine Kiste trug.

Der Graf sprang vor Begeisterung auf, verließ die Gräfin und den Tisch und marschierte den Männern unter dem Lärm von Musik und Anfeuerungsrufen entgegen. Die Fahnen senkten sich. Gräfin von Birkenhain erhob sich, schritt wie eine Königin in die Szene. Ihr langes Kleid machte sie schlank und hinderte sie daran, ihr Schrittmaß zu überziehen. Sie verneigte sich vor den schlaff hängenden Fahnen und nahm dankbar die Kiste an.

Hartwig beobachtete wie ich das dörfliche Kirmesgeschehen.

»Durchhalten!«, flüsterte er. Die Musiker hatten nach erneutem Lockmarsch des Tambourcorps den Marsch der langen Kerle eingeleitet. Das gräfliche Paar stand vor Fahnen und Präsenten, während um sie herum die Gäste mitsummten und mitklatschten. Erst als die Kapellen verstummten, bedankte sich der Graf überschwänglich und sagte seinen Gästen: »Das Büfett ist eröffnet!«

Hinter unserem Tisch entstand Unruhe. Voreilige Gäste drängten bereits in den Raum, in dem ich Hirsch- und Elchgeweihe erblickt hatte.

Auf der Bühne, im Rücken des gräflichen Paares, bezog die Blaskapelle Aufstellung, während die Geburtstagsgäste drängelnd das Büfett stürmten.

Elke sagte entsetzt: »Jetzt drängeln sie, als hätten sie tagelang nichts gegessen!«

Hartwig schob mich zur Seite, denn unser Tisch geriet immer mehr in den Sog des Ansturms. »Jetzt können wir verschwinden, Hajo, ohne dass es auffällt. Trinken wir bei mir noch einen Schnaps!« Er langte nach der Hand seiner Frau, und ich führte Elke, die einverstanden war, aus dem Zimmer durch die geöffnete Tür des Konzertzimmers, an den Marmorköpfen vorbei zur erleuchteten Terrasse.

Hinter uns lag der Lärm. Wir stiegen in unsere Autos und fuhren davon. Das Donnermoor lag gespenstisch im Dunkel. Elke und ich dachten an Enno, als wir über die lange Dorfstraße fuhren und unsere Autolichter für Sekunden über die Mauer der Kirche huschten.

»Upplewarf hat viele Vereine«, sagte Hartwig zu mir.

Wir saßen in seinem nüchtern eingerichteten Wohnzimmer. Elke und seine Frau duzten sich seit einigen Tagen. Sie waren mit Wollknäueln und Maschenplänen beschäftigt und bemühten sich um eine gemeinsame Strickerei, die sie für die Frauenstunde vorbereiteten. Hartwig und mir war das recht, denn der 60. Geburtstag des Grafen von Birkenhain hatte uns nachdenklich gestimmt. Fernab vom Neid, denn sowohl Hartwig als auch ich hatten uns bereits damals bei unserer Berufswahl für genormte Gehälter entschieden und hatten am Boom der Aufbaujahre vorbeigelebt und wurden nicht nach wachsenden Schülerzahlen und Problemen bezahlt. Uns saß das tiefe Misstrauen im Nacken, das wir der illustren Gesellschaft entgegenbrachten, und die Vermutung, dass Gregor doch von einem der schnellen jungen Männer zu seinem Sturz in sein Ende verleitet worden war, bohrte sich in unser Denken. Hinzu gesellte sich die Frage, wo die Wege ins Donnermoor lagen, über die die »Eins-Zwei-Bande« vor unseren Augen verschwunden war. Schließlich waren sie vom Gut Birkenhain aus losmarschiert.

Auch Elkes Vater besaß eine kleine Enklave vom Donnermoor, und ich sah ihn vor mir, wie er begeistert den Takt der Marschmusik fand.

»Genau in diesen Hintergrund müssen wir die Selbstmorde der jungen Männer einstricken«, sagte Hartwig und nahm den Blick von unseren Frauen, die mit spitzen Nadeln Maschen setzten.

»Vielleicht verschwanden die Gewehre und die Munition aus dem Einbruch in der Kaserne irgendwo im Donnermoor«, sagte ich.

»Wir drehen uns im Kreis«, sagte der Pastor. »Das Geheimnis um das Donnermoor und die Selbstmorde gehören zusammen. Da gibt es keine Wenn und Abers.«

»Den Kellner, der uns bediente, erkannte ich wieder. Er war der Typ, der mich vor der Toilette im Dorfkrug bedroht hat«, sagte ich.

Der Pastor nickte. »Schützenverein, Klootschießer, Turnverein, Tambourcorps, Fanfarenzug, alle blühen nur unter seiner Mildtätigkeit.«

Ich fragte: »Vielleicht gibt es einen nicht registrierten Verein, dem Enno und die beiden Selbstmörder angehörten?«

Wir waren unsicher, ob unsere Spekulationen stichhaltig genug waren, Gregors Tod und die Selbstmorde leichtfertig in die Nähe des Grafen zu rücken.

Schließlich packte Elke das Strickzeug zusammen.

»Wir müssen nach Hause, Hajo«, sagte sie.

9

Am späten Nachmittag fuhr ich nach Upplewarf. Hartwig hatte mich angerufen. Er war entschlossen, noch einmal den Weg ins Donnermoor zu suchen, und wollte gern, dass ich dabei war. Vom Himmel fiel ein feiner Nieselregen, den der leichte Wind zu zerstäuben schien.

Der Pastor stieg zu mir in den Wagen. Wir fuhren direkt zu der Scheune. Ich parkte neben dem Mähdrescher.

Wir hatten unsere Kleidung unserem Vorhaben angepasst. Meine Füße steckten in Gummistiefeln und vertrieben mir die Angst vor einem zufälligen Schlangenbiss.

Hartwig ging vorweg. Wir nahmen uns Zeit. Ich spürte an meinen Fußknöcheln die Stöße, wenn die Füße abglitten oder über gewölbte Grasbüschel stolperten. Die breiige Suppe des Donnermoors quatschte an den Stiefelrändern und schwappte gelegentlich über die Schäfte hinweg.

Ratlos standen wir am Punkt Null. Hier waren die Männer der »Eins-Zwei-Bande« vor unseren Augen in die Unwegsamkeit verschwunden.

Hartwig nahm den Weg zum Gut. Als wir den Pfad aus dem Donnermoor verließen und verdeckt von den hochgeschossenen Lampenputzern und Schilfstauden die kleine Böschung ansteigen wollten, hörten wir das Geräusch eines sich nähernden Autos. Hartwig blieb stehen. Er neigte sich vor, und ich sah durch die Lücke im Schilf, die Hartwigs Hände geschaffen hatte, den weißen Mercedes eines Kollegen, der vor dem Buchenpark seinen Wagen abstellte. Auch Hartwig stierte neugierig durch die vertrockneten Halme.

Es war Jannes, wie ich sogleich erkannte, ein Geschichtslehrer, der im Kirchenvorstand sehr rührig für die Renovierung unserer Seefahrerkapelle eintrat.

Ich beobachtete, wie er seine dicke Schultasche dem Mercedes entnahm und auf dem Weg in den Buchenpark verschwand. Das hätte mich nicht sonderlich beunruhigt. Warum sollte ein Kollege nicht mit dem Grafen oder dessen Büro geschäftliche Beziehungen unterhalten oder von der Kirche her Dienstgeschäfte erledigen müssen?

Jannes stand mir fern. Er gehörte zu denen, die auf Konferenzen schwiegen und ihr schattenhaftes Dasein zur Flucht in die Anonymität benutzten.

Weiteres Autogebrumme hinderte Hartwig daran, den befreienden Aufstieg aus dem Moor zu finden. Aus einem Opel Kadett entstiegen junge Leute, die ich nicht kannte, und auch der Pastor winkte ab, als ich ihn ansah. Ein voll besetzter Golf folgte. Wir warteten hinter den Halmen von Schilf und Lampenputzern. Ein weiterer Wagen, voll besetzt, parkte, und das Geknatter von Motorrädern durchbrach die Stille des Donnermoors, das sich langsam eindunkelte.

Der Nieselregen hatte uns durchnässt. Mein Haar klebte. Ich verspürte das Verlangen nach einer Zigarette. Hartwig blieb eisern. Ohne verräterische Bewegung hielt er die Stängel seitlich, die unseren Blick durch das welke Gestrüpp offen hielten.

Ich sah den Grafen, wie er in lederner Kniebundhose und mit aufgesetztem Lodenhut den Platz vor seinem Gut misstrauisch abschritt. Ich vernahm, wie Hartwig tief durchatmete, und sah, wie der Graf sich dem Pfad zuwandte, den ich mit Elke an seinem Geburtstag genommen hatte. Wir verharrten noch für Minuten im Versteck. Mir schmerzten die Beine, und Hartwig strahlte mich an, ohne seine Freude in Laute zu artikulieren.

»Jetzt!«, sagte er und stieg die Böschung hoch.

»Und nun?«, fragte ich, als wir vor den geparkten Fahrzeugen standen.

Hartwig kannte sich aus. Er führte mich entlang der Buchengruppe. Das Donnermoor verlor sich und ein enger Pfad führte in eine kleine Tannengruppe. Der Pfad verlief weiter an einem dicht bewachsenen Waldstück vorbei und eröffnete uns von einer Lichtung aus den Blick auf das Gut. Im Flügel des Mauerwerkes brannte Licht, und es gelang uns nicht, mehr als diese Helligkeiten zu entdecken.

»Gehen wir nach Hause«, sagte Hartwig.

»Die jungen Leute sind im Schloss«, sagte ich.

»Was schließt du daraus?«, fragte er.

»Nichts und alles«, antwortete ich. Wir traten den mühseligen Rückmarsch an.

Ich weiß nicht mehr genau, was genau der Anlass gewesen war, der mich zu dem Entschluss geführt hatte, die Staatsanwaltschaft aufzusuchen. Wahrscheinlich aber waren es der letzte Weg mit Hartwig ins Donnermoor und unsere Beobachtungen beim Gut des Grafen gewesen.

Ich fühlte mich bereits abgehetzt, als ich nach vielen Irrwegen über lange Flure endlich die richtige Tür geöffnet hatte.

»Sind Sie angemeldet?«, war die Antwort auf meine Begrüßung. Das Gesicht der Sekretärin blieb ohne Bewegung, als sie sagte: »Warten Sie draußen vor der Tür.«

Die harte Sprossenbank war abgenutzt, und vor den entfernten Türen des tunnelartigen Flures sah ich Menschen, die sich wie Trauben eng zusammengefunden hatten.

Es war wie beim Zahnarzt. Der bohrende Schmerz, den Gregors Tod in mir hinterlassen hatte, war weg, und ich versuchte die Selbstmörder in meine Theorie einzugliedern. Beim Blick auf die Amtstür stiegen in mir Zweifel auf, ob mein Verdacht meinen Besuch bei der Staatsanwaltschaft rechtfertigte.

»Staatsanwalt Schoening« las ich und spürte den Wunsch in mir, einfach wegzurennen. Die alternde Sekretärin, die stämmig im Türrahmen erschien, sagte: »Kommen Sie!« Sie hatte mir nur für Sekunden ihr Gesicht zugewandt, das leblos und puppenhaft wirkte.

Die Tür zum Büro des Staatsanwalts stand offen. Ich sah ihn. Auf seinem Schreibtisch lagen gestapelte Akten, hinter denen er sich verbarg. Er war älter als ich. Sein Haar musste während seiner jungen Jahre strohblond gewesen sein, da es selbst jetzt vom grauen Farbton durchwachsen scheckig wirkte. In seinem Gesicht saßen straffe Falten. Sie verrieten seine Dienstjahre. Ich fühlte, wie mich sein misstrauischer Blick abtastete, als er sich erhob. Seine Kleidung war seinem Amt angepasst. Die farblose Krawatte und das graue Jackett wirkten düster.

Er reichte mir die Hand zur Begrüßung und zog sie blitzartig wieder zurück, als wäre seine Höflichkeit nur eine amtliche Notwendigkeit gewesen.

»Sie haben meinen Namen am Türschild gelesen?«, fragte er.

»Ja, Herr Schoening«, sagte ich und folgte dem Wink seiner nervösen Hand und nahm Platz.

»Herr Beruto, Sie sind also Lehrer am Gymnasium und gehören zu den vielen gestressten Beamten, die mit Masse statt Klasse nicht mehr zu verwirklichende Schulabschlüsse ansteuern müssen, um hinterher den ›Persilschein‹ nur noch zu unterschreiben.«

Er setzte sich, und sein Grinsen zog sein Gesicht in die Breite, so als wisse er alles und durchschaue alles.

Ich fühlte, wie Empörung in mir aufstieg. Diese alten Semester, die ihre Abiturzeugnisse wie einen Adelsnachweis aufpolierten, als hätten alle, die später geboren wurden, weder Zugang zu echter Bildung gehabt noch sich ernstlicher Arbeit unterwerfen müssen, dachte ich.

»Mir gefällt der Begriff ›Persilschein‹ nicht, Herr Staatsanwalt«, sagte ich. »Er ist mir zu einseitig, nicht pluralistisch genug. Sind Sie deshalb mit mir der Meinung, ihn auch ersetzen zu können mit ›Meister-Proper-Diplom‹ oder ›Sunil-Zertifikat‹? Vielleicht machen unsere Schüler heute ein ›Dash-Abitur‹ und Clementine ist die Lehrerin der Nation.«

Das saß. Ich fühlte es und sah zugleich, wie sich seine Augen für Sekunden zusammenzogen und er ein falsches Lächeln produzierte.

»So war das nicht gemeint«, antwortete Schoening entschuldigend. »Sie müssen nämlich wissen, dass mir in unserem Kegelclub geachtete Kameraden Ihres Metiers ständig diese Version vorjammern.«

Er ist ein alter Fuchs, dachte ich und antwortete: »Ich kegele nicht und würde meinen Clubbrüdern eine andere Version bieten.«

Für Schoening war das Thema damit weg vom Fenster.

»Was führt Sie zu mir, da es nicht die Probleme der reformierten Reformen sind?«, fragte er.

Erneut fand ich in seiner Fragestellung einen Haken. »Es sind Gelegenheiten und Ereignisse, die sich, so scheint es mir, eben nicht wegreformieren lassen, so wünschenswert es auch wäre.« Ich sah wieder in sein zynisches, verstecktes Grinsen, das mich von oben traf.

»Ich bin neugierig auf Ihre Tatbestände, Herr Beruto. Führen Sie aus, was Sie bedrückt. Ich habe Zeit, da ein Prozess vertagt wurde, der sich um einen Schüler dreht. Steine statt Argumente war seine Devise auf einer Anti-Atom-Demonstration.«

Mir wurde klar, dass der gewiefte Staatsanwalt mit diesen Aussagen erneut versuchte, mich weichzukochen.

»Das höre ich gerne, dass Sie Zeit haben«, sagte ich und ging nicht weiter auf sein »Stein-Schüler-Polizisten-Problem« ein. »Denn das, was ich vorzutragen habe, bedarf einer gewissenhaften Aussprache.«

Schoening erhob sich. »Dann schlage ich vor, dass Sie mit mir einen Kaffee trinken.« Er öffnete die Tür zum Vorzimmer und sagte nur: »Zwei Kaffee, bitte!«

So kommt er mir näher, dachte ich.

Der Staatsanwalt hielt mir seine Zigarettenschachtel entgegen.

»Rauchen Sie?«, fragte er.

Ich nahm eine Zigarette aus der Schachtel und antwortete: »Nur gelegentlich, denn ich unterrichte außer Mathematik noch Sport.«

Der Staatsanwalt sagte: »Ich bin auch vorsichtig im Umgang mit den Genüssen geworden, denn der Kampf um Recht und Gerechtigkeit in unserer sich aus allen Fugen lösenden Welt kostet bereits genügend Kraft.« Er hielt mir sein Feuerzeug entgegen.

»Nein, danke«, sagte ich. »Seien Sie nicht böse, aber wenn ich schon sündige, dann auch mit vollem Genuss. Die Zigarette schmeckt mir am besten beim Kaffee.«

Die moderne Zeit, die dem alternden Staatsanwalt die Kraft nahm, brachte es aber mit sich, dass die Sekretärin bereits an die Tür klopfte und ohne ihren stumpfen Gesichtsausdruck zu verändern die dampfenden Tassen auf den Tisch stellte.

Wir bedienten uns. Ich rührte Sahne und Zucker in den Kaffee.

»Herr Beruto, beginnen Sie«, forderte er mich auf und hielt mir die Flamme des Feuerzeuges entgegen.

Ich machte ein paar befreiende Züge. »Die Sache ist heikel«, sagte ich. »In Upplewarf könnte nach unseren Vermutungen eine paramilitärische Bande existieren.«

Der Staatsanwalt unterbrach meinen ausgebrüteten Vortrag bereits an dieser Stelle. »Wer steckt hinter unser?«, fragte er.

Ich sah ihn überrascht an. »Der Pastor der Gemeinde und weit ausgeholt Kriminalkommissar Feenwegen und selbstverständlich ich.«

»Ach, handelt es sich um die Selbstmorde?«, fragte er.

»So ist es«, antwortete ich.

»Das ist allerdings kalter Kaffee«, sagte er und drückte seine Zigarette aus. »Ich bin informiert. Weder das LKA noch das BKA haben uns Hinweise geben können. Auch die Sonderkommission um Feenwegen lieferte keine brauchbaren Hinweise.«

Ich nahm einige Schlucke Kaffee. »Herr Staatsanwalt, der Pastor und ich haben gesehen und können es unter Eid aussagen, dass ein Trupp junger Männer mit brennenden Fackeln den Weg ins Donnermoor nahm und im unwegsamen Moor vor unseren Augen verschwand.«

Der Staatsanwalt lachte. »Seit Menschen um das Donnermoor herum leben, spukt es dort angeblich. Gestalten werden in Nebelwänden gesehen, treiben dort wilde Orgien. Und nichts blieb dann, wenn man der Sache nachging.«

Ich sog am Rest der Kippe. »Herr Staatsanwalt, Ihnen dürfte bekannt sein, dass mein Freund Gregor Groeneling, der Anwalt, verstorben ist. Feenwegen war es, der mir mitteilte, dass die Mediziner den Verdacht hegen, dass er keines natürlichen Todes gestorben ist.«

Der Staatsanwalt lachte. »Sie sind nicht vollständig informiert. Erst heute erfuhr ich aus Göttingen, dass das Gerichtsmedizinische Institut mit größter Wahrscheinlichkeit Fremdverschulden ausgeschlossen hat.«

Das Argument traf mich hart, aber es klang noch nicht endgültig, denn auch der Staatsanwalt konnte am Restzweifel nicht einfach vorbeigehen.

»Herr Staatsanwalt, die Selbstmörder, ihre Einbrüche, erbeutete Waffen, Pässe und Geld! Das können Sie doch nicht einfach vom Tisch kehren! Und dann die jungen Männer auf dem Geburtstag vom Grafen!«, ereiferte ich mich unkontrolliert mit einem naiven Maß an Vertrauen. Mir kam der Schweiß.

Schoening musterte mich eiskalt. Er rauchte eine zweite Zigarette, ohne mir auch eine anzubieten. »Waren Sie auf der Geburtstagsfeier des Herrn Grafen? Ich hatte leider keine Zeit, meine Einladung wahrzunehmen.«

»Ja«, sagte ich heftig, »und mein Schüler Enno, den tiefe Dankbarkeit und Freundschaft mit mir verbunden hatten, war nicht da, weil er sich erschossen hat, und die beiden anderen Schüler waren nicht da, und auch Gregor war nicht da, Herr Staatsanwalt!«

In das faltige Gesicht stieg Feindschaft. Ich sah seine plötzliche Blässe. Mir war klar, dass auch meine Erregung nicht ohne äußeren Ausdruck geblieben war.

»Herr Oberstudienrat, Graf von Birkenhain genießt ein hohes Ansehen, das er sich in vielen Jahren mit seiner Redlichkeit erworben hat. Wenn Sie ihn verdächtigen wollen, dann machen Sie sich bitte auf eine Verleumdungsklage gefasst, die Ihnen Ihren Job kosten kann. Was Ihren sensiblen Freund Gregor anbelangt, so sind wir seinen Fantastereien nachgegangen und haben nur Zeit vergeudet. Würde er noch leben, dann bekäme er von mir die Rechnung der Kosten präsentiert!«

Meine Hände zitterten. Ich fühlte, wie mein Magen mit einem Unwohlsein reagierte. Bin ich zu weit gegangen?, fragte ich mich, oder unterlag ich hier einem Einschüchterungsversuch mit Drohungen auf meine Existenz.

»Ich werde mich mit meinem Freund, dem Pastor, besprechen«, sagte ich hilflos und einlenkend.

»Das kann ich Ihnen nur raten«, sagte der Staatsanwalt kühl. »Der Herr Pastor ist es gewohnt, Reaktionen auf seine zu forschen Predigten in dem friedlichen Upplewarf hinzunehmen.«

Ich fühlte mich total daneben. Zum Mitreizen fehlten mir die Karten.

Ohne Gruß, kleinlaut, aber aufrecht verließ ich das Büro des Staatanwalts. Auf dem Heimweg fielen mir Argumente ein, die ich im Stress nicht gefunden hatte und die mich wieder aufrichteten.

Elke und Elisabeth van Aaken hatten die Kinder im Vorschulalter nach Überwindung behördlicher Bedenken ins Schulgebäude eingeladen und betreuten sie ohne Bezahlung mit Spiel, Sport und Kakao. Ihre selbstlose Tätigkeit fand in Upplewarf den lebhaften Zuspruch der überlasteten Eltern, von denen noch einige von dem kargen Lohn, der für Hilfskräfte auf den großen Höfen bezahlt wurde, lebten.

Für Upplewarf galt die Faustregel, je geringer das Einkommen, umso größer die Anzahl der Kinder. Hinzu kam die Misere, dass sowohl die Maschinenfabrik, als auch die im Radius von vierzig Kilometern liegenden Werften und Montagewerke Kurzarbeit angemeldet hatten und der Prozentsatz der Arbeitslosigkeit gegenüber dem Bundesdurchschnitt von acht hier mit achtzehn Prozent notiert wurde. Den Einkommensschwund versuchten die Väter mit Schwarzarbeit über die sie legalisierende Nachbarschaftshilfe auszugleichen.

Hartwig wanderte mit mir über den Deich, den frühe Sonnenstrahlen erwärmten. Die Nordsee lag spiegelblank vor uns, und auf den saftigen Wiesen des Vorlandes graste das Schwarzbuntvieh. Eine friedliche Welt, in die gelegentlich von uns aufgescheuchte Vögel sangen.

Aber weder Hartwig noch mir gelang es, an diesem Frieden teilzunehmen. Es war nicht die soziale Ungerechtigkeit, unter denen die Bürger von Upplewarf litten und von denen unsere Frauen nicht aufhören konnten zu berichten. Uns beschäftigte die drohende Haltung des Staatsanwalts. Unseren verstorbenen Freund Gregor als senil abzustempeln, den Gang der »Eins-Zwei-Bande« ins Donnermoor als Fantasterei abzuwerten und seine Drohung, dass ich meinen Job als Oberstudienrat für Mathematik und Sport aufs Spiel setzen würde, falls ich unsere Vorwürfe und Argumente gegen den Grafen aufrechterhalten würde, fanden wir unerhört.

»Hajo, sie wollen uns einschüchtern«, sagte Hartwig, und ich bewunderte ihn, da er sich weder um seinen Job als Pastor sorgte noch vor persönlichen Bedrohungen fürchtete.

Zweifelnd fragte ich: »Hartwig, wen meinst du mit ›sie‹? Wenn ich das zu Ende denke, dann gehst du davon aus, dass auch der Staatsanwalt auf der anderen Seite steht, falls es eine gibt.«

Hartwig blieb stehen. Er beugte sich über eine Brennnesselstaude, zupfte weiße Blütenkelchblätter ab, führte sie an seinen Mund und sog den Nektar ab.

»Das haben wir als Kinder während der schlechten Jahre gemacht«, sagte er, klopfte mir auf die Schulter und sagte: »Hajo, dass wir hier von dem Huflattich«, er zeigte nach unten, und ich blickte auf die breitblättrige Pflanze, »Salat bereiten müssen, so weit wird es nicht kommen.«

Ich lachte befreit, denn er nahm mir meine Ängste. Er hatte recht. Um die nackte Existenz ging es nicht. Schließlich wäre ich mit Erika und der kleinen Anja verwundbarer gewesen.

Hartwig stand neben mir. Seine hünenhafte Gestalt und seine unerschütterliche Haltung gaben mir das Gefühl, dass ich nicht allein war im Kampf gegen einen nicht fassbaren Gegner, an dem auch ich gelegentlich selbst zu zweifeln begann, andererseits aber nach den Gesetzen der Logik als eine Bedrohung empfinden musste.

Hartwig sah mich an. »Wir gehen jetzt zu dir«, sagte er, »und rufen den Kommissar an. Wenn auch er uns für Spinner hält, dann genießen wir unsere Sommerferien und sehen danach weiter.«

Als Hartwig mit mir vor dem Tee saß, den ich nach Elkes Rezept bereitet hatte, sagte er: »Ich bin gespannt, ob wir wirklich einen Floh im Ohr haben.«

Ich telefonierte mit der Kripo und bekam Feenwegen in die Leitung. An seiner Stimme hörte ich bereits, dass sich das Blatt gewendet hatte. Er sprach von einem neuen Auftrag und Zurückstellung und gab mir als Entschuldigung an, dass sie auf dem Helgolandschiff einen Toten zu beklagen hatten, der wahrscheinlich das Opfer eines Verbrechens war.

Enttäuscht unterbrach ich die Verbindung. Mir wurde bewusst, dass Hartwig und ich nun allein vor einem Scherbenhaufen von Vermutungen und Halbwahrheiten saßen. Wir hatten uns bisher nur Feinde geschaffen.

Hartwig saß lange in Gedanken versunken vor mir.

»Hajo, wir müssen Geduld haben und vergessen«, sagte er und trank den Tee.

»Gut«, antwortete ich, »die Wahrheit kann vergilben, sie bleibt aber eine Wahrheit.«

Während wir rauchten und den Tee tranken, war uns bewusst, dass sich unsere Umwelt gewandelt hatte. Wir beschlossen, die Zeit verstreichen zu lassen.

10

Während sich die Sommerferien mit rapider Geschwindigkeit näherten, saß ich abends hinter dicht gestapelten Packen von Klassenarbeiten, und die Nachmittage füllten sich mit Zensuren- und Fachkonferenzen.

Elke hatte sich zu ihren Eltern zurückgezogen, um ihre Semesterarbeit anzufertigen.

Der Frühsommer zog währenddessen mit einer großzügigen Fülle von Licht in unser Küstenland ein. Der meistens blaue Himmel bescherte uns ansteigende Temperaturen, die ein lauer Wind angenehm abkühlte und den Salz-Jod-Gehalt des Meeres würzig hineinmischte.

Auch an diesem Freitag zeigte sich keine Wolke vor dem beständigen Blau. Das hektische Gebaren der Enten auf dem Teich, ihr fröhliches Geschnatter stimmten mich froh, als ich durch den Bismarckpark an ersten Sommerblumen und blattreichen Sträuchern vorbei zum Dienst ging.

Ich dachte an den Nachmittag, an dem ich meine letzte Konferenz hatte. Mein Arbeitsplan sah vor, dass ich am Samstag die Zeugnisse meiner Klasse schreiben wollte und den Sonntag frei für Elke hielt.

Im Lehrerzimmer beherrschte eine ausgelassene Stimmung meiner Kollegen. Außenstehende übersehen oft, dass sich unsere Arbeit vor der Klasse immer unter den Auswirkungen gewaltiger Spannungsfelder vollzieht, da wir Lehrer unter der strengsten Kontrolle von dreißig Augenpaaren unsere Tätigkeit nicht nur sachlich, sondern mehr noch mit dosiertem Fingerspitzengefühl ausüben müssen. Zeugnisnoten sind Beurteilungen, die für die heranwachsenden jungen Menschen über Lebenschancen entscheiden können. Verständlicherweise herrscht dann Freude in einem Kollegium, wenn die schwere Last mit dem erleichterten Gefühl, gerecht verfahren zu sein, abgelegt wird.

Die Kollegen an meinem Tisch begrüßten mich frotzelnd.

»So lustig?«, fragte ich und hörte zu, wie mein Gegenüber mit grinsendem Gesicht und dem Schalk im Nacken einen Witz loszuwerden versuchte.

Er vergewisserte sich, dass wir zuhörten, und legte los.

»›Junge, nimm dein Brot und geh zur Schule!‹, sagte die Mutter. ›Ich habe keine Lust, die Schüler mögen mich nicht!‹, antwortete der Sohn. ›Junge, nimm dein Brot und geh zur Schule!‹, sagte die Mutter erneut. ›Der Hausmeister mag mich nicht!‹, sagte der Sohn. ›Junge, nimm dein Brot und geh zur Schule!‹, forderte die Mutter abermals. ›Die Lehrer mögen mich nicht!‹, antwortete der Sohn. ›Junge, nimm dein Brot und geh zur Schule, du bist doch schließlich der Direktor!‹, sagte die Mutter.«

Wir lachten schallend und bemerkten nicht, dass sich unser dicker Schulleiter mit ernstem Gesicht genähert hatte. Schlagartig erstarb unsere Ausgelassenheit.

»Herr Beruto, kommen Sie doch eben mit zu einem Gespräch in mein Büro«, sprach er in die Stille.

Keiner von meinen Kollegen erwartete etwas Gutes, denn in dem runden Gesicht unseres Vorgesetzten verbarg sich eine nicht zu übersehende Hinterlist.

Ich folgte dem Direktor, der füllig vor mir her schritt und seinen grauen Haarschopf im Takt seiner behäbigen Bewegungen hin und her wippen ließ. Seine Sekretärin blickte auf den Boden und ließ uns grußlos den Weg in das Chefbüro finden.

Er schloss die Tür, während ich vor der kleinen Sesselgruppe stand und auf seine Aufforderung zum Sitzen wartete. Erst als er vor dem repräsentativen Schreibtisch seine Würde gefunden hatte, gab er mir das Zeichen zum Setzen.

Ich blickte an ihm vorbei auf das Ölgemälde unseres Heimatmalers, der eine nicht mehr existierende Mühle mit seiner Kunst konserviert hatte. Dabei fiel mir ein, dass ich auf demselben Sessel saß, als mich der Direktor wegen Ennos Selbstmord zu sich gebeten hatte. Damals war mir sein Mitgefühl sicher gewesen.

Ich entnahm seiner Haltung und seinem auf den Schreibtisch gerichteten Blick, dass es diesmal nicht der Fall war. Unter seinem Jackett lugten die Hosenträger hervor, und ich wusste aus der Zeitung, die mir ein Kollege im Lehrerzimmer gegeben hatte, dass er als Erster Vorsitzender des Heimatvereins eine beachtliche Rede gehalten hatte, für die ihm viel Lob gezollt worden war.

»Herr Beruto, Sie haben ein aufopferungsreiches Schuljahr hinter sich gebracht, das bestätige ich Ihnen hier an dieser Stelle. Aber der Selbstmord Ihres Schülers hat Sie, so scheint es nicht nur mir, ziemlich verwirrt. Ich habe Verständnis für Ihre Situation, da Sie ja auch durch ein tragisches Geschick Ihre Familie verloren haben.«

Ich schwieg und studierte sein Gesicht. Eine Brille hätte ihm einen intellektuellen Hauch verleihen können. Aber er hatte so wenig gelesen, dass seine Augen selbst Kleingedrucktes entziffern konnten. Eine Persönlichkeit war er nicht, konnte er auch nicht sein, da er genau hineinpassen musste in ein Vakuum sich streitender Parteien, Gruppen und Verbände, dachte ich.

Ihn störte offenbar mein ihn studierender Blick, und mit hochgerichtetem Kopf sagte er: »Ich bin der Schulleiter! Man ist an mich herangetreten, Ihnen Ihre …«, er stockte, dann fuhr er fort, »… Ihre – vielleicht trifft der Begriff ›Flausen‹ – auszureden. Eine selbst im Ministerium bekannte Persönlichkeit fühlt sich durch von Ihnen gemachte Äußerungen diffamiert. Herr Beruto, ich muss Sie deshalb warnen, da ein solches Verhalten nicht ohne Folgen auf Ihre bisher ordentlich verlaufenden Beurteilungen bleiben kann.«

Mein Schulleiter war los, was ihm aufgetragen worden war, mir zu sagen. Mich störte das unehrliche »man«, hinter dem er sich versteckte. Deshalb fragte ich ihn, wobei ich versuchte, meine innere Empörung unter Kontrolle zu halten: »Herr Direktor, Ihre Vorwürfe treffen mich unvorbereitet. Ich möchte gern von Ihnen wissen, wer sich von mir diffamiert fühlt.«

Sein Blick ruhte auf dem Schreibtisch. Ohne mich anzusehen, sagte er: »Herr Beruto, das Gespräch findet keinen Zugang zu Ihren Akten.«

Er stand auf, sein einfältiger Blick erfasste mich so, als wäre ihm das alles peinlich und ich ein Störenfried. Seine Hände umschlossen einen Ordner und sein dienstliches Lächeln sollte mir andeuten, dass alles nicht so schlimm war.

Ich erhob mich und wusste, er wollte sich nicht hinter mich stellen, und ich schwieg. Grußlos verließ ich ihn, und mir kam der Gedanke, dass der Staat viel Geld einsparen konnte, wenn er sich dafür entscheiden würde, solche Posten wegzurationalisieren, die unserer Demokratie schadeten, von der er schließlich lebte. Wir Kollegen unter uns würden im modernen Teamgeist die anfallenden Probleme besser regeln können. Diese repräsentativen Wasserköpfe suchten nur nach rückhaltlosen Arschkriechern, um sich selbst bestätigt zu fühlen.

Meine Bitterkeit brannte in mir. Mir war bewusst, dass ich solche Gedanken nie aussprechen durfte, und ließ vor meinen Schülern meine tiefe Enttäuschung und meinen Hass nicht durchblicken.

Der Unterricht verlief wie gewohnt mit Leben und Schülerbeiträgen. Das Klingelzeichen entließ mich aus meiner Pflicht.

Ich eilte nach Hause und rief Hartwig an. Er hörte sich mein Geschimpfe und meine Entrüstung schweigend an, dann lachte er und sagte: »Hajo, ich komme gerade vom Superintendenten.

Vielleicht war er nur etwas freundlicher als dein Direktor, doch die Schelte war die gleiche. Wir behalten die Dinge im Auge, bewahren ruhig Blut und denken zuerst einmal an unsere Sommerferien.«

Nach dem Mittagessen, »Pichelsteiner Topf«, ein typisches Schnellgericht aus der Dose, besuchte ich das Reisebüro und holte die Unterlagen ab. Das schöne Sommerwetter verhalf meinen Gedanken, sich dem Stress zu entziehen, und Finnland zog als rettende Oase in meine Träume ein.

Doch noch war es nicht so weit, denn Notenterror, Anpassungszwang, kleinliche Maßregelungen und Ordnungsverstöße mussten die Beurteilung der Konferenz finden, die in einer Stunde begann.

Da saßen wir nun alle versammelt im kargen Lehrerzimmer um die zusammengerückten Tische, zückten unsere Notenheftchen, kommentierten, palaverten und richteten. Das musste sein. Wie sollte man sonst verfahren? In der Regel sorgte die bunte Mischung des Schicksals für eine verlässliche Objektivität.

Strenge und lasche, lustige und sture, sportliche und unbewegliche, dicke und dünne, ordnungsbesessene und großzügige Lehrer und Lehrerinnen verschoben wie in der Physik ihre positiven und negativen Ladungen. Doch die Welt gerät immer dann in Wallungen, wenn Extreme den Ausschlag geben, wenn die Unausgewogenheit fehlt. Wehe den Schülerinnen und Schülern, die das Pech haben, dass nur die Strafenden tagen, und wehe der Gesellschaft, in der nur die Lockeren das Zepter führen!

Ich konnte meinen dicklichen Schulleiter noch nicht in Ferienstimmung irgendwo in ein namenloses Fach meiner Fantasie ablegen, denn misstrauisch verfolgte er die Gespräche. Ennos

Tod fand erneut eine Würdigung, weil seine sinnlose Tat die Klasse »hatte reifen lassen«, so meinte der Schulleiter.

Ich war glücklich, dass meine mir Anvertrauten alle die Hürden genommen hatten, es an Querschlägern fehlte, und lächelte vor mich hin, als der Schulleiter, diesmal ohne Lob für meine Arbeit, das Lehrerzimmer verließ. Auch meine Kollegen steckten die Heftchen beiseite und verzogen sich witzelnd.

Ich grapschte in meiner Jackentasche nach einem Fünfzig-Cent-Stück, ging zum Automaten und ließ den wässrigen Kaffee in einen Pappbecher laufen.

Irgendetwas hielt mich noch im leeren Lehrerzimmer gefangen. In meinem Fach lag die Zigarettenpackung für alle Fälle. Ich entnahm ihr einen Glimmstängel. Er fühlte sich ausgetrocknet an. Vor mir lagen die Zeugnisliste, die Karteikarten und mein Notenheft.

Als meine Zigarette glimmte und ich den Rauch einsog, fiel mir mein Kollege Jannes ein. Er unterrichtete nicht in meiner Klasse. Aber mein Misstrauen nach der Direktorenschelte brachte ihn in die von mir gedachte feindliche Ecke.

Ich schritt an die Stundentafel, die der Schulassistent mit Legosteinen aller denkbaren Farben abgesteckt hatte, und versenkte mich in das Suchspiel, in welchen Klassen er unterrichtet. Sein Programm verlief von unten nach oben. Der Schwerpunkt lag in den 11. und 12. Klassen.

Neugierig schritt ich an sein Fach. Es war leer und auch die Klassenbücher, die ich nach seinen Eintragungen absuchte, stimmten mich belastend, weil ich mir wie ein Schnüffler vorkam.

Ich rauchte zu Ende und saß unentschlossen und unzufrieden mit mir selbst vor dem Pappbecher.

Er hat doch keinen festen Klassenraum!, durchfuhr es mich.

Ich nahm meine Schulschlüssel und suchte den Raum 122 auf.

Schulen, die man nur gefüllt mit Lärm und Gedrängel kennt, wirken leer unheimlich. Hinzu gesellte sich der bohrende Vorwurf, den Intimbereich eines Kollegen schnüffelnd zu betreten.

Die Putzfrauen hatten für Bohnerfrische gesorgt. An der Tafel hing schlapp der Wischlappen. Meinen eigenen Gewohnheiten nachgehend, trat ich an das graue, mit kalter Plastik beschichtete Pult, griff in die Ablage und fand das, was Jannes auch bei mir gefunden hätte. Matrizenabzüge in blassem Blau. Zu viel verarbeitete Arbeitsmaterialien. Ich überflog hastig einige Seiten und las »Klassenarbeit, Analyse der Texte …« und verließ den Raum.

Im Parterre begegnete ich dem Hausmeister. »Noch aktiv, Herr Beruto?«, fragte er freundlich.

»Wissen Sie, wenn man keine Familie hat, ist es gleichgültig, wo man seiner Arbeit nachgeht«, sagte ich lächelnd.

Im Lehrerzimmer packte ich meine Zeugnisunterlagen in die Tasche und schob Jannes' Abzüge ungelesen dazu. Ich fuhr direkt nach Hause. Meine Neugierde veranlasste mich, das Schnüffelmaterial zu sichten. Ich kam mir schäbig vor und wunderte mich nicht darüber, denn ich hatte mich einem Zwang untergeordnet, den ich selbst vor meinem Gewissen ablehnen musste. Blatt für Blatt warf ich von mir, dann stutzte ich, als ich las:

Hymne an die Ehre!
Kamerad, spürst du den Schmerz?
Nein, mein Pflaster ist die Ehre, der Verband meine Pflicht!
Kamerad, siegen wir? Geht es vorwärts?
Schweig, ich bin ein Schütze, vom deutschen Gericht!
Kamerad, ich verblute! Schwindel treiben mich abwärts!
Schweig, ich muss schießen! Hebe hoch dein deutsches Gesicht!

Ich las das Gedicht, das nur mit einem J. den Autor verriet, erneut, fühlte mit dem Soldaten und wurde plötzlich sehr traurig, weil auch hier der Tod sinnlos war, und Erika, Anja, Enno und Gregor und alle, die ihnen folgen mussten, keine Rechtfertigung vor uns Hinterbliebenen dokumentieren konnten.

Mich überfiel Wehmut, und Tränen bestätigten mir, dass ich mit meinen Nerven am Ende war. Ich hielt den Abzug lange in der Hand, der noch nicht sehr alt sein konnte, denn der leichte Alkoholgeruch des Verfielfältigers strömte noch von ihm aus.

Hatte man Enno und die beiden anderen Selbstmörder mit solchen Texten gefüttert, abends in einem Schulungsraum des gräflichen Schlosses?, fragte ich mich, und mir kam mein Verdacht zu fantastisch vor. Weitere Fragen drängten sich mir auf. Konnten selbst Kollegen, die auf unsere Verfassung ihren Eid abgelegt hatten, solche Texte dazu benutzen, junge Menschen von den Problemen der Arbeitslosigkeit und der Verpflichtung zu den demokratischen Spielregeln der Mehrheiten abzulenken, um teuflische Gespenster zum Leben zu erwecken?

Ich ging an mein Bücherregal, legte den Text ab und nahm mir vor, meiner überreizten Fantasie keine Nahrung in dieser Gestalt mehr zu bieten. Auf dem runden Tisch legte ich die Finnlandkarte aus, kontrollierte die Schiffsbillets und suchte nach den Nummern der gebuchten Kabine, in der ich mit Elke alles vergessen wollte, was mich in den letzten Monaten so sehr gefordert hatte.

Ich rief Elke an, erkundigte mich nach dem Stand ihrer Semesterarbeit und flüsterte: »Elke, eine traumhafte Kabine, mit Blick auf die Ostsee von der höchsten Etage der ›Finnjet‹, mit Wettergarantie!«

Ein paar Flaschen Bier, einige Blicke auf die historische Mühle, ein paar Gedanken an Erika und Anja und die Versuche, das Geschehen um Enno und Gregor zu vergessen.

Das J. unter dem Gedicht konnte von meinem Kollegen Jannes

stammen. Wenn dem so war, dann war er nicht rein zufällig beim Grafen auf Gut Birkenhain gewesen. Mit dieser Konsequenz schlich ich mich müde in mein Bett und wusste, dass mich Träume quälen würden, während ich mich mit einer nie gekannten Vorfreude auf unsere Reise nach Finnland in die Nacht entfernte.

11

Was für ein Gefühl! Es war unbeschreiblich! Elke saß neben mir. Sie hatte, um sich mir nützlich zu erweisen, die Autokarte auf ihre in engen Jeans steckenden Schenkel gelegt, und ich folgte ihren Verkehrshinweisen, obwohl mir die Strecke vertraut war.

Wir ließen für vier Wochen vieles zurück. Noch gestern hatten uns depressive Stunden zu Tränen getrieben, als wir auf den Rücksitz des Golfs, frische Sommerblumen, zu Sträußen gebunden, gestapelt hatten und mit ihnen eine seelisch ergreifende Friedhofsfahrt unternommen hatten.

Vor Erikas und Anjas Grab hatte ich lange meditierend gestanden, und aus meinem tiefsten Inneren waren Bilder eines geballten Glücks in meine Vorstellungen gestiegen, die ich für ewig behalten werde.

Elke hatte hinter dem Stein eine Vase gefunden, sie an der Wasserstelle gefüllt und die Blumen als einen Gruß der Unzertrennlichkeit von uns Lebenden mit den vor uns Verschiedenen zwischen die Grünpflanzen gestellt.

Danach waren wir nach Upplewarf gefahren und hatten Enno in unsere Gedankenwelt einbezogen. Auf seinem Grab hatte ich den bunten Strauß platziert, während sich Elke ausgeweint hatte.

Auch an den Gräbern der beiden uns persönlich nicht bekannten Schüler hatten wir Blumen abgelegt. Gott hatte über sie gerichtet. Irdische Unvollkommenheit hatte sie in den Selbstmord getrieben. Ihr Tun beschäftigte immer noch unsere Gedankenwelt.

Gregor, der alte Fuchs, hatte genau das vermeiden wollen, was Elke und ich beabsichtigten. Trotz seines Alters hatte er sich mit seiner Intelligenz stets meinen Argumenten entzogen, wenn ich ihm mit meinen Vorstellungen vom Leben nach dem Tode näherrückte. Meine für mich reellen Gespräche mit meiner toten Frau und der kleinen Tochter Anja hatte er als Hirngespinste von sich gewiesen, und sein letzter Wunsch, die Reste seiner irdischen Hülle den elementaren Kräften der Nordsee anzuvertrauen, hatte einen dicken Strich unter seinen Glauben an eine einmalige Existenz gesetzt.

Bisher war es mir nur einmal gelungen, den Hauch seiner Nähe zu spüren, als ich mich ernsthaft und verzweifelt bemühte, Lösungen für mich und Hartwig zu finden. Es war für uns selbstverständlich zu aufwendig, mit dem Kapitän der »Rara Avis« in See zu stechen und an der in der Seekarte mit einem Kreuz versehenen Stelle Blumen ins Meer zu werfen. Aber Elke und ich hatten uns entschlossen, die Fahrt nach Norddeich auf uns zu nehmen.

Während der Fahrt waren unsere Gedanken mit den verflossenen Ereignissen verwoben, und als wir den Kai erreicht hatten, nahm ein Fischer den Blumenstrauß mit und versprach uns, ihn im Fahrwasser hinter Norderney in das Meer zu werfen. Lange hatten wir an der Mole gestanden, die ins Meer hinausreichte und den Fischkuttern nachgeblickt, die der untergehenden Sonne mit ihren Schiffen entgegengefahren waren.

Wir erreichten den Hafen viel zu früh. Am Kai legte die »Nils Holgerson« an und beeindruckte uns mit ihren hohen Aufbauten. Sie kam von Schweden. Die »Finnjet« wurde noch erwartet, und ich parkte unseren Golf hinter der sich bereits gebildeten Autoschlange auf dem Helsinki-Kai.

Die Sonne stand blank über der Ostsee. Hand in Hand bummelten wir entlang der hässlichen Hafenanlagen und gelangten in die Altstadt von Travemünde.

Ich zog Elke an einen leeren Tisch eines Straßencafés, das den Blick frei ließ auf die Ostseebucht. An uns vorbei flanierten Fremde, die dem Sommer angepasst, legere, dennoch teure Kleidung trugen.

Elke bereitete es Spaß, hier zu sitzen, den Kaffee zu trinken, um zu sehen und gesehen zu werden. Als ich bezahlte, hatten wir immer noch genügend Zeit, um den Knick der Promenade am »Maritim« entlang in Richtung Strand zu bummeln. Das Badeleben vor geöffneten bunten Strandkörben stimmte uns froh.

»Vier Wochen Finnland«, sagte ich enthusiastisch.

Wir schritten an den teuren Auslagen der Schmuckhändler vorbei, die ihren Umsatz mit betuchten Badegästen machten. Die Luft war klar, Himmel und Meer zeigten nur Blau, und Möwen schwangen sich in den leichten Wind, als hätte die Kurverwaltung sie zu diesem Zwecke engagiert.

Wir bummelten zurück zum Kai. Von der »Finnjet« sahen wir noch keine Spur. Die Schlange der wartenden Fahrzeuge war enorm angewachsen, und vor dem kleinen Kontrollschalter hatte sich eine Traube von Menschen gebildet.

Ich gesellte mich zu ihnen, während Elke zum Wagen ging. Nach langem Stehen bekam ich die Bordkarten und einen Autoaufkleber, den ich in kindischer Freude auf das Heck meines Wagens heftete. Die Menschen standen neugierig wartend, den Blick auf die Ostsee gerichtet und fieberten dem Auftauchen der hohen Schornsteine entgegen.

Ich hörte mit Elke Musik, bis eine Unruhe um uns herum andeutete, dass sich das Fährschiff der Einfahrt näherte. Die Stimmung wuchs. Mich wunderte die psychische Auswirkung, die der nahende Koloss auf die wartenden Menschen auslöste. Kinder jubelten und Paare küssten sich. Allerdings verging noch eine geschlagene Stunde, bevor ich mich mit meinem Golf dem geöffneten Bug näherte. Auf schmalen Parkstreifen, Stoßstange an Stoßstange stellte ich den Wagen auf Anweisung hin ab. Mit dem notwendigen Nachtgepäck stiegen wir in den Bauch des Ostseeriesen, um unsere Kabine zu suchen.

Elke hatte noch nie eine Seereise unternommen. Sie trug ihre Tasche und folgte mir durch das Gewühle, das hektische Menschen hinterließen. Ich führte sie auf das obere Deck, und es gelang mir ohne Fremdhilfe, unsere Kabine zu finden. Sie wirkte wohltuend einladend auf uns. Die Farben der Wände waren abgestimmt mit den Bezügen der Sitzpolster. Die Liegen ließen sich auf Knopfdruck zu Betten umgestalten. Seitlich hing ein Spiegel vor einer kleinen Frisierkommode. Ein geräumiger Tisch stand vor dem Panoramafenster, durch das wir aus Hochhaushöhe über das Hafengelände bis in das grüne Vorland sehen konnten.

»Dusche und Toilette separat«, sagte Elke freudig.

Ich griff zur Zigarettenschachtel und wollte mich erholsam niederlassen, um Travemünde aus dieser Höhe zu studieren. Aber Elke war zu sehr fasziniert. Sie wollte mehr sehen vom Schiff und zog mich an der Hand aus der Kabine, um die Superlative des Prospektes selber zu testen. Alles stimmte. Wir bewunderten die Cafeteria, den Salon, horchten kurz in die Disko hinein, öffneten die Türen des Filmtheaters, beobachteten die Kinder vor der Frittenbude und sahen die Großen im luxuriösen Speiserestaurant, in dem ein Heer von Kellnern herumschwirrte. Wir bummelten an der Ladenstraße vorbei, in der selbst ein Frisiersalon Kundschaft fand. Unter Deck entdeckten wir die Sauna und den Swimmingpool. Ein Aufzug brachte uns auf Knopfdruck direkt auf unsere Etage.

»Gehen wir schwimmen?«, fragte ich Elke, die wie ich den Sport liebte.

Während wir unsere Badesachen aus unserem Gepäck fischten, sagte ich: »Ein paar Saunagänge würden mich fit machen!«

Elke blickte mich überrascht an. »Möchtest du etwa, dass ich mich nackt vor anderen Männern und Frauen mit dir bewege?«

Ich spürte, dass Reste ihrer ländlichen Erziehung ihr Hemmungen auferlegten, und lachte. »Das ist nicht notwendig, mein Fräulein, denn das habe ich eben mitbekommen, die Anlage ist getrennt. Du kannst ungestört in der Damensauna deine Blößen zeigen und sicher sein, dass du die schönsten hast.«

Elke schlug mit einem Handtuch nach mir. »Du Ekel«, sagte sie und fragte: »Wie macht man das?«

»Ganz einfach. Du lässt deine Klamotten fallen, deponierst sie in einem Schrank, stolzierst dann mit dem Gefühl, frei zu sein von allem, was dich bedrückt, zur Dusche und setzt dich in den Schwitzkasten. Danach ziehst du deinen hübschen Bikini an, um zu verdecken, was nur meine männlichen Augen unbedeckt bewundern dürfen, und schreitest zum Swimmingpool. Dort stehe ich und warte, ebenfalls verdeckt haltend, was ich außer dir keiner anderen Frau zumuten möchte. Wir tauchen dann gemeinsam ins kalte Wasser.«

»Alter Spötter!«, sagte sie, als wir die Kabine verließen.

Der Aufzug brachte uns nach unten. Elke tat, wie ich ihr empfohlen hatte, und konnte die Sauna nicht aufhören zu loben. Wir machten noch einen vierten Gang. Als wir schließlich durstig und aufgeräumt unsere Kabine betraten, sagte Elke: »Wieso war die Sauna so leer?«

»Weil die Menschen dumm sind und der Himmel heute so fantastisch ist«, antwortete ich und zeigte auf die Scheibe, durch die ein tiefes Rot fiel und der halbe Ball der glühenden Sonne irgendwo fernab hinter dem Horizont verschwand.

Ich steckte meine Brieftasche ein und zog Elke aus unserer gemütlichen Kabine. »Gehen wir zur Sky-Bar«, sagte ich und führte sie. Das hoch gelegene Café war kaum besucht. Wir setzten uns an einen kleinen Tisch. Elke hielt meine Hand und blickte vom höchsten Punkt des Schiffes auf die eingefärbte Ostsee.

»Das ist ja fantastisch!«, rief sie aus.

»Ja, aber ohne Dvořák«, antwortete ich und fuhr fort: »Wenn du meine Hand weiterhin festhältst, dann verdursten wir hier oben, denn die Finnen kennen nur Selbstbedienung.«

Elke gab meine Hand frei. Ich stieg die Treppe nach unten. Vor dem Tresen ließ ich mir zwei finnische Wodka und Bier reichen.

Wir prosteten uns zu, tranken glücklich im Schatten der sich eindunkelnden Ostsee. Mehrmals holte ich Nachschub. Die Stimmung überwältigte uns, doch als mir mein dicker Vakuumdirektor einfiel, ich Elke vom Staatsanwalt erzählte und sich die »Eins-Zwei-Bande« in unsere Runde mischte, spürten wir den Druck der Ereignisse und fühlten, dass wir ihm so einfach nicht entrinnen konnten.

Der Abend war teuer. Ich wusste nicht, wie spät es war und ob es wirklich spät war, als ich mit Elke über die kleine Wendeltreppe nach unten stieg. Wir verließen die Bar und befanden uns auf dem breiten Treppenabsatz, von dem die Stufen steil nach unten führten. Elke hatte sich an mich geklammert. Sie war glücklich, und auch ich war fröhlich. Vielleicht waren wir angeheitert.

»Das Meer!«, sagte Elke, und es klang wie ein Ruf aus ihr.

Ich lehnte mich gegen die schwere Eisentür mit dem Bullauge, ließ Elke vorbei, und die Tür krachte in die Angel.

Uns empfing ein heftiger Wind, der uns wohltuend die Hitze nahm. Wir neigten uns über den Holzlauf der Reling und schauten auf das dunkle Meer. Minuten oder länger standen wir in uns vertieft, unseren Gedanken nachgehend nur da, während der Wind nach uns griff und ich beobachtete, wie Elkes Haar wie ein Wimpel seitlich ihres Gesichts flatterte.

Sie schlang ihre Arme um mich, wir küssten uns, und das Meer gaukelte mir die Musik Dvořáks vor. Unter mir lag das strudelnde Wasser, das am Stahlkörper des Schiffes vorbeischoss.

Als Elke ihre Arme von mir nahm und auf ein fernes Licht zeigte, neigte ich mich vor und schob meine Füße unter die runde Eisenstange der Bordverstärkung. Das war meine Rettung, denn ich spürte plötzlich kräftige Arme, die meinen Körper anzuheben versuchten, um mich in das aufgewühlte Wasser zu stürzen. Die Hubkraft wurde stärker, nahm bedrohlich zu, während die Schmerzen in meinen Fußspannen fast unerträglich wurden.

Meine Hände verkrampften sich um den Handlauf der Reling, und ich vernahm den schrillen Schrei Elkes. Der Druck unter meinen Armen ließ plötzlich nach. Ich warf mich herum und sah eine dunkle kräftige Gestalt, die vor meinen Augen im Schatten der Aufbauten verschwand.

Elke schrie immer noch. Zu meiner Beruhigung erkannte ich im matten Licht eines Deckscheinwerfers die Uniform eines Offiziers, der sich aufgeregt näherte. Elkes Schreie verstummten.

Ich beobachtete, wie der Offizier ihre Arme nahm und sie wegführte. Ich folgte ihnen und warf besorgte Blicke um mich. Mein Körper zitterte noch leicht, und erst jetzt sah ich, dass der Offizier uns auf die Brücke führte. Der Raum lag im Halbdunkel. Die vielen Armaturen warfen grünliches Licht, und ich sah durch die Scheibe auf das dem Bug entgegenströmende Wasser, das matt angeleuchtet floss.

»Was ist geschehen?«, fragte der Offizier.

Elke berichtete in abgehackten Sätzen.

Der Kapitän stellte sich vor und führte uns in ein Büro. Ein Stewart servierte Kaffee zu dieser späten Stunde. Der Blick des Kapitäns ruhte zweifelnd auf uns, als Elke das wiedergab, was wir nach dem Besuch der Bar auf dem Deck erlebt hatten. Sie sprach von einem Mann, der eine Wollmütze mit Sehschlitzen getragen hatte.

Der Offizier sprach von Zufall.

Ich rauchte eine Zigarette, die er mir angeboten hatte. Der Kapitän, angegraut, von kräftiger Statur, sagte zu dem Offizier: »Nehmen Sie den Vorfall auf. Notieren Sie die Anschrift der Herrschaften.«

Die Buchungsliste wurde hereingereicht.

»Haben Sie Feinde an Bord?«, fragte der Offizier.

Ich antwortete höflich: »Ich bin ein simpler Oberstudienrat für Mathematik. Meine Freundin ist Studentin. Wir haben keine Namen parat.«

»Ein Irrer, heute sind so manche ausgeklinkt«, sagte der Offizier.

Elke sagte: »Macht es Ihnen etwas aus, Ihre Listen nach den Ortsnamen Jadingen und Upplewarf abzusuchen?«

»Nein, mein Fräulein, Jadingen kenne ich als Kapitän, den anderen Ort buchstabieren Sie bitte.« Er schrieb mit, und ich wunderte mich über Elkes Fantasie, die doch wohl im Ernst nicht daran dachte, dass dieses Geschehen mit unseren Schwierigkeiten in ihrem Dorf zu tun haben könnte.

Der frische Kaffee mobilisierte meine Kräfte. Feststand, dass mich jemand überfallen und versucht hatte, mich über Bord zu werfen. Elkes Vermutung konnte ich nur ablehnen, denn es kam mir absurd vor, einen der jungen Leute der »Eins-Zwei-Bande« zu verdächtigen, die ich zum ersten Mal im Winkelzimmer des Dorfkrugs von Upplewarf vor mir gesehen hatte.

Der Kapitän betrat den Raum. »Fehlanzeige«, sagte er, »aber ich habe die Wachen verstärkt, denn was Ihnen zugestoßen ist, das kann auch andere Passagiere in Gefahr bringen. Ein Offizier in Zivil wird Sie für den Rest der Fahrt beschützen.«

»Ein Zufallstäter«, sagte ich, um mich und Elke zu beruhigen.

»Davon gehen wir aus«, antwortete der Kapitän. Er wandte sich an einen Mann in mittlerem Alter, der kräftig gebaut war und einen Parka trug. »Sie kümmern sich um die Herrschaften!«

Der Mann grinste uns an. Er besaß auf Anhieb unser Vertrauen. Er begleitete uns zu unserer Kabine, wünschte uns eine gute Nacht und deutete an, dass er in der Nähe unserer Kabine ausharren werde.

Wir standen an der Reling. Elke hatte ihren Arm um meine Schultern gelegt. Die Luft war mild und würzig. Die »Finnjet« nahm mit gedrosselten Motoren den Kurs entlang kleiner Felseninseln, auf denen gelb und rot gestrichene Hütten vor kargem Grün standen. Die Sonne ging nicht unter. Obwohl es bereits Abend war, stand sie hinter dem sich nähernden Stadtpanorama und warf ihren vollen Glanz in die Bucht.

»Die Finnen feiern bald das Mittsommernachtsfest«, sagte ich zu Elke.

Der runde hohe Turm der Kathedrale mit den Nebentürmchen und den auf einem Steinblock stehenden Säuleneingang beherrschte das Stadtbild. Viergeschossige Bank- und Verwaltungsbauten rahmten das schimmernde Wasser ein. Seitlich auf einem Felsensockel schimmerte vom Zwiebelturm der griechisch-orthodoxen Kirche der vergoldete Turmaufsatz wie ein Leuchtfeuer. Fischkutter und Frachter verdeckten den Marktplatz, und seitlich lagen die Lagerschuppen.

Die Stimme der Bordansage schreckte uns auf. Sie rief die Passagiere zu den Autos.

»Schade«, sagte Elke, die das Auftauchen Helsinkis aus der Ostsee wie eine fremde Erscheinung genossen hatte.

Wir hasteten die steilen Stufen nach unten zum Autodeck. Die Abgase viel zu früh gestarteter Motoren machte die Luft dick und stickig. Vor uns, hinter uns und auch seitlich wimmelte es von Menschen, die sich auf die Ausschiffung vorbereiteten.

Wir legten unser Gepäck in den Golf, saßen für eine Viertelstunde in den Polstern und starrten auf die große Bugklappe.

»Bist du sicher, Hajo, dass der Täter rein zufällig ein Opfer gesucht haben kann?«, fragte mich Elke.

Wir hatten das Thema immer wieder durchgesprochen. Es gelang mir einfach nicht, Elke davon zu überzeugen, dass neben dieser Version eine zweite denkbar war, nämlich, dass der Täter eifersüchtig war und mich in der Dunkelheit verwechselt haben musste.

»Elke, warum sollte sich einer der schnellen Jungs aus Upplewarf ein Ticket für die ›Finnjet‹ kaufen und uns verfolgen, um mich über Bord zu werfen?«

Elke kam sich selbst dumm vor, als sie sagte: »Du warst beim Staatsanwalt! Vorher war Gregor bei ihm!«

Ich lachte. Ihre Argumente und ihre Sorgen entsprachen ihren strapazierten Nerven. Ich strich ihr über das Haar. »Wir brauchen dringend diese Ferien«, sagte ich und küsste sie.

Die Fahrzeuge setzten sich in Bewegung. Im Schritttempo näherten wir uns dem offenen Bug, um den die hochgefahrene Klappe wie eine Schirmmütze lag. Einige LKWs genossen die Vorfahrt, dann folgten die sperrigen Campingwagen und Autos mit Wohnwagen. Der Ladeoffizier dirigierte uns auf den breiten Vorplatz. Zollbeamte lugten in unsere Pässe und winkten uns freie Fahrt zu.

Eine breite Asphaltpiste führte auf die Ausfahrtstraße durch die belebte Innenstadt. Straßenbahnen, dreispuriger Autoverkehr, ständig den Verkehrsfluss unterbrechende Ampeln und versteckt stehende Verkehrsschilder forderten von uns höchste Konzentration. Ich atmete auf und wischte mir den Schweiß ab, als ich den Golf auf die breite Autobahn lenkte, die in das Landesinnere führte.

Nach dreißig Kilometern verengte sich die Autobahn. Gut ausgebaut verlief sie zweispurig als Europastraße Nummer 4 weiter. Die Uhr zeigte uns an, dass es bereits halb zehn war, obwohl die Sonne noch hoch stand und nur wenig von ihrer

Wärme verloren hatte. Seitlich lagen dichte Wälder, und nur ab und zu sahen wir die kleinen Dörfer mit ihren typischen roten, gelben und blauen Farbanstrichen.

Die Fahrt wurde nie eintönig, denn die Straße zog sich wie ein schwarzes Band durch die Mittelgebirgslandschaft. Elke konnte sich nicht sattsehen an den vielen romantischen Abwechslungen. Klare Seen wechselten mit weißstämmigen Birkenwäldern, über denen das Licht zu leuchten schien. Holzkirchen tauchten auf, die von grünen Hügeln über dunkle Tannenwälder blickten. Und immer wieder durchbrachen Seen mit schilfgrünen Rändern die Landschaft. Im Frieden des Abends zogen Fischerboote, die winzig wirkten und hinter den Buchten verschwanden oder auftauchten.

»Mäntsälä«, las Elke, als wir das blaue Schild vor der Abzweigung passierten. »Nach Lahti. E75«, fuhr sie fort.

Ich nickte. »Sollen wir in Lahti nach einem Hotel Ausschau halten«, fragte ich, »oder in Heinola oder gar erst in Mikkeli?«

Elke schaute auf die Uhr. »Ich meine schon, sonst wird es zu spät«, antwortete sie.

Ich hatte den Eindruck, dass die Sonne nicht nur ihrem Lauf um etliche Striche gefolgt war, sondern dabei auch noch an Höhe gewann. Sie blendete uns und erschwerte das Fahren.

Lahti tauchte auf mit Vorstadtkasernen. Breite Zu- und Umgehungsstraßen zogen sich um typische Großstadtsiedlungen. Die von mir so oft angeprangerte Amerikanisierung hatte auch gute Seiten. Ich las auf blauem Schild »City« und mir war bewusst, dass der Hinweis »Innenstadt« in finnischer Sprache unlesbar gewesen wäre.

Ich bog vom Ring in die breite Straße ein, die im leichten Winkel anstieg, und Elke zeigte begeistert auf die Skisprungschanze, die oberhalb der Holzhäuser in einer gewaltigen S-Form auslief.

Schaufenster und flackernde Lichtreklame deuteten an, dass

wir uns bereits in der City von Lahti befanden. Elke hielt Ausschau nach einem Hotel, während ich mich von Taxis und Stadtbussen stark bedrängt fühlte.

»Dort, ein Hotel«, sagte sie und zeigte auf ein hohes Eckgebäude, in dessen Schaufenstern Damenkleider ausgestellt waren.

Ich blinkte mich durch den Verkehr auf die andere Seite und fand vor dem Kiosk einen Parkplatz.

Der Hoteldiener kassierte die Übernachtungsgebühr inklusive Frühstück und reichte uns den Schlüssel. Müde wies er auf den Fahrstuhl. Ich trug das Nachtgepäck und stellte keine Fragen. Das Zimmer zeigte keinen Hauch von Luxus. Es wirkte eher wie eine dürftige Studentenbude.

Elke riss die Vorhänge auf, und die noch voll scheinende Sonne traf zu unserer Freude die gesamte Fensterfront.

»Dusche und WC!«, hob Elke positiv hervor, und ich sagte: »Und Mitternachtssonne.«

»Ich dusche!«, sagte Elke entschlossen und durchwühlte das Gepäck.

»Und ich hole uns ein Bier«, sagte ich.

Der müde Hoteldiener wies wieder auf den Aufzug. Ich musste die 7 drücken. Ich fuhr hoch. In der Nähe einer geöffneten Tür war ein Tresen aufgebaut. Er lag seitlich, und ich blickte in einen nicht voll besetzten Tanzraum, in dem nur mattes Licht von Deckenstrahlern fiel. Aus dem Raum klang der Lärm, der immer dann entstand, wenn die Musik pausierte.

Ich kaufte einige Flaschen Bier, setzte sie auf das Tablett, stieg in den Fahrstuhl und wunderte mich, als mich die Melodie von »Polonaise Blankenese« begleitete.

Elke duschte noch. Das Plätschern drang durch die Tür ins Zimmer.

Ich setzte mich ans Fenster, öffnete eine Flasche Bier und fand Gefallen an dem Blick auf die grünen Hügel. Seitlich ragte die Sprungschanze vom Plateau wie eine Abschussrampe für Verrückte ins Tal. Unter mir entdeckte ich das Stadion und wunderte mich, wieso es mir bekannt vorkam. Schlagartig fiel mir ein, dass der FC Bayern München hier eine blamable 1:0-Niederlage in einem Europa-Cup-Spiel hatte einstecken müssen, das ich im Fernsehen verfolgt hatte.

Elke trug nichts, als sie aus dem Duschraum kam. Ihren prächtigen Haarschmuck hatte sie zum Trocknen in Handtücher gewickelt. Sie setzte sich auf meine Oberschenkel, und ich wies auf das Stadion.

»Da hat Bayern München gespielt«, sagte ich.

Das Frühstück war im 7. Stock im Restaurant angerichtet. Es war der Raum, in dem am Abend die Tanzveranstaltung stattgefunden hatte. Man hatte ihn über Nacht nicht genügend gelüftet. Ein süßlicher Geruch klebte noch an Stühlen und Tischen, die vor knallroten Wänden standen. Eine große Weltkugel mit glitzernden Glassteinchen drehte sich noch über der Tanzfläche.

Das übliche skandinavische Büfett erwartete uns. Wir näherten uns dem Kaffeearoma. Kannen standen griffbereit auf Wärmeplatten. Zwei vollschlanke Mädchen mit verkaterten Gesichtern luden auf ihre Teller, als würde die ganze Herrlichkeit gleich abgeräumt.

Wir nahmen vom frischen Käse, langten zum getoasteten Roggenbrot, holten uns frischen Kaffee und setzten uns an einen Tisch, der uns den Blick auf die Stadt bot. Unter uns pulsierte bereits die Hektik, und der Gedanke, Ferien zu haben, stärkte unseren Appetit.

Elke ging mehrmals zum reichlich gedeckten Tisch, schaufelte sich Salate und Heringe auf und sagte nicht viel, während ich genüsslich eine Zigarette rauchte. Ich beobachtete eine englische Familie, die sich löffelweise weißen Milchschleim auf Cornflakes lud.

Gesättigt und ausgeruht verließen wir in bester Ferienstimmung das Hotel. Ich fand sofort die Ausgangsstraße. Die Landschaft hatte ihre Reize nicht verloren. Dichte Wälder wechselten gelegentlich mit weiten Weidelandschaften ab.

Wir erreichten über Heinola und Lusi die Großstadt Mikkeli. Ich fuhr durch die Innenstadt, entlang des weiten Marktplatzes, hielt kurz vor der Kathedrale. Nach Juva waren es noch vierzig Kilometer, die wir fast mitzählten, denn der Nachmittag brachte keine Kühle. Die Dörfer, die sich umgeben von Wäldern und Seen märchenhaft friedlich darboten, reizten zum Besuch. Hätten wir keine feste Buchung vorgenommen, ich wäre mit Elke in irgendeines dieser Dörfer gefahren und hätte nach einem Unterschlupf gesucht.

Die nächste Station war Savolinna. Die Stadt tauchte seitlich auf, wir sahen eine imponierende Holzkirche und bunte Häuser.

Danach wurde es kritisch. Vor Punkhalsani mussten wir nach unseren Unterlagen abbiegen und mit einer kleinen Fähre das Dorf Pakasatani erreichen. Elke erkannte das Schild.

Ich bog von der Betonstraße ab und glaubte, dass uns ein Fehler unterlaufen sei, denn der Wagen hoppelte über einen ausgewalzten Lehmstreifen, der voller Schlaglöcher war. Vorsichtig und misstrauisch steuerte ich den Golf in den von Mischwald umrandeten Weg und sagte zu Elke: »Hier sind wir am Ende der Welt! Das kann nicht richtig sein!«

Wenden konnte ich nicht, dazu war der Weg zu schmal. Ich musste weiter.

»Da!«, rief Elke, und auch ich erkannte das Vorsichtschild, das eine aufgeklappte Brücke zeigte. »Eine Fähre!«

Es ging abschüssig über steiniges Geröll.

Die gelbe Seilfähre lag abfahrtbereit. Sie fuhr sofort los.

»Alles passt!«, rief Elke begeistert, als der Fährmann eine Bezahlung mit Handbewegungen ablehnte.

Ich fuhr die Böschung hoch und sah hinter mir die Staubfahne, die der Golf aufgewirbelt hatte. Endlos zog sich die Geröllstraße dahin. Nur hin und wieder kam uns ein Fahrzeug entgegen, sonst umgab uns weit und breit nur grüne Einsamkeit. Ein gelbes Verkehrszeichen wies in den Wald.

Ich las »Pakasatani«.

Ein Schotterweg, noch lockerer als vorher, führte durch einen märchenhaften Wald. Seltene Blumen säumten in blassen Farben den Weg. Mein Wagen schleuderte trotz niedriger Gangart Steine seitlich von sich, und ich glaubte, ich hätte mich erneut verfahren. Doch dann entdeckte ich einen Pfeil auf gelbem Blech. Der Weg führte steil zu einer Höhe, und ich war froh, dass der Golf es im zweiten Gang schaffte und nicht stecken blieb.

Doch dann rief Elke entzückt: »Schau, ein Paradies!«

Ich sah den See, während ich den Wagen schonend über das Geröll nach unten rollen ließ. Eine Schneise öffnete sich. Ich ließ den Golf auf dem Vorgelände einer Holzhütte auslaufen. Vor uns lag der See.

»Ein wirkliches Paradies!«, rief Elke frohlockend.

Vom Stress des Fahrens ermüdet, sagte ich: »Und ich bin Adam.«

»Soll ich hier Eva spielen?«, fragte Elke schelmisch.

So als hätte er uns erwartet, trat ein Mann, dessen Alter schwer einzuschätzen war, vor die robuste, anheimelnde Holzhütte. Er trug sommerliche Jagdkleidung, und ich hätte ihn selbst in Jeans und amerikanischem Altmännerkaro als Jäger und Fallensteller eingeschätzt.

Im faltigen gebräunten Gesicht des Mannes saß ein tiefes, zutrauliches Lächeln. Er war schlank, und mit seinen weißen Zähnen und dem gesunden Aussehen hätte er gut für eine Vollkornbrotfabrik Werbung machen können.

Er reichte Elke und mir die Hand. Sein harter Händedruck verriet, dass seine Begrüßung ungekünstelt und ehrlich war. Wir verstanden ihn nicht, da er Finnisch sprach, aber seiner Handbewegung folgend, betraten wir sein Haus.

Seitlich, im kleinen Vorraum, befand sich ein massiver, grober Schreibtisch, auf dem ein Telefon stand und Akten ungeordnet herumlagen. Die Tür zum Wohnzimmer war nur angelehnt. Elke, die vor uns herging, schob sie auf und blickte wie ich überrascht in das große, weite Wohnzimmer. Einen riesigen Holztisch, in der Größe zweier aneinandergerückter Tischtennisplatten, umrahmten zwei lange Bänke. Vor der Stirnseite des wuchtigen Möbels erhob sich eine Frau mit fröhlichem Gesicht. Ihr grober grüner Walkrock berührte fast den Boden. Aufrecht und stolz schritt sie uns entgegen.

»Herzlich willkommen«, sagte sie, winkte ihren Mann zu sich und fuhr fort: »Mein Gemahl. Nennen Sie ihn Pekkeni, er spricht kein Deutsch. Mein Name ist Toyala. Wissen Sie, ich wohnte lange in Helsinki und war Dolmetscherin. Heute arbeiten wir nicht mehr. Wir vermieten unsere Hütte, weil wir gerne Menschen kennenlernen wollen. Der Preis muss hoch sein, denn sonst kommen Leute, die wir nicht mögen.«

Ihr Mann, den wir mit Pekkeni anreden sollten, hatte sich auf die Bank gesetzt und nickte, während seine schalkhaften Augen uns betrachteten, so als verstünde er die auf Deutsch geführte Unterhaltung.

Mir fiel die rustikale Holzdecke auf. Auch die Seitenwände des Zimmers waren mit rohen Brettern getäfelt. Ein wuchtiger, herrlicher Kamin nahm eine Ecke ein. Ich betrachtete das alte Hausgerät, das an seinen weißen Wänden hing.

Die würdige Hausherrin, die ihren Körper unter einer weiten, gehäkelten Stola verbarg, schätzte ich auf fünfundfünfzig Jahre. Während sie Elke listig fragte: »Sie sind aber nicht Gregor?«, lachte Pekkeni schallend und nickte mir zu.

Ich folgte ihm ans Fenster und blickte in die steinige Bucht. Die Seeoberfläche lag ohne Regung vor mir. Die Sonne warf ihr warmes Licht auf die spiegelglatte Fläche, und durch die vom Wasser reflektierten Strahlen erkannte ich die weiten Birkenwälder, die das entfernte Seeufer umsäumten. Am Steg bemerkte ich die Ruderboote, die zu Ausflügen in die unberührte Natur einluden.

Pekkeni hob die Hand, sie zog einen Kreis vor meinen Augen und sein Blick suchte den Sonnenstand. Er nahm die Pfeife aus dem Mund.

»Mittsommernacht«, sagte ich.

Er lachte mich an und nickte. Hinter mir hörte ich, wie Elke Toyala erklärte, warum nicht Gregor, sondern sie mich begleitete.

Pekkeni verließ mit mir das Fenster. Wir setzten uns auf die Bank vor dem gewaltigen Tisch und hörten dem Gespräch zu, das die Hausherrin mit Elke führte. Toyala zeigte auf mich, und Elke sagte: »Hajo.« Ich fühlte ihren neugierigen, musternden Blick, stand auf, reichte ihr die Hand und wiederholte meinen Namen: »Hajo.«

»Toyala«, antwortete sie. Ich wies auf Elke und sagte: »Elke.« Pekkeni und Toyala lachten. Der Hausherr erhob sich von der Bank, schritt an die Wand und wies auf die Elchgeweihe und die vielen Gewehre, die an den Holzbohlen hingen.

So langsam ergriff mich die Müdigkeit. Elke hockte mit glühenden Wangen neben Toyala und stellte sich dem Gespräch. Ich sah, dass auch Elke erschöpft aussah, als Toyala das Zimmer verließ.

Pekkeni schritt an den Kamin, legte ein paar Holzscheite zurecht und entfachte ein Feuer. Im Zimmer war es angenehm kühl, und ich wunderte mich darüber, dass er den Kamin in Betrieb setzte. Er ging zu Elke, nahm sie an die Hand und führte sie ans Fenster. Wie bei mir deutete er an, dass die Sonne ihren Mittsommernachtstand erreicht hatte.

Toyala kehrte ins Zimmer zurück. Sie legte hauchdünne Fladenbrote, die an Tortenböden erinnerten, aber aus Roggenmehl gebacken waren, aus. Auf einem Holzbrett zerschnitt sie eine Dauerwurst, die sich mit ihrer kaminroten Farbe von unserer Salami unterschied. Das Feuer im Kamin brannte lichterloh, warf schattige Flammen, spendete aber keine Wärme.

Pekkeni sah mich an, lächelte, als würde er meine Gedanken erraten. Er hatte die Scheite so gelegt, dass sie nur abbrannten.

Toyala setzte braune, irdene Teeschalen auf den Tisch, hängte den Teetopf über das Feuer im Kamin und sagte: »Ein Willkommensgruß!«

Wir folgten dem Beispiel unserer Gastgeber, brachen das kernige Brot und schoben häppchenweise die kaminrote Wurst in den Mund. Toyala holte den Teepott vom Kaminfeuer und sagte: »Ein russischer Tee. Er wirkt beruhigend und müsste auch Ihnen munden.«

Sie hatte recht, es war nicht der Elke und mir vertraute ostfriesische Teegeschmack. Er kam mir würziger, vielleicht auch süffiger vor. Aber, gemischt mit dem kernigen Brot und der herzhaften Wurst, hätte ich ihn stundenlang genießen können.

Als Pekkeni die letzte Scheibe wegnahm, sagte Toyala: »Mehr ist zu viel. Elchwurst bereitet den Kreislauf auf die Sauna vor.«

Elke warf mir einen besorgten Blick zu. Sie fühlte sich verunsichert und dachte entsetzt daran, sich vor Pekkeni und Toyala als die Jüngste von uns nackt in einen uns unbekannten Schwitzkasten begeben zu müssen. Aber Toyala sagte freundlich: »Elke, wir beide gehen zuerst. Hajo und Pekkeni müssen warten.« Sie stand auf, griff nach Elkes Hand und zog sie aus dem Zimmer.

Ich schielte auf meine Armbanduhr. Entsetzt begriff ich, dass es bereits auf Mitternacht zuging. Unser Ferienhaus hatten sie noch nicht erwähnt.

Pekkeni legte frische Scheite auf das glimmende Kaminfeuer. Dann kam er zu mir, führte mich an die Wand und deutete auf die Waffen. Er sprach Finnisch, und ich verstand kein Wort. Deshalb entnahm er einem kleinen Schrank ein heftgroßes Buch, schlug eine Seite auf und deutete mit seinen Fingern fragend auf einen Hasen.

Ich nickte, als er auf eine Schrotflinte zeigte.

Die Tierbilder wechselten, immer entsprechend auch die Waffen. Es ging hin bis zum Elch und Rentier.

Ich hatte mich nie für die Jägerei interessiert, fühlte aber instinktiv, dass Pekkenis Naturell hier seine Leidenschaft fand. Wie zum Hohn zeigte die letzte Seite seines Büchleins einen Menschen in der Situation eines Bösewichts, der herausfordernd alles Bürgerliche infrage stellte. Pekkeni grinste genüsslich und wies mit weit ausholenden Gesten über alle Waffen, und ich verstand ihn und lachte, denn für das Böse war ihm jede Waffe recht.

Er stopfte seine Pfeife, blies den Rauch weit von sich und schaute mich gutmütig an. Ich wusste nicht so recht, was ich mit mir anfangen sollte.

Pekkeni stand auf und so, als hätte er mich durchschaut, öffnete er eine Schublade des kleinen Schränkchens und warf mir eine Packung Zigaretten entgegen. Gierig entfernte ich die Banderole, und meine Hände griffen wie die eines Süchtigen in die Packung. Genussvoll sog ich den Rauch tief ein.

Die Zigarette beschäftigte mich. Auch Pekkeni hielt schweigend seine Pfeife an den Mund, bis Elke und Toyala aufgemuntert das Zimmer betraten. Sie hatten sich in weite Tücher gehüllt.

Pekkeni winkte mir zu, und ich folgte ihm zur Sauna. Wir zogen uns aus. Auf der Bank vor dem Schwitzraum lagen Tücher.

Die Hitze war hervorragend, der Zeiger des Thermostats lag auf der 100.

Pekkeni setzte sich auf die höchste Bank. Ich nahm neben ihm Platz. Wir schwiegen, während mir der Schweiß vom Körper floss. Ich begriff, dass es eine hohe Ehre war, am ersten Abend bereits mit unseren Vermietern saunieren zu dürfen.

Pekkeni freute sich, als er bemerkte, dass ich Gefallen an seiner Sauna fand, was er aber nicht wusste, das war meine Absicht, Aufregungen und Sorgen auszuschwitzen, von denen er sich als Naturbursche keine Vorstellungen hätte machen können. Ennos Selbstmord, die Moortruppe mit ihrem »Eins, zwei«, und die enttäuschende Situation beim Staatsanwalt. Ich dachte an meinen dicklichen Direktor, der mit Hosenträgern als Vorsitzender des Heimatvereins schöne Reden halten konnte, aber keinen Sinn dafür hatte, wenn es um die Gefahr unserer Demokratie ging. Aber ging es wirklich um unsere Demokratie?, fragte ich mich, während Pekkeni schweigend neben mir saß.

Ferien, Freiheit, frische Luft, Freude und Freundin addierten sich, um mich abzulenken. Pekkeni ging voraus, ich folgte ihm über den Steg und sprang wie er in den See. Es war wie eine Wiedergeburt.

Verjüngt kletterte ich auf die Bretter und sah die Sonne, die immer noch ihre wärmenden Strahlen auf den See warf. Wir lösten unsere Frauen ab, die im Zimmer vor dem Kamin saßen. Ich rauchte eine Zigarette, Pekkeni holte Bier und mir war zumute, als wäre weder Abend noch Nacht. Die Sonne hatte ihren Stand behalten, und taghell lag der See vor uns. Wir tranken schweigend Bier, rauchten und blickten nach draußen.

Als die Frauen wieder bekleidet das Zimmer betraten, folgte ich Pekkeni zum letzten Gang in die Sauna. Als wir erfrischt vom See kamen, zogen auch wir uns an. Ohne großes Reden ging Pekkeni zur Garage, holte seinen Wagen heraus und deutete an, dass wir ihm folgen sollten.

Durch den schattigen Wald, der gelegentlich das Licht der ständigen Sonne durchließ, führte eine ausgefahrene Spur. Die Hütte stand auf einer Lichtung. Aus dicken Stämmen erbaut, wirkte sie auf Elke und mich faszinierend.

Toyala und Pekkeni schritten uns voran. Fünf Treppenstufen führten zum Balkon. Sie öffneten mit ihrem Schlüssel die Tür und wiesen voller Stolz in das Innere. Die Wände mit Holzbrettern grob vertäfelt, Kochnische und Wohnraum voll bestückt, winkten uns einen Frieden zu, den ich nie vergessenen werde.

Pekkeni schaltete den Stromkreis ein. Er funktionierte. Die Lampe brannte. Der Kühlschrank summte. Ich nahm von Toyala den Schlüssel in Empfang, und wir schauten vom Balkon beiden nach, als sie winkend zum Wagen gingen.

Wir betraten die Hütte. Erst jetzt entdeckte ich den Kamin, vor dem geschichtete Holzscheite lagen. Die Sonne stand hoch am Himmel. Der Wald lag im tiefen Schweigen der Mittsommernacht.

Elke zog sich aus. Ich warf ebenfalls meine Kleidung von mir, und wir hüpften lustig und unbeobachtet die Stiegen zum Ufer hinab und erfrischten uns im klaren Wasser des Sees in einer paradiesischen Natur, die wir für vier Wochen gebucht hatten.

Wir hatten lange in den Morgen hinein geschlafen, und ich wusste nicht, wie spät es war, als Elke mich weckte.

»Steh auf, Adam«, sagte sie zu mir und kniete vor mir wie Eva.

Die Sonne fiel voll in unser Ferienhaus, und es fehlte nur die Schlange, die zischte, als wir uns paradiesisch liebten.

Ich verspürte keinen Hunger, sondern genoss die Freiheit,

die Losgelöstheit von meinen Problemen und den verflossenen Ereignissen. Lange lagen wir auf unserer Bettstatt, schweigend hielten wir unsere Hände und fühlten die wärmenden Sonnenstrahlen auf unseren blassen Körpern.

»Und jetzt ein Bad«, sagte Elke und suchte im Gepäck nach den Badelaken.

Alles in Elke lebte. Ihre Bewegungen waren fast tänzerisch und zeugten von ihren ausgeglichenen Gefühlen. Wie übermütige Siebzehnjährige nahmen wir im Lauf die Stufen zum Ufer. Zu unserem Haus gehörte ein in den See hinausragender Steg, an dem ein leicht zu bedienender Kahn angebunden auf dem spiegelglatten Wasser lag.

Elke breitete die Tücher aus, und wir legten uns auf die Laken, ließen die heiße Sonne auf unsere kalkweiße Haut brennen. Wir dösten und träumten in die Zeit, von der wir jetzt viel besaßen, und sprachen wenig, weil es nicht nötig war, etwas zu sagen.

Bachstelzen setzten sich ohne Scheu auf die Steine des Seeufers, und Möwen warfen sich in den fast windlosen Himmel. Entenfamilien fuhren wie zusammengestellte Konvois geordnet in nur wenigen Metern Entfernung am Steg vorbei.

Wir ließen uns braten, rieben uns in Zeitabständen mit einem Sonnenöl ein und schauten in die nie aufhören wollende Einsamkeit. Mein Blick suchte das weit entfernte Seeufer ab, streifte an kleinen Inseln vorbei und erfasste die Wälder, die zu einer grünen Linie vor dem strahlenden Blau des Himmels zusammenschrumpften. Ich hatte das Gefühl, als schaute ich beim lieben Gott durch das Schlüsselloch.

Erst als die hochgeschossenen Birken ihre Schatten auf unseren Steg warfen, stiegen wir in das kristallklare Wasser, um unsere aufgeheizten Körper abzukühlen.

Als wir uns abtrockneten, sagte Elke: »Wir müssen noch zum Kaufmann. Es sind gut dreißig Kilometer, hat Toyala gesagt.«

In unserer Hütte zogen wir uns an. Wir studierten die Karte, die an die Wandbohlen geheftet war und in dieser Einsamkeit mit farbigen Hinweisen Wanderwege kennzeichnete und auch die Straße zum Lebensmittelgeschäft enthielt. Ich erkannte den Standort unserer Hütte und prägte mir den Weg ein.

»Elke, wenn das Wetter mal mies werden sollte, haben wir Zeit zu ausgedehnten Wanderungen. Die Wege sind hier hervorragend eingezeichnet«, sagte ich, als wir die Hütte verließen.

Wir fuhren los. Während der Fahrt an blühenden, wild wachsenden Blumen vorbei, unter sich häufig wechselnden Baumkronen, über Wege, die für Geländefahrzeuge konzipiert waren, passierten wir häufig die Grundstücke einsamer Bauernhöfe, die mitten in riesigen gerodeten Feldern ihre farbigen Holzfassaden unseren Blicken darboten. Auf den steinigen Weiden grasten braunweiße Kühe, die unserer Staubwolke mit großen Augen nachschauten.

Den Gemischtwarenladen führten zwei Frauen, Mutter und Tochter, so schien mir. Fehlgriffe wegen unserer Sprachunkenntnisse waren so gut wie ausgeschlossen, denn die auch bei uns durch das Werbefernsehen bekannten Artikel füllten auch hier die Regale. Nur gelegentlich mussten wir im Zweitdruck der schwedischen Sprache nach Orientierung suchen.

Der Korb hatte sich schnell angefüllt. Als ich ihn zum Wagen trug, winkte ich die jüngere Frau nach draußen und machte mit Gesten klar, dass ich noch tanken wollte. Vor dem Kaufhaus, das mitten im Grünen lag, standen die Tanks. Sie öffnete mit einem Schlüssel die Verdeck-Klappe und langte zum Holzgriff. Ich nahm den Schlauch und führte den Zapfhahn in den Tank des Golfs. Die junge Frau bewegte den Pumpschwengel hin und her, während eine veraltete Messuhr die Literanzahl notierte. Schwer atmend kassierte sie, und ich sah, dass zwei Eheringe ihre Hand schmückten.

»Für die ersten Tage reicht es«, sagte Elke lachend und winkte der Frau zu.

Wir lebten ohne Uhr und pendelten bei herrlichem Sommerwetter zwischen unserer Hütte und dem Seeufer hin und her. Das in uns geweckte Gefühl für das Grüne und Weite um uns lockte unser Interesse selbst an den kleinsten Lebewesen hervor, die mit uns das Paradies teilten. Die irrsinnig schnellen Wasserhüpfer zogen in Schwärmen Kreise, schossen im Kampf um Beute aneinander vorbei, ohne sich zu berühren. Ich lag auf dem Bauch, der Steg war nicht sonderlich hoch, und ich beobachtete, wie die wie von Computern gesteuerten kleinen Hüpfer, für die mir kein Name einfiel, ihre Zick-Zack-Ausweichmanöver vollführten. Doch mehr noch interessierte mich der mottenartige, schmetterlingsgroße »Pirat«, der unehrlich und betrügerisch seine Flügel zum Großsegel ausgestellt hatte und sich wie ein winziges Schiff treiben ließ. Die kleinen Insekten, die in ihrer munteren Friedlichkeit jagend und surrend nur knapp über der Wasserfläche flogen, spürten zu spät, dass das treibende Segelboot ein tödliches Luftschiff war. Blitzartig schoss es aus dem Wasser hoch. Dünne, starke Fühler, vergleichbar mit Stahltrossen, legten sich um die Beute, und mit kräftigen Flügelschlägen erhob sich der »Pirat« in die Lüfte, um in etwa drei Metern Höhe sein Opfer zu verzehren.

»Da treibt wieder einer«, sagte Elke, die wie ich auf dem Bauch lag, den Kopf hochgestützt hielt und mit mir das Naturschauspiel beobachtete.

Mich hatte die Biologie nie sonderlich interessiert und mir hatten die Kollegen immer leidgetan, die mit den in meinen Augen langweiligen Stoffen ihre Schüler zu begeistern versuchten. Auch Elke, die sich mit Bilanzanalysen und Investitionsmultiplikatoren beschäftigte, sagte begeistert: »Wenn es nicht um Leben und Tod der Insekten ginge, würde ich die Methode des ›Piraten‹ für ein ausgeklügeltes Marketing halten.«

Doch das Schauspiel, das uns die winzigen Mitbewohner des Paradieses vorführten, sorgte für weitere Steigerungen. Die plumpen Fliegen, die wie kleine Flugzeuge dicht über dem Wasser flogen, bedrängten sich gegenseitig, und hin und wieder sahen wir, wie einige abstürzten und hoffnungslos auf dem See schwimmend um ihr Überleben kämpften. Wie bei einer organisierten Notrettungsstaffel, schossen mutige Fliegen auf das abgestürzte Opfer los, versuchten im Tiefflug mit Stupsbewegungen den gestrandeten Kollegen in eine rettende Startbahn zu steuern, was ihnen zu unserer Verwunderung auch in den meisten Fällen gelang.

Lange schauten wir zu, bis die Schatten der Birken uns die Sonne nahmen. Wir stiegen zur Hütte hoch, kochten uns ein einfaches Essen und fanden vor dem Kamin einen träumenden Abschluss des herrlichen Sonnentages.

12

Als wir aufstanden, war ich froh, dass der Himmel bedeckt war und schwere Wolkenbänke über dem See standen. Wegen der starken Sonnenbestrahlung in den letzten Tagen benötigten wir eine Pause.

Wir frühstückten und interessierten uns nicht für die Zeit. Vielleicht war es schon Mittag.

Ich rauchte nach dem Genuss des Fladenbrotes, das wir uns mit Salami und Margarine zum Frühstück bereitet hatten, eine Zigarette. Mein Blick ruhte auf der Wanderkarte.

»Die Sonne wird uns heute nicht verwöhnen, Elke«, sagte ich. »Wie wäre es mit einer zünftigen Wanderung? Das bisschen Schwimmen ist zu wenig für unser Fitness-Programm.«

Elke stimmte begeistert zu. »Außerdem haben wir unsere nähere Umgebung noch nicht kennengelernt«, antwortete sie.

Ich schritt an die Wanderkarte. »Wir nehmen den blauen Pfad«, sagte ich. »Der führt über die Hügel und endet als Rundgang bei Toyala und Pekkeni.«

»Einverstanden«, sagte Elke.

Wir nahmen die dünnen Polyesterjacken mit für alle Fälle, denn das Wetter konnte sich wenden. Wir schlossen die Hütte ab, legten den Schlüssel auf den Türrahmen und gingen los.

Der Weg führte steil bergan. Kleine blaue Plastikstreifen, die an den Ästen der Bäume in Abständen von hundert Metern hingen, wiesen uns die Richtung. Der Waldboden war voll bewachsen, da die seltenen Wanderer hier keinen Trampelpfad hinterlassen hatten. Oft mussten wir gebückt unter stechenden Tannennadeln kriechen, den Weg an ausgewachsenem Strauchwerk entlang suchen, doch der vorwiegend von hochstämmigen weißen Birken bestandene Wald verleitete uns, munter drauflos zu marschieren.

Auf der Kuppe eines Hügels betraten wir eine Lichtung und aßen dort einige Waldbeeren. Von hier aus reichte unser Blick weit über den See hinaus. Die Ruhe und der Friede des Waldes waren wohltuend, und wir verharrten auf dem Boden hockend, blickten in die herrliche zum See abfallend hügelige Landschaft, über der die Wolkenbänke lagen.

Unser Abstieg führte uns nördlich. Das Gras wuchs hoch und unberührt. Wir folgten den blauen Markierungen, die lückenlos und zuverlässig unseren Weg bestimmten. Die frische Luft war würzig. Elke und ich wanderten durch den Wald, als wäre das grüne Dach über uns, das Strauchwerk neben uns und die vielen wild wachsenden Blumen unter unseren Schritten von der Natur bereitgehaltenes Schmuckwerk für unsere Liebe und Zeichen für unser Glück.

Das plötzliche Auftauchen einer Straße überraschte uns. Sie war mehr nur ein Schotterweg, den wir überqueren mussten.

Elke blieb überrascht stehen. »Da parkt ein Auto«, sagte sie, denn nach unserer Wanderkarte hätten wir die Straße hier nicht vorfinden können.

Mich wunderte es, in dieser Waldeinsamkeit ein Fahrzeug anzutreffen. Ich stand entschlossen auf dem mit braunem Sand und dicken Steinen belegten Weg und blickte in die Richtung des abgestellten Wagens.

»Hier gibt es sicherlich noch einige Ferienhäuser«, sagte Elke, als sie sah, dass mich meine Neugierde antrieb.

Elke wartete vor dem blauen Fähnchen, das am Ast einer jungen Birke wie verloren hing, während ich mich dem Fahrzeug näherte.

Ein Mercedes, teures Modell, dachte ich, und schaute auf das Kennzeichen.

Wie vom Blitz getroffen blieb ich stehen. Die Buchstaben und Zahlen auf dem Nummernschild kamen mir bekannt vor.

Ich spürte eine innere Unruhe und wischte mir den Schweiß von der Stirn, denn dort vor mir stand der Mercedes des Mannes, den ich auf Elkes Zimmer angetroffen hatte, als er nach einem Päckchen bei Elke nachgefragt hatte und der mit Enno die Asienreise unternommen hatte.

Maschallah!, dachte ich und rief Elke zu: »Alles klar! Deutsche Touristen findet man überall!«

Ich nahm Elkes Arm und führte sie entlang der Birke, die den Weg wies. Ich wollte sie nicht beunruhigen und verschwieg ihr die vermutete Anwesenheit von Ennos Freund.

Es gelang mir nicht, einen Grund dafür zu finden, weshalb Ennos Freund hier im Wald rein zufällig seinen Wagen abgestellt haben konnte.

»Hier gibt es sicherlich noch mehr Hütten, in denen Urlauber wie wir nach Ruhe suchen und die Natur bewundern«, sagte ich.

Unsere Füße zertraten die Gräser. Um uns herum blühten mit blassen Farben rötliche Blumen. Über uns hingen die Kronen der Birken, deren weiße Stämme an blank geputzte Fliesen erinnerten.

Ich zog mein Taschenmesser aus der Tasche, klappte die Schneide auf und schritt an eine Birke. Wie in vergessenen Kinderjahren ritzte ich die Buchstaben E und H in das weiche Holz und setzte 2002 dazu. Elke freute sich, lachte überschwänglich und sagte: »Hajo, da fehlt das Herz!«

»Gut«, antwortete ich, »davon habe ich genügend.« Ich ritzte ein Herz um die Buchstaben in den jungen Stamm.

Wir gingen weiter. Ich hielt das Messer in der Hand, und es war mein Unterbewusstsein, das mich misstrauisch gestimmt hatte, nicht ohne Waffe weiter den blauen Fähnchen zu folgen.

Der Weg führte uns abwärts. Er war breit und gestattete es, uns an den Händen zu halten. Elke brachte glücklich und locker unsere Arme zum Schwingen, während ich voller Sorge das geöffnete Taschenmesser vor ihren Blicken in der freien Hand verbarg.

Als die blauen Fähnchen in kleineren Abständen uns die Richtung wiesen, wateten wir durch hohes Gras und Himbeersträucher. Ich ließ Elke vorgehen. Sie suchte den Weg, musste die Zweige der Sträucher von sich abbiegen, und erst als es wieder den Hügel hinauf ging, öffnete sich das Dickicht. Wir schritten einer Lichtung entgegen, auf der mit Moos bewachsene Findlinge, wie von einem Riesen hingeworfen, herumlagen.

Elke nahm meine Hand und zog mich lachend auf die Lichtung. Wir waren außer Puste vom schnellen Aufstieg und schauten begeistert auf den Lohn unserer Anstrengungen. Unter uns lag eine kahle Fläche mit braunen Steinen auf einer baumlosen Schneise. Tiefer stand ein rotes Bauernhaus mit riesiger Scheune. In den weiten Wiesen wirkten die Kühe wie kleine Punkte. Tannenwälder umrahmten das Ganze mit dunklem Grün. Der Himmel lag mit grauschwarzen Wolken über uns und zog sich hinunter bis zum Seeufer, das sich nur durch ein helleres Grau absetzte.

Wir stiegen auf einen der Steine und blickten ins Tal. Elke neigte sich vor. »Das ist der Hof, der an unserer Straße lag, als wir zum Kaufmann fuhren«, sagte sie.

Ich sprang, um eine bessere Sicht zu haben, auf einen anderen Stein, der ein wenig höher war und neben mir lag, als ein Schuss mörderisch die Stille durchbrach.

Ich zuckte zusammen, fiel vom Stein in das struppige Gras und sah entsetzt, wie Elke wie in Zeitlupe nach vorn stürzte.

Es kam mir irr vor, als ich bemerkte, wie sich ihr Nicki vorn an der offenen Wetterjacke rot färbte.

Ich war wie von Sinnen, begriff nicht, was um mich herum

vorging, und blickte mich idiotisch um, weil Unerklärliches geschehen war.

Elke lag im Gestrüpp der wirren Äste der Sträucher!

Mich trieb eine Kraft hoch. Ich wollte zu Elke! Dann sah ich den Mann, der grinsend in nur dreißig Metern Entfernung vor mir stand. Vom baumlosen Hügel aus richtete er sein Gewehr auf mich und blitzartig schoss mir sein Name in das Gehirn.

Es war Nonninga, dessen Mercedes mir als Warnung nicht genügt hatte.

Ich hastete zu Elke.

Alles ging so schnell, und ich wusste nicht, ob mein Leben noch einen Pfifferling wert war, als ich mich über Elke beugte, die leblos unter mir lag. Sinnlos, mein Messer hatte ich verloren, zog ich meine Arme zu einer Abwehrhaltung zusammen, sah den Schützen und glaubte ein irres Lächeln in seinem Gesicht zu erkennen.

Ich schritt ihm entgegen und wartete auf den Gnadenschuss aus seinem Gewehr.

»Schnüffler!«, schrie er mir entgegen. »Vaterlandsloser Pauker! Verräter!«

Warum schießt er nicht, dachte ich, als ich ihm näher kam.

Ein Schuss drang in die Stille. Ich wunderte mich, dass ich keinen Einschlag spürte, und sah, wie Nonninga sein Gewehr fallen ließ. So wie sich Enno vor meinen Augen im Polizeizimmer dem Boden entgegengedreht hatte, landete Nonninga auf der kahlen Erde.

Mich trieb es zu Elke. Sie lag regungslos auf abgeknickten Brombeersträuchern und Brennnesseln. Ich hob Elkes Oberkörper hoch und starrte entsetzt auf die Blutspur. Mich ergriff eine Panik. Ich drückte Elke an mich und schrie. Ihr langes Haar fiel über meinen Arm, und ich blickte in ihr blasses Gesicht.

Ich heulte drauflos und sah Pekkeni, der sich aufrecht wie ein

Jäger mit seinem Gewehr näherte. Er hielt wie ein Soldat sein Gewehr im Anschlag und wies hinter sich.

Ich folgte seinem Blick und sah den toten Nonninga, der gekrümmt auf dem Steinboden lag.

»Elke!«, schrie ich, und ich spürte, wie Pekkeni mich mit seinen kräftigen Armen zur Seite schob, und während er Elke hochnahm, wurde mir übel, und ich übergab mich über den Brombeersträuchern.

Als ich hochblickte, sah ich, wie Pekkeni Elke auf seinen Armen davontrug. Hastig eilte ich zu ihm, nahm den rechten Arm von Elke, und wir stiegen wortlos den Weg nach unten.

Elkes Kopf wippte im Rhythmus der Schritte. Ihr langes Haar hing von ihrem Gesicht. Ich wusste nicht, ob sie noch lebte. Ein Gang ohne Zeit. Eine Ewigkeit der Schmerzen.

Endlich erreichten wir sein Haus. Pekkeni legte Elke in den Sessel, der einzige, der verloren im Winkel vor dem übergroßen Tisch stand.

Ich kniete mich vor Elke nieder und sah die Blutspur. Pekkeni eilte zum Telefon. Meine Blicke folgten den Blutstropfen, und ich begriff, dass Elke tot war. Ich weinte, strich wie irrsinnig über ihre Haare und wollte ihren Tod nicht hinnehmen. Ihre Hand lag kalt in meiner, und ich dachte an Dvořáks Musik.

Lange saß ich da, bis das Stimmengewirr von Männern in meine Ohren dröhnte.

Toyala näherte sich mir mit großen, tränenumflorten Augen. Ich kam mir vor wie ein Papagei, der in seinem Käfig sitzt und bereit war, hackend und schreiend keinen zu sich zu lassen.

Toyala wurde größer. Sie weinte. Ich sah ihre roten Augenränder und ihren Schmerz.

»Hajo«, sagte sie, und ich spürte die ausstrahlende Wärme ihrer Hand, die meine Schulter berührte. Ihre Stimme klang dumpf zu mir. »Wer war es? Kanntest du den Mörder?«

Die Männer um mich herum schwiegen, und ich machte den Arzt aus, der für Elke zu spät und für mich vergeblich kam. Er zog eine Spritze auf und näherte sich mir mit ernstem Gesicht. Ich sah, dass er in meinem Alter war, und sagte: »Nicht, Doktor! Es muss auch ohne gehen.«

Ich dachte an Gregor und wunderte mich über die Kraft, die mich plötzlich durchströmte.

»Was ist?«, fragte ich und sah, dass die Anwesenden mich neugierig anschauten.

»Wer war der Mann?«, fragte Toyala.

»Er war ein Freund eines Schülers, der sich umgebracht hat.«

»Hajo, die Männer wollen wissen, ob dieser Vorfall bereits in Deutschland seine Wurzeln fand, da Pekkeni ja mittendrin steckt und dir das Leben gerettet hat.«

Ich antwortete langsam, ließ Toyala Zeit, meine Aussagen zu übersetzen. Mein Vortrag war lückenlos. Bei den Polizeibeamten hinterließ er aber ein tiefes Misstrauen.

Ein Beamter in Zivil, der in lässiger Jeanskleidung seinen Rang verbarg, dabei durchtrainiert war und mich mit intelligenten Gesichtszügen musterte, reichte mir eine Zigarette.

Meine Hilflosigkeit erschütterte mich. Ich wünschte mir den Tod und bedauerte, dass Pekkeni mich mit seinem Schuss auf den Mörder zum Leben verdammt hatte.

Irgendwann drang zwischen meinen Tränen das Tuckern eines Hubschraubers zu mir. Männer traten ins Zimmer. Sie trugen Elke weg, und ich wusste, dass es vergebens war, denn niemand konnte ihr noch helfen. Ich hatte das Gefühl, als zerrissen die Rotoren des abfliegenden Hubschraubers mein Inneres.

Pekkeni sah mich mit festem Blick an und schlug mir mitfühlend auf die Schulter. Mir wurde bewusst, dass er, um mich zu retten oder um Elke zu rächen, einen Menschen erschossen hatte. Er hatte die Herausforderung des Schicksals angenommen und gehandelt. Und zwar, ohne Zeichen von Skrupel zu zeigen. Seine sichere Haltung gab mir Kraft, und Toyala bewies mir mit ihrer Anteilnahme, dass sie in mir ein Opfer und keine verdächtigte Person sah.

Mir fiel ein, dass die russische Grenze hinter dem See nur in Steinwurfnähe verläuft.

»Das erschwert meine Position bei den Behörden«, dachte ich, als ich in das sportliche Gesicht des Beamten sah, der vom Telefon kam und sich mit Toyala unterhielt.

»Hajo, du musst sie begleiten«, sagte Toyala. »Sie suchen jetzt den Mercedes und sie wollen, dass du den Toten identifizierst. Sie haben die deutsche Botschaft in Helsinki benachrichtigt.«

Ich hörte ihre Sätze, registrierte ihre Aussagen, nickte müde und wunderte mich darüber, dass ich ohne sonderliche Nervosität alles einfach hinnehmen konnte. Ich hatte einen Punkt erreicht, den zu verlassen mir jede Antriebskraft fehlte.

Die Männer der Polizei verließen das Zimmer, und Pekkeni nahm meinen Arm und begleitete mich nach draußen. In einer Halbschale eines Zinksarges lag Nonninga. Da gab es keine Zweifel. Er trug einen Maßanzug, der die Spuren seines Anschleichens durch das unwegsame Gelände erkennen ließ.

Ich schaute über den See, dachte an seine unvergängliche elementare Kraft und wusste, dass es nirgendwo auf dieser Erde ein Paradies geben konnte, und ich sah Nonninga vor mir mit riesigen Flügeln, die ihm zu einem Großsegel angewachsen waren, das er aufgerichtet hatte, als er schwimmend unter Elke und mir darauf wartete, uns in die Fänge zu bekommen.

Elke war tot. Das war mir klar. Mich interessierte es nicht, wo ihre leblose Hülle jetzt gelagert wurde.

Pekkeni hielt immer noch meinen Arm. Er griff in seine Lederweste und hielt mir eine flache Flasche entgegen. Ich las

»Absolut Vodka« und nahm gierig einen kräftigen Schluck. Ich fühlte, wie der harte Schnaps in meinen Magen lief und nahm mir mit der aufsteigenden Wärme vor, nicht schlappzumachen.

Erst jetzt sah ich, wie Toyala einen Kreis von Beamten um sich hatte.

»Hajo, wer ist es?«, fragte sie.

»Er heißt Nonninga, lebte von einträglichen Geschäften, deren Inhalte ich nicht kenne, und kommt gebürtig aus der nordwestdeutschen Nordseeküstenkante«, sagte ich, ohne in die Halbschale zu blicken.

Toyala dolmetschte. Ein Polizist schrieb mit.

Pekkeni führte mich zu einem Jeep. Er ließ meinen Arm frei, und wir setzten uns auf die Rückbank. Der Beamte in Zivil steuerte den Wagen, und ich sah, dass noch einige Polizeifahrzeuge folgten.

Der kurvenreiche und holprige Waldweg ließ den Wagen tanzen. Ich blickte in die zauberhafte Natur, die mehr und mehr für mich an Reiz verlor und je weiter wir fuhren sogar einen drohenden Charakter annahm.

An dem blauen Fähnchen erkannte ich die Stelle wieder, an der uns der Mercedes aufgefallen war. Wir stiegen aus und schritten an den Wagen, dessen Fenster verstaubt waren und der in halb schräger Parkstellung mit der Schnauze an junge Birken stieß.

Der Beamte in Jeanskleidung, der unseren Jeep gesteuert hatte und sich als führende Person herausstellte, öffnete mit dem Schlüsselbund des toten Nonninga die Autotür. Ein Polizist entnahm einem kleinen Koffer Gummihandschuhe und durchsuchte den Wagen.

Ich stand neben Pekkeni und beobachtete das Geschehen. Zu meiner Verwunderung sah ich, dass der Beamte einen Packen dunkelgrüner Reisepässe nach draußen reichte. Es folgten Akten und Unterlagen.

Mir war nicht klar, ob ich hier als Angeklagter oder als Opfer eines nicht durchschaubaren kriminellen Geschehens von den finnischen Polizeibeamten eingestuft wurde.

Aus dem Grau des Himmels löste sich die Sonne. Sie warf ihre Strahlen durch die Baumkronen und ich sah, wie Mücken in ihrem Licht wirbelten. Bis jetzt hatten sie uns verschont, doch ihr bedrohliches Summen näherte sich, und ich zerquetschte einige, die sich auf meine Regenjacke gesetzt hatten.

Vor dem Mercedes standen die Beamten und berieten sich.

Pekkeni lächelte mich zuversichtlich wie ein Freund und Beschützer an.

Der Chefbeamte in Zivil näherte sich uns. In seiner Hand hielt er ein aufgeschlagenes Blatt. Er stellte sich neben mich und wies auf eine Zeichnung.

Meine Überraschung war so groß, dass ich für Minuten keine Worte fand. Die fragenden Blicke der Polizisten trafen mich.

Elkes Zuhause, der Fehntjer-Hof, der Versorgungsweg von Upplewarf zu dem Anwesen des Grafen von Birkenhain und das Donnermoor lagen sauber gepaust vor mir, und ich erkannte selbst den Weg in das Moor, den die »Eins-Zwei-Bande« genommen hatte, als sie am Punkte null vor Hartwig und mir spurlos verschwunden war.

Ich dachte an Hartwig, der mich zu der Scheune geführt hatte und mit mir danach den Weg ins Moor aufgenommen hatte. Mein Finger berührte die Zeichnung.

»Elke«, sagte ich und wies auf den Fehntjer-Hof. Mein Hals zog sich fast zusammen, als mir plötzlich die Tragödie um mich herum bewusst wurde. Ich bemerkte noch ein kleines Kreuz, das im angedeuteten fernen Moor eingetragen war.

Pekkeni hielt mir die Flasche entgegen, und ich nahm einen Schluck vom kräftigen, harten Wodka. Der Beamte nickte, reichte die Karte weiter und blätterte in Pässen herum, die das Siegel der Bundesrepublik zierten. Es war immer das Foto des aalglatten Nonninga. Ständig wechselten die Namen. Erst der letzte Pass enthielt den Namen, unter den ich ihn kennengelernt hatte. Ich zeigte auf die Namenszeile.

Der Beamte schob die Pässe weg und hielt mir eine DIN-A4-Seite vor, auf der ich nur Zahlen entdeckte. Vom äußeren Rand las ich 18. 08. 02. Darunter war ein Kreuz gezeichnet, das mich abstieß, denn Kreuze hatte ich mittlerweile genügend kennengelernt. Ich hob meine Schultern und deutete an, dass ich keine Aussage machen konnte.

Der Beamte wies auf den Jeep, und Pekkeni brachte mich zum Wagen. Wir fuhren ohne zu wenden los und erreichten über einen holprigen Rundkurs Pekkenis Haus. Die Beamten holten Toyala und berieten sich mit ihr.

»Hajo, Sie fahren dich zu der Hütte. Lass deine Sachen hier zurück und nimm mit, was du brauchst. Du musst die Beamten nach Helsinki begleiten. Dein Auto und euer Gepäck bleiben in der Obhut der Polizei.«

Ich nickte nur müde, denn alles, was jetzt mit mir geschah, hielt mich vom sinnlosen Nachdenken ab.

Toyala hatte meine Gedanken erraten. »Darf Pekkeni dich begleiten«?, fragte sie. Ich legte meinen Arm um einen Mann, der in der Kürze der Zeit, aber in der Fülle der Ereignisse mein Freund geworden war.

13

Der Polizeivolvo hielt vor unserer Hütte. Ich stieg aus. Pekkeni begleitete mich.

Ich mied den Blick auf unseren Golf, sah durch die Bäume die aufgelockerten Wolken über dem See.

Nicht schlappmachen!, befahl ich mir in Gedanken und vergaß Elke, denn wenn ich mich jetzt gehen ließ, würde Tanno Paronen, wie der drahtige Kommissar hieß, der Jeans trug und hier das Sagen hatte, mich in Helsinki in ein Krankenhaus stecken, um in Ruhe seine Recherchen aufnehmen zu können.

Pekkeni klopfte mir auf die Schulter, nahm den Schlüssel vom Holzrahmen der Tür und schloss sie auf.

Wie einer, der auf der Flucht ist, schob ich in Eile Rasierapparat, Zahnbürste und Handtücher in meine Saunatasche, die ich auch als Sporttasche zu nehmen gewohnt war. Meine Papiere, durchfuhr es mich. Ich nahm die Brieftasche, warf die Wetterjacke auf den Boden und zog meine Lederjacke über. Ohne mich dem Schmerz hinzugeben, verließ ich die Hütte, die Pekkeni hinter mir abschloss.

Vor meinen Augen tanzte Nebel, und ich hatte Angst, auf den Waldboden zu fallen, denn keine Kraft hätte mich wieder aufrichten können, wenn mich erst das heulende Elend voll in die Klauen genommen hätte.

Pekkeni führte mich an den Volvo. Paronen gab das Zeichen zur Abfahrt.

Ich blickte durch die Scheiben des Wagens. Der Abend war noch taghell. Nur die Baumkronen warfen Schatten. Der Volvo nahm schaukelnd die Schlaglöcher. Meine Sporttasche störte mich. Ich stellte sie auf dem Fußboden unserer Rückbank ab, neben die Rentiertasche von Pekkeni, der keinen Blick von mir ließ. Er kramte aus seiner Tasche ein Fladenbrot hervor.

Ich winkte müde ab. Mein Magen war so mit meiner Gedankenwelt verbunden, dass er sich weigerte, Nahrung aufzunehmen. Im Gegenteil, ich hatte ein flaues Gefühl, das meinen leichten Kopfschmerz begleitete. Erst als Pekkeni einen Wodka in der Hand hielt, langte ich zur Flasche und nahm einen kräftigen Schluck, in der Hoffnung, dass er wie eine Medizin meine Kräfte stärken würde.

Ich lehnte es innerlich ab, an Elke, meine verstorbene Frau und an meine kleine Anja zu denken.

Bilder des Donnermoors formte meine Fantasie, und das Fahrgeräusch des Volvos, der die Berg- und Talstraße zur Fähre nahm, erzeugte in meinen Ohren den Rhythmus des »Eins-Zwei-Eins-Zwei«, und ich dachte an das suppige Moor vor dem Nullpunkt und wusste, dass der Angriff auf der »Finnjet« ein erster Anschlag auf mein Leben war.

Bitter stieß mir auf, dass ich nun für mich allein lebensmüde werden konnte, nachdem das Schicksal mir erneut genommen hatte, was ich liebte.

Ich spürte, wie Hass in mir aufstieg, der so stark ausbrach, dass meine Haut zu brennen schien. Man wollte mich entfernen, wie man den alten Anwalt, der mein Freund gewesen war, ohne Spuren zu hinterlassen, zum Tode verurteilt hatte.

Aber ich war nicht allein. Der Gedanke, dass Hartwig als standfester Pastor von Upplewarf meine Wege verfolgen würde. Und falls sie mich schachmatt setzen konnten, würde er es sein, der Kommissar Feenwegen auf die Spur bringen würde.

Die Sonne kletterte aus den Wolken und stand im tiefen Winkel. Sie warf ihr grelles Licht über die weiten Birkenwälder, die das sandige Ufer säumten. Ihre Strahlen bündelte das Wasser.

Geblendet bemerkte ich, dass die kleine Fähre bereits abgelegt hatte. Tanno Paronen hielt mir seine Zigarettenpackung entgegen. Der Polizeibeamte, der den Wagen steuerte, rauchte ebenfalls. Er ließ eine Zigarette seitlich im Mundwinkel hängen, wie das Franzosen in ihren spannenden Filmen so gekonnt vorführen.

Hin und wieder strömten uns auf der Gegenfahrbahn Fahrzeuge entgegen. Die wuchtigen Scanias, Volvos und auch Mercedes- und MAN-Fernfahrzeuge fuhren Lasten in den hohen Norden. Die Straße schlängelte sich an dichten Wäldern und Seen vorbei.

Auf der Europastraße brachte der Fahrer den Volvo auf Höchstgeschwindigkeit. Pekkeni hatte sich in die Ecke des Sitzes gelehnt und döste vor sich hin. Auch ich versuchte mich zu entspannen.

Ich dachte an den Staatsanwalt, ging das Gespräch in Gedanken noch einmal durch und suchte nach meinen Feinden, die schließlich irgendwo sitzen würden.

Der Volvo raste durch die helle Nacht. Seitlich flog die Landschaft vorbei, die Elke so sehr bewundert hatte. Die Sonne ließ nicht ab, ihr warmes Licht zu der späten Stunde auf unseren Wagen zu werfen, und mir trieb die Hitze trotz eingeschalteter Klimaanlage den Schweiß aus den Poren.

Vor meiner bildhaften Rückschau tauchte der Hügel auf, auf dem der Mörder Nonninga mit seinem Gewehr gestanden hatte, und ich erlebte noch einmal die Szene. Elke stand auf dem Stein und zeigte nach unten auf den friedlichen Bauernhof und das Waldmassiv, als ich auf den anderen Stein sprang. Mir wurde bewusst, dass der Schuss mir gegolten haben musste, der Elkes junges Leben ausgeblasen hatte. Ich musste mich in der Sekunde vom Stein abgehoben haben, als der feige Mörder abgedrückt hatte.

Ich weinte still vor mich hin, bis mich meine Erschöpfung in einen Schlaf versenkte. Ich sah mich mit Skiern auf der verschneiten Sprungschanze von Lahti. Vor mir war Elke gestartet, die mit Blutflecken im Tal lag. Ich verweigerte den Sprung, während mich die Männer aus dem Winkelzimmer des Dorfkrugs in Upplewarf erbarmungslos auf die Piste drückten. Ich schoss die Schanze abwärts und beobachtete – wie bei unserem Autounfall, der Anja und Erika das Leben gekostet hatte –, wie der Schnee seitlich der Skier abhob, und ich vernahm die näselnde Stimme meinen Direktors, der den Sprung kommentierte.

Schweißgebadet wurde ich wach. Pekkeni wischte mir vorsorglich mit einem Tuch den Schweiß ab. Er sagte etwas zu mir, was ich nicht verstand.

Der Volvo stand still, und zu meiner Überraschung blickte ich auf die Sprungschanze von Lahti.

»Kaffee!«, rief Tanno Paronen und verließ den Wagen.

Ich fuhr hoch, als er die Autotür hinter sich zuschlug.

Auf dem Parkplatz standen viele Fahrzeuge. Ich erkannte im schattigen Licht einige deutsche Nummernschilder. Das Selbstbedienungscafé, das die ganze Nacht geöffnet hatte, lag mit dem Blick auf Lahti in dem Bogen der Stadtumgehung.

Der Kommissar steuerte einen Tisch an. Ich setzte mich mit verquollenen Augenrändern zu ihm. Der Fahrer holte Kaffee. Übernächtigte Gesichter schauten auf unser Polizeiauto und suchten nach Gründen für unsere Anwesenheit. Tische und Bänke waren aus dem weißen Fichtenholz der hiesigen Wälder gefertigt. Die Glasfenster reichten bis zum Boden und zeigten die Zuckerseite von Lahti. Ein dunkelgrüner Tannenkranz umzog den Hügel. Die Sonne war höher gestiegen und warf ihr grelles Licht auf die Rückseite der Geschäftshäuser, über denen der Kirchturm grünlich schimmerte.

Der Fahrer stellte das Tablett auf den Tisch. Er hatte auch mir eine Tasse mitgebracht. Wir tranken den heißen Kaffee, um uns für den Rest der Fahrt aufzumuntern.

Pekkeni unterhielt sich mit den Beamten, während er seine Pfeife stopfte. Der Fahrer, er trug als Einziger eine Polizeiuniform, reichte mir eine Zigarette. Von ihrem Gespräch verstand ich keine Silbe.

Ich suchte das Stadtpanorama nach der Lichtreklame des Hotels ab, in dem ich mit Elke voller Vorfreude auf den Urlaub übernachtet hatte. Als ich fühlte, wie mich tiefe Wehmut ergriff, versuchte ich mich abzulenken und unterdrückte die Tränen.

Deutsche Touristen, die müde vor Getränken saßen und sich auf die weite Fahrt in den hohen Norden vorbereiteten, machten den Eindruck, als ließen sie Hässliches hinter sich und als fänden sie Glückliches vor sich.

Ich wusste nicht, ob es sehr spät oder sehr früh war, denn der Lauf der Uhr hatte für mich schon lange seinen Sinn verloren. Der große Sturz vom Paradies in die Hölle hatte mir klargemacht, wie hässlich Menschen handeln können, wie brutal und rücksichtslos sie ihre Ziele verfolgten.

Kommissar Paronen gab das Zeichen zum Aufbruch. Wir stiegen ein, der Fahrer fädelte den Volvo in den Verkehr ein. Nach Helsinki waren es höchstens noch hundertvierzig Kilometer, wie ich schätzte. Die Sonne kletterte höher. Der Volvo rollte mit gleichmäßiger Geschwindigkeit über die zurzeit wenig befahrene Autostraße. Mir schien es, als habe es niemand eilig, nach Helsinki zu kommen.

Pekkeni stierte wie ich müde in die Landschaft. Die Zeit zerrann. Erst als die klobigen Wohnblocks mit ihren hässlichen Fassaden die Vororte der Hauptstadt ankündigten, richtete sich der Kommissar entspannt auf. Früher Berufsverkehr floss uns entgegen, und Straßenbahnen und Busse engten die Fahrbahnen ein. Wir fuhren über breite Straßen, die der City entgegenführten. Kaufhäuser, Verwaltungsgebäude und Banken bewohnten hohe Steinblöcke, an deren Fassaden wir entlangfuhren. Dazwischen lagen Parks, die mit mächtigen Bäumen unseren Weg in das Innere der Stadt säumten. Ich blickte durch die Heckscheibe, sah auf die leuchtende Schrift und las »Police«. Weiter seitlich erkannte ich das große Bahnhofsgebäude.

Über das Pflaster hasteten Menschen in alle Richtungen. Sie trugen Taschen und wirkten farblos im grellen Morgenlicht. Die bräunlich-beige Steinfassade des Polizeigebäudes wirkte auf mich bedrohlich, und die beiderseits der offenen riesigen Flügeltür stehenden Polizeiposten verstärkten meinen flüchtigen Eindruck noch.

Mein Blick huschte über den angrenzenden Glaskasten, der mir nackt vorkam. Pekkeni und Paronen gingen mir voraus. Der Kommissar besprach sich mit dem Pförtner. Dann schritt er drauflos.

Ein Fahrstuhl brachte uns in den 5. Stock. Tanno Paronen klopfte an eine Tür. Für mich war es zwecklos, das aufgesetzte Schildchen zu studieren.

Das Zimmer, ein typisches Büro, betrat ich als Letzter und beobachtete den Mann, der uns Stühle zuwies. Er war mittelgroß, trug eine Brille, und seinem Gesicht entnahm ich, dass er seine Pflicht beamtengetreu ohne Gefühle korrekt erledigte.

Wir saßen auf Distanz zum Schreibtisch an der Wand, und es gelang mir nicht, den Blick durch die vergilbten Gardinen nach draußen zu finden. Der Beamte telefonierte von seinem Schreibtisch aus, ohne uns irgendwie besonders wichtig zu nehmen. Nur gelegentlich traf ich seinen huschenden Blick.

Es dauerte einige Minuten. Pekkeni und auch Paronen saßen schweigend und geduldig auf den Stühlen. Erst als eine junge Frau das Büro durch eine Seitentür betrat, belebte sich die Szene. Sie war in Elkes Alter und trug ein Kostüm. Sie war hübsch auf ihre Weise, denn ihr breiter Mund wurde umwölbt von kräftigen Wangenknochen, und die straffe Haut umspannte wunderschöne asiatische Augen. Die junge Frau lächelte und sagte: »Ich bin die Dolmetscherin und Protokollführerin.«

Ich nickte ihr zu.

»Beginnen Sie«, sagte sie zu mir und beugte sich über ihren Stenoblock, während ihr vertrockneter Chef zusah und zum Zeichen seiner Autorität mit einem Kugelschreiber auf den Schreibtisch klopfte.

Ich schilderte meine Reise mit Elke und ließ nichts aus. Ich verwies auf meine Aussagen auf der »Finnjet« und berichtete von dem Mord an Elke mit trockener Stimme. Sachlicher konnte ich nicht sein, denn ich hatte all meine Energie dazu verwand, meine mich quälenden Gefühle auszuklammern.

»Sie können in wenigen Minuten unterschreiben«, sagte die junge Frau.

Der Beamte hinter dem Schreibtisch nahm seine Brille ab, legte Falten in sein Gesicht und fragte Pekkeni aus. Ich verstand das Gespräch nicht, entnahm aber Pekkenis Gesten, dass er sich für den Schuss auf den Mörder rechtfertigen musste.

Auch Tanno Paronen bekam das Wort. Er wies gelegentlich auf mich, holte den Packen Pässe aus seiner Tasche, und ich beobachtete, wie er schließlich die Zeichnung des Donnermoors auf den Schreibtisch des Beamten legte, der nervös auf seinen schmalen Lippenrändern kaute, während seine kleinen Hände die Pässe öffneten, als spiele er Aufklappen und Hinlegen. Diesen Vorgang wiederholte er mehrmals.

Tanno Paronen stand unentschlossen vor dem Schreibtisch des undurchschaubaren Mannes, der keine Miene verzog. Der Beamte griff zum Telefon und sprach lange und nervös in die Muschel, während er mir gelegentlich Blicke zuwarf. Als er auflegte, erhob er sich, schritt an Paronen vorbei, der immer noch am Schreibtisch stand, und sagte zu mir: »Passport!«

Ich öffnete die Brieftasche und reichte ihm meinen Pass und

auch den Elkes, den ich vor der Grenzkontrolle auf der »Finnjet« zu mir gesteckt hatte.

Starr blickte er mich an. So als müsse er jede Gesichtsrunzel in meinem Gesicht mit dem Passfoto vergleichen, trat er vor mich. Auch in Elkes Pass stierte er lange, dann reichte er dem Kommissar die Pässe.

So als wären wir nicht anwesend, lud sich der schweigsame Mann Akten auf den Tisch und vertiefte sich in sie. Es gab keine Aschenbecher, und ich glaubte, dass selbst Tanno Paronen es nicht wagte, nach seinen Zigaretten zu greifen. Die Sonne fiel durch die Gardinen. Der hässliche graue Baum wirkte abstoßend. Wir warteten.

Am liebsten hätte ich Pekkeni um einen Schluck aus seiner Wodkaflasche gebeten oder vor lauter Langeweile und Gespanntheit sein Fladenbrot gegessen, um eine Abwechslung zu erfahren.

Die junge Frau mit den asiatischen Augen erschien mir wie ein Lichtblick. Sie legte ihrem Chef die Protokolle vor, der sie mit missmutigem Gesichtsausdruck durchlas. Ich sah, wie seine Hand langsam vom Schreibtisch hochfuhr und ihr mit einem Zeichen bedeutete, sich zurückzuziehen.

Die Finnin nickte und sagte: »Auf Wiedersehen und alles Gute.«

Ich war ihr dankbar, denn ich musste das Gefühl loswerden, hier als Angeklagter zu sitzen, während der Mörder bereits durch Pekkeni gerichtet war. An die große Schuld, die mich belastete, wollte ich jetzt nicht denken, denn hätte ich Elke in dem Scheinfrieden ihres bäuerlichen Anwesens gelassen, könnte sie heute noch von der Führung ihres Hofes träumen. Aber, und das entlastete mich, ohne Enno.

Ich folgte dem Wink des trockenen Beamten und setzte meine Unterschrift dorthin, wo sein dicker Zeigefinger das Protokoll berührt hatte. Zur Verblüffung des misstrauischen Beamten unterschrieb ich das Protokoll mit meinem Gottvertrauen, das ich allem Beamtentum entgegenbrachte, ohne den Inhalt prüfend nachzulesen.

Pekkeni ging da vorsichtiger zu Werke. Er las seinen Text mit tiefer Gelassenheit, dann unterschrieb er. Auch Tanno Paronen, der ja als Zeuge und Vertreter der Behörde fungierte, setzte erst nach einem ausführlichen Studium seinen Namen unter das Dokument.

Mein Pass steckte in der Innentasche der ausgefransten Jeansjacke des Kommissars, der uns zum Aufzug führte. Wir verließen das Polizeigebäude. Der Polizist stand bereits am Volvo und schloss die Türen auf. Ich kroch mit Pekkeni wieder auf die Rückbank. Der Wagen wendete auf dem Steinpflaster und fuhr unter den neugierigen Blicken der Passanten davon.

Wir fuhren mitten durch die verstopfte Innenstadt. Das Treiben der Großstadt lenkte mich ab, und ich wollte nicht daran denken, dass sich der Volvo einem Hospital nähern würde, um mich zu den sterblichen Überresten meiner geliebten Elke zu bringen.

Ich wusste, dass Elke nun bei Erika und meiner kleinen Anja war. Auch Enno und Gregor waren bei ihnen. Dieser Gedanke beruhigte mich.

Als der Volvo einen kleinen Hügel hochfuhr, dann unter schattigen Bäumen hielt, las ich zu meiner Freude auf dem Schild, das die Farben Schwarz-Rot-Gold trug und die Form einer Ellipse hatte: »Botschaft der Bundesrepublik Deutschland«.

Ein Gefühl einer Heimkehr überfiel mich.

Wir schritten durch einen Vorpark. Tanno Paronen, der vor mir und Pekkeni ging, schien meine aufkommende Hektik zu spüren, denn er beschleunigte seine Schritte.

Die Männer, die neben dem Pförtner saßen, waren Grenzschutzbeamte in Zivil, das verrieten ihre sportlichen Körper und ihre wachsamen Blicke.

Paronen hielt den Beamten seinen Ausweis hin. Die Grenzschutzbeamten nickten uns zu und verließen kurz mit Paronen die Eintrittshalle.

Ich wartete geduldig mit Pekkeni und gab ihm durch Gesten zu verstehen, dass ich mich darüber freute, dass er bei mir blieb.

Paronen kam in Begleitung eines deutschen Botschaftsangehörigen zurück. Er gab mir einen Klaps auf die Schulter, grinste mir Mut zu, sprach ein paar Sätze mit Pekkeni und verließ das Gebäude.

»Guten Tag, Herr Beruto«, vernahm ich Worte in meiner Muttersprache. »Wir sind informiert. Herr Pekkeni ist Ihr Freund.«

Ich nickte und mir tat es gut, dass der Beamte Pekkeni so tituliert hatte. Ich war stolz auf die vornehme, gediegene Atmosphäre auf dem langen mit Teppich belegten Korridor, der mit seitlichen Leuchtern ausgeleuchtet wurde. Repräsentierte doch dieses Gebäude ein Staatswesen, das sich durch Leistungen aus einem Trümmerhaufen gebildet hatte. Neidlos konnte man es in die Spitzenpositionen der westlichen Demokratien einreihen. Liberales und soziales Denken fußten auf einer mustergültigen Verfassung.

Ich fühlte mich verpflichtet, in diesem Sinne zu kämpfen, selbst wenn ich einem Phänomen an Hartwigs und Gregors Seite aufgesessen sein und Elkes Tod sich als ein zufälliger Mord entpuppen sollte, weil Nonninga irgendein Päckchen nicht bekommen hatte, das mit einer Reise nach Kleinasien zu tun hatte.

Ich betrachtete Elkes Mord als ein Opfer für das, was hier solide allen gezeigt wurde. Die geschichtliche Tragik wollte ich nicht vergessen, aber dass ein neuer Geist hier seinen Niederschlag gefunden hatte, musste Anerkennung finden.

Die beiden Grenzschutzbeamten, große, kräftige junge Kerle, wiesen auf die kleine Sitzgruppe und verschwanden. Wir setzten uns in die bequemen Sessel. Zigaretten lagen aus. Mich reizte die deutsche Marke. Ich steckte mir eine Zigarette an und rauchte in der frohen Erwartung wie bei einem Arzt, bei dem ich meine Probleme loswerden und Heilung finden konnte. Auf dem kleinen Türschild las ich »Botschaftssekretär«.

Pekkeni grinste, griff in seine Jacke und hielt mir den Flachmann mit Absolut Vodka entgegen. Ich nahm einen kräftigen Schluck.

Seit fast drei Wochen hatte ich weder Nachrichten gehört noch eine Zeitung gelesen. Ich langte nach einer Boulevardzeitung, die sicherlich von einem Besucher hier liegen gelassen worden war, denn das Datum war vergangen.

Wie elektrisiert starrte ich auf eine Meldung, die im schwarzen Balkenfeld platziert war: »Bundeswehrkanone von Terroristen gestohlen!« Hastig las ich den Text.

Von einem für Jadingen bestimmten Güterzug, der unter anderem mit Panzern, Raketenwerfern und Flugabwehrkanonen beladen war und auf ein Nebengleis rangiert werden sollte, ist in der Nacht auf unerklärliche Weise, dabei fachgerecht, ein Abschusskörper abmontiert worden. Die verantwortlichen Dienststellen stehen vor einem Rätsel. Das BKA wurde eingeschaltet. Der Verdacht, dass Terroristen beteiligt sein könnten, ist nicht von der Hand zu weisen.

Ich schaute auf Pekkeni, der gelassen seine Pfeife rauchte.

Hatten die Ereignisse mich zu sehr gefordert? Begann bereits jetzt meine Fantasie mit mir durchzugehen? Oder war wirklich alles nur ein Zufall?

Ich legte die Zeitung ab und dachte an Upplewarf.

Die Grenzschutzbeamten öffneten uns die Tür und wiesen uns an, den Raum zu betreten. Der Botschaftssekretär war jünger, als ich vermutet hatte. Er war schlank, wirkte städtisch und elegant.

Pekkeni und ich versanken in den Sesseln vor dem kleinen Tisch, an den er sich setzte und uns freundlich anblickte.

»Nun, Herr Beruto«, sagte er und legte Mitgefühl in seine Stimme, »da führt eine ganz tragische und düstere Geschichte Sie zu uns. Sie haben Schreckliches durchgemacht.«

»Ja«, antwortete ich nur leise, denn ich wollte mich vor dem jungen Mann keineswegs ausheulen.

»Die Formalitäten, die die Überführung Ihrer Freundin notwendig machen, werden von uns unbürokratisch erledigt. Ihr Freund und Vermieter, Herr Pekkeni, ist durch die finnischen Behörden in keiner Weise belastet worden. Sein Schuss auf den Mörder, der ebenfalls ein Bürger unseres Landes war, wird für ihn kein juristisches Nachspiel haben.« Ich nickte, ohne mir die Konsequenzen seiner Aussagen zu verdeutlichen. »Wir haben die Ergebnisse der Untersuchungen, die Beschlagnahme der gefälschten Reisepässe und der Dokumente an das BKA übermittelt. Wir müssen sämtliche Unterlagen der finnischen Polizei mit den Motiven des Mörders Ihrer Freundin im Zusammenhang sehen. Deshalb ist es unsere Aufgabe, Sie so schnell wie möglich in die Obhut unserer heimatlichen Behörden zu bringen.«

Ich traute meinen Ohren nicht. »Verdächtigen Sie etwa mich?«, fragte ich entsetzt.

»Davon kann keine Rede sein. Aber wenn hier in Finnland auf einen Bürger der BRD ein Anschlag verübt wird, und zwar von einem Landsmann mit tödlichem Ausgang, dann muss die Vertretung unseres Landes Sorge für die Aufklärung tragen. Dies sollte dann bei den heimatlichen Behörden erfolgen.«

Ich nickte verwirrt, seiner Logik folgend. Aber meine Übermüdung, mein unterdrückter Schmerz, meine überforderte Fantasie, meine schreiende Seele suchten nach einem Ventil.

Entschlossen sprang ich auf, riss die Tür auf, holte die Zeitung und wies auf die Schlagzeile, um die meine Gedanken kreisten.

Der Vertreter meines Landes hörte sich meine Vermutungen sehr interessiert an, ebenso meine Schilderungen von dem Überfall auf der »Finnjet« und Gregors Tod.

In sein bartloses, gepflegtes Gesicht zog ein tiefes Misstrauen. Ich war nicht der Meinung, dass ich nach all den Ereignissen unter Verfolgungswahn litt. Ich hatte ihn noch nicht ganz von meinen mich antreibenden Vorstellungen überzeugen können und ließ ihn deshalb teilhaben an Ennos Selbstmord, erwähnte meinen Freund Hartwig, der Pfarrer von Upplewarf war, und sich als Buchhalter mysteriöser Selbstmörder bewährt hatte.

Plötzlich ergriff der Sekretär entschlossen das Telefon.

»Einen Moment«, sagte er zu uns und sprach leise mit jemandem am anderen Ende der Leitung. Dann legte er den Hörer wieder auf die Gabel. »Wir sind für solche Geschichten einige Etagen zu tief untergebracht«, sagte er.

Pekkeni ahnte nur den Inhalt unserer Unterhaltung und folgte meinem Beispiel. Er nahm seine Tasche, und wir gingen zum Aufzug.

Als wir den Aufzug verlassen hatten, faszinierte mich das Panorama von Helsinki. Der Korridor lag unter einer Glaswölbung, die auf einer Mauer in Brusthöhe ruhte.

Das Zimmer, das wir betraten, glich einer Penthousewohnung. Perserteppiche dämpften die Schritte. Edle Hölzer zierten die Wände, während die Beton-Glasfassade eines Hotels den Blick auf die Bucht von Helsinki einengte. Ich vergaß für Sekunden meinen Kummer und suchte das blaue Meer nach Schiffen ab.

Ich hatte den Mann übersehen, der mit grauem Haar und zerfurchtem Gesicht vieles hinter sich gebracht haben musste, bevor er sich für die letzten Jahre hinter das elegante Schreibmöbel gesetzt hatte.

»Was darf es sein?«, fragte der Sekretär und wies uns gleichzeitig die Sessel an.

»Kaffee«, sagte ich, und Pekkeni nickte.

Der graue Botschafter behielt seinen Platz hinter seinem fürstlichen Schreibtisch.

Ich blickte mich um, entdeckte die wertvollen Gemälde. Ein Land wie meines kann sich ja schließlich nicht lumpen lassen, dachte ich. Und dennoch vertrieben mir die Strapazen, die ich mitgemacht hatte, den Respekt vor dem Mann, der hier sein hohes Amt versah.

Schließlich hörte er sich meine Geschichte an. Als ich am Ende auf den Diebstahl der Kanone verwies und ihm klarzumachen versuchte, dass ich die Männer aus Upplewarf damit in Verbindung brachte, sagte der Botschafter: »Sie werden doch zugeben, Herr Beruto, dass Ihre Geschichte verworren klingt. Sie haben hier in unserem Gastland ein tragisches Geschick verkraften müssen. Mein Beileid von dieser Stelle.«

Der Sekretär servierte Pekkeni und mir einen Kaffee.

»Herr Botschafter, es ist doch klar, dass die Geschichte nicht so einfach abgetan werden kann!«, sagte ich verzweifelt.

Der sture grauhaarige Mann fuhr fort: »Wir haben alle Daten bereits an das BKA weitergegeben. Sie lassen uns mit Ihren verrückten Vorstellungen nicht einmal Zeit, auf eine Antwort zu warten!«

Ich trank den Kaffee und sah, wie der Botschafter bemüht war, uns loszuwerden.

»Herr Botschafter, Sie sind der Vertreter des Landes, in dem ich als Oberstudienrat Schüler unterrichte, und mein Eid auf unsere Verfassung hat mich dazu verleitet, Recherchen nachzugehen, die nicht nur einen alten Freund das Leben gekostet hat. Legen Sie Ihre Dünkel ab und handeln Sie!«

Ich war außer mir und war gleichzeitig mit ihm aufgesprungen. Ich musste mich zügeln. Meine Nerven hatten dem ständigen Druck nicht standhalten können.

Mein Blick suchte zur Beruhigung durch die Glasfenster nach Befreiung in der Meeresbucht.

Der plötzliche Einschlag einer Kugel ließ uns zusammenfahren.

Das Klirren des Glases hatte Pekkeni aus seiner Ruhehaltung gerissen. Die Scheiben waren kugelsicher, und ich sah, wie Pekkeni mit seinen gebräunten Händen auf das Projektil zeigte. Das Geschoss, das mich das Leben hätte kosten können, war nur wenige Zentimeter groß. Es saß im weichen Plastiküberzug und hatte an der kugelsicheren Glasschicht Risse hinterlassen.

Der Botschafter stand schlotternd vor seinem Schreibtisch. Ich sah, wie der Sekretär den Knopf der Alarmanlage drückte.

Gesprächsfetzen flogen hin und her.

Das heulende Surren von Polizeisirenen drang zu uns hoch.

Ich saß mit Pekkeni im Sessel, während draußen Sicherheitstruppen die Deutsche Botschaft abriegelten. Um uns herum hasteten Männer und führten den Botschafter nach unten.

Ich verspürte keine Angst. Es wäre mir gleichgültig gewesen, wenn der Schuss des Heckenschützen mich zu Erika, Anja oder Elke ins Jenseits befördert hätte. Aber ich war zum Leben verdammt und dazu, Qualen, die hinter mir lagen, zu vergessen.

Ich blickte auf Pekkeni, der ruhig, als ginge ihn dies alles nichts an, seine Beine abgespreizt hatte und gelassen im Sessel saß.

Es war erst wenig Zeit vergangen, als ich den Diebstahl der Flugabwehrkanone in meine Theorie eingeflochten hatte. Oder war der Mörder Nonninga nicht allein gewesen und hatte einen Vollstrecker im Gefolge, der die Schlussstriche ziehen musste?

Ich langte nach einer Zigarette und trank den erkalteten Kaffee.

Man hatte uns vergessen. Es dauerte eine Weile, dann erschien der Sekretär und bat uns, ihn zu einer Besprechung zu begleiten.

Der Aufzug brachte uns nach unten.

Der Tag zehrte inzwischen doch reichlich an unseren Kräften.

Im Clubzimmer, ebenfalls repräsentativ, luxuriös eingerichtet, stand der große Konferenztisch, an dem ich den Botschafter, die Grenzschutzbeamten, den Sekretär und einige mir unbekannte Männer erblickte.

»Nehmen sie Platz, meine Herren«, sagte der Sekretär.

Pekkeni und ich setzten uns auf die freien Sitzgelegenheiten.

»Herr Beruto, irgendwer hat auf Angehörige oder Besucher der Deutschen Botschaft geschossen. Völkerrechtlich bedeutet das eine Verletzung der uns zugesicherten territorialen Autonomie. Denn wir befinden uns auf einem hoheitlich geschützten Boden.«

Diese Aussage ging an mir vorbei. Mir war nicht klar, ob er begriffen hatte, dass der üble Anschlag nicht der BRD gegolten hatte, sondern mir. Auf dem Hügel im einsamen unendlichen Wald war nicht die Bundesrepublik blutend ins Gestrüpp gesunken, sondern Elke, meine Geliebte.

»Mein Leben, an dem ich nicht mehr besonders hänge«, sagte ich, »wird bedroht, weil ich all das sage, was ich weiß. Handeln Sie endlich und lassen Sie mir meine Ruhe! Ich bin seit nicht mehr zählbaren Stunden ohne Schlaf!«

Das war kein Theater, ich war echt am Ende. Ich lehnte meinen Kopf auf einen Holztisch und fühlte, wie meine Glieder zitterten. Danach bin ich wohl vor Erschöpfung weggetreten, denn das Stühlerücken und Scharren der Schritte weckte mich.

Nur der Sekretär saß am langen Tisch.

»Sie sind ab sofort unsere Gäste«, sagte er. »Ich zeige Ihnen Ihr Zimmer.«

Pekkeni nahm meinen Arm. Er trug meine Tasche, und ich folgte ihm nach unten. Die Tür eines Zimmers lag offen vor mir. Ich spürte das Zittern in meinen Beinen und wusste, dass ich nicht mehr lange durchhalten würde.

Ich ließ mich auf die Bettkante fallen und trat ab ins Reich der Träume. Wie ein Spuk erschienen die Räume des Grafen von Birkenhain, fanden Konturen und lösten sich wieder auf. Fanfarenklänge schmetterten ins Zimmer, der Männerruf »Eins-Zwei« war zu hören. Die Trommelwirbel spielten auf zum Lockmarsch. Ich suchte Orientierung, und zur vollständigen Verwirrung erklangen sanfte, alles übertönende, lauter und lauter werdende Lieder aus der neuen Welt von Dvořák zu mir.

Die Angst, mich hätte der Wahnsinn gepackt, trieb mich in die Höhe.

Pekkeni saß auf der Bettkante und betrachtete mich freundlich. Auf dem runden Tisch vor dem Fenster standen Teller und eine hergerichtete Fleischplatte.

Pekkeni zog mich hoch an den Tisch.

Heißhungrig zermanschte ich die Kartoffeln, goss Soße über den Brei und zerschnitt hastig mit dem Messer die Bratenstücke.

Ich fand mich langsam wieder ein in die Wirklichkeit, und jeder Bissen stärkte meinen verausgabten Körper. Als ich mehr als satt war, schaute ich durch das Fenster und betrachtete die alten Holzhäuser aus fernen Zeiten, die den ansteigenden Hügel bedeckten. Sie erinnerten mich an Bilder, die ich flüchtig in Lexika gesehen hatte.

Pekkeni freute sich darüber, dass es mir geschmeckt hatte. Auch er wirkte ausgeglichener. Sollte ich überleben, was noch längst nicht sicher war, dann wollte ich Finnisch lernen, das nahm ich mir ernsthaft vor, denn ich wollte mich mit meinem Freund Pekkeni einmal richtig aussprechen können.

Ich schlug ihm dankbar auf die Schulter, denn nichts anderes hielt ihn hier in der Botschaft fest als seine Freundschaft, die noch so jung, aber bereits so verlässlich war.

Jemand klopfte an die Tür.

»Herein«, sagte ich und blickte misstrauisch hoch.

Der Botschaftssekretär stellte zwei dampfende Tassen Kaffee vor uns auf den Tisch, lud das Geschirr auf das Tablett und sagte: »Ich hoffe, Sie erholen sich bei uns und sammeln Kräfte.«

»Danke«, sagte ich.

»Ostfriesen-Tee konnten wir so schnell nicht herbeizaubern. Aber Kaffee schmeckt immer«, sagte er. Im Gesicht des Sekretärs verdeckte ein künstliches Lächeln den Ernst, der ihn dazu verleitete, uns wie ein Ober zu bedienen.

»Wozu soll ich noch Kräfte sammeln? Für mich ist alles gelaufen«, sagte ich überzeugt, »selbst wenn die mich abknallen. Ich habe alles verloren, bis auf meine Ehre und meine Treue zu unserer Verfassung. Den Schaden, den sie noch anrichten können, trifft andere.«

Er stand still, betrachtete mich und meinen Freund.

»In wenigen Stunden landen Beamte vom BKA auf dem Flugplatz, Herr Beruto«, sagte er. »Zusätzlich haben wir Interpol eingeschaltet. Wir benötigen Ihre Hilfe.«

Ich sah seinem Gesicht an, dass es sein bitterer Ernst war. »Das klingt verheißungsvoll«, antwortete ich verbissen, »denn eine bürgerliche Zukunft, als übergeschnappter Sonderling Mathematik zu lehren, von Kollegen verlacht, von meinem Direktor und der Bezirksregierung belächelt und von meinen Schülern als idiotischer 007-Agent bespöttelt zu werden, ist nicht besonders verlockend für mich.« Ich wunderte mich selbst über meinen Sarkasmus.

Der Sekretär verließ verärgert das Zimmer. So sprach man sonst nicht mit ihm.

Ich ging ins Bad, ließ heißes Wasser in die Wanne einlaufen, nur zum Spaß, und wusste nicht einmal, ob ich mich zum Einstieg in die Wanne entschließen konnte.

Pekkeni grinste und sagte: »Sauna.« Ich lächelte und mir wurde bewusst, dass einige Durchgänge bei Temperaturen um hundert Grad meine Widerstandskräfte hätten besser als alles andere mobilisieren können. Dennoch war ich dankbar, dass ich noch nicht zusammengebrochen war.

Mein Verdacht, dass irgendwo im Donnermoor eine ernst zu nehmende Bedrohung stecken musste, beschäftigte weiterhin meine Fantasie. Elke, die ich geliebt hatte, war das Opfer, und ich wusste nicht, wie es weitergehen sollte.

Die Sorgen um meinen Freund Hartwig stiegen plötzlich in mir hoch. Es dauerte nur Sekunden.

Ein Grenzschutzbeamter erschien. Er sah mich fragend an.

Ich sagte: »Bei der Zuspitzung der Situation ist es notwendig, dass Sie meinen Freund Hartwig, er ist Pastor in der Gemeinde Upplewarf, vor Anschlägen warnen!«

Der Beamte lächelte: »Soviel mir bekannt ist, hatten Sie ihn in Ihren Berichten des Öfteren erwähnt. Das BKA wird bereits Vorsorge getroffen haben.«

Der Beamte ging, und ich entschloss mich zum Bad. Das heiße Wasser entkrampfte meine Muskeln.

Pekkeni duschte in der Badezelle neben mir.

Erfrischt setzten wir uns an den Tisch und warteten auf die Fortsetzung des Geschehens.

14

Mir war es gelungen, ohne den Blick auf die sonst übliche Kerze, mit ausgestreckten Beinen und zusammengelegten Handflächen im Sessel sitzend, Erikas Anwesenheit zu spüren. Ich hatte die Augen geschlossen, war dem Besucherzimmer der Deutschen Botschaft entrückt und sah, wie Erika die kleine Anja auf dem Arm hielt und mir Mut zusprach. Sie wies hinter sich, und ich erkannte eine Tür, die sich öffnete, und mein Blick tauchte ein in weiches Licht, aus dem mir Enno und Elke zuwinkten, und Gregor, der jünger aussah, als ich ihn in Erinnerung hatte, den Arm um seine Frau legte, die hübscher war als je zuvor und Freude ausstrahlte. In diesem so glücklichen Zustand wollte ich verharren, für immer, doch die Kraft, die meinen Körper durchfuhr, war so stark, dass ich erwachte und langsam die Umrisse unseres Nobelzimmers ausmachte.

Pekkeni schaute mich mit seinem gesunden Lächeln an.

Ich war noch nicht ganz in der Wirklichkeit, als der Sekretär uns höflich bat, ihm zu folgen. Im Clubraum saßen die Teilnehmer der Vorkonferenz. Ihre neugierigen Blicke waren auf uns gerichtet.

Ich glaubte zwei neue Gesichter zu erkennen. Kommissar Paronen hatte seine Jeansjacke abgelegt und saß angepasst im schmucken Blazer in der Nähe des grauen Botschafters.

Zu meiner Überraschung eröffnete der Botschaftssekretär die Konferenz.

»Meine Herren, zwei Tote aus der Bundesrepublik hier in Finnland und ein dramatischer Anschlag auf unsere Botschaft sind Anlass für dieses Gespräch. Zur Lösung der mysteriösen

Vorfälle begrüße ich die Kriminaldirektoren Wevers und Schulenburg aus Wiesbaden.«

Die Herren erhoben sich kurz, und er übersetzte seine Worte ins Finnische.

Jetzt kann es wieder losgehen, dachte ich und machte mich drauf gefasst, erneut über Ennos Selbstmord zu berichten. Den Anwesenden musste meine Kampfbereitschaft aufgefallen sein, denn ihre Blicke suchten mich, und bei dem Gedanken, dass ich noch vor wenigen Minuten die Toten vor mir gesehen hatte, wurde mir bewusst, dass sie sich einig sein würden, falls ich ihnen diese Tatsache schildern würde. Vermutlich würden sie mich in einer Klapsmühle in Helsinki unterbringen.

Der Kriminaldirektor Wevers, ein schlanker, ernster Mann um die fünfzig, verblüffte mich, als er sagte: »Herr Beruto, ich habe Ihre Aussagen untersucht. Ich bewundere Ihren Mut und Ihre Opferbereitschaft. Sie haben sich als Beamter mustergültig verhalten, und da Sie als gestandener Mann vor mir sitzen, bitte ich Sie höflich, mein herzliches Mitempfinden für Ihren tiefen Verlust entgegenzunehmen.«

Mir taten die Worte gut, und ich blickte den Mann dankbar an.

»Ich hoffe, dass unsere Beamten Ihren Freund, den Pastor von Upplewarf, ebenfalls beschützen können, denn passiert ist mittlerweile genug. Fragen an Sie hat allerdings der Kollege Schulenburg, dem die Zeichnung der Moorgegend noch Rätsel aufgibt.«

Das klingt schon besser, dachte ich und war dem Sekretär dankbar, der in finnischer Sprache für den Kommissar und Pekkeni, vielleicht auch für andere Finnen im Konferenzzimmer, eine Übersetzung lieferte.

Schulenburg erhob sich. Er war korpulent, wirkte gemütlich, und alles an ihm ließ darauf schließen, dass er selten persönlich auf Gangsterjagd gegangen war. Er war einer der wissenschaftlich ausgebildeten Typen, die mit ihrer Computertechnik mehr erreichen als andere mit ihrer Pistole in der Hand.

»Ich kann dem, was mein Kollege sagte, ebenfalls nur zustimmen und meine persönliche Hochachtung zum Ausdruck bringen. Was mich aber von meinem Ressort her bedrückt, das ist die Landschaftsskizze, mit der ich mich nicht auskenne.«

Der Sekretär verteilte Kopien.

Ich betrachtete den Abzug, der zu mir gelangte.

Kriminaldirektor Schulenburg fragte: »Herr Beruto, haben Sie eine Erklärung für das Kreuz? Vielleicht können Sie uns die dort abgebildeten Formationen ein wenig erläutern.«

Nun, das konnte ich. »Links liegt der Bauernhof des Vaters meiner ermordeten Freundin«, sagte ich leise, schluckte trocken und schob das Bild des Landwirts, das in mir hochstieg, aus meiner Gedankenwelt. »Wenn Sie die Straße weiter verfolgen, führt sie zum Dorfkrug. Oberhalb verläuft ein Versorgungsweg zum Anwesen des Grafen von Birkenhain, welches sich bis ins Donnermoor ausdehnt. Der Balken im gestrichelten Moor steht für einen Fußweg, der im Knick fast rechtwinklig zu einer alten Scheune führt, die hier als kleines Rechteck eingezeichnet ist.«

Ich sah, wie alle über die Zeichnung gebeugt saßen.

»Das Kreuz befindet sich in einem unerforschten Moorgelände, das jedem zum Friedhof werden kann, der seine Schritte von den bekannten Wegen ablenkt. Es ist ein Naturparadies für Schlangen und Wasservögel.«

Schulenberg blickte mich an. »Das Kreuz steht also mitten in einem völlig unwegsamen Gelände?«, fragte er.

»Ja«, antwortete ich, »aber das Moor birgt für mich ein Geheimnis.«

Wevers lachte: »Herr Beruto, lassen Sie uns daran teilhaben, denn ich denke gerade an ein Gedicht aus meiner Kindheit: »Oh, schaurig ist's, durchs Moor zu gehen.«

»Dem kann ich nur zustimmen«, sagte ich, »denn Hartwig, der Pastor von Upplewarf, und ich standen in der Dunkelheit vor der Scheune und beobachteten eine Gruppe von Männern, die mit Fackeln für uns unerklärlich im Moor verschwanden. Wir sind ihnen nachgeschlichen und standen fassungslos an dem Punkt, wo sich beide Wege treffen und es keinen weiteren Zugang gibt. Das Kreuz auf der Karte sitzt dort, wo sie angekommen wären, hätte es einen Zugang gegeben.«

Der Sekretär übersetzte meine Aussagen in die finnische Sprache, dann sagte Wevers: »Herr Beruto, Sie haben heute Morgen, verzeihen Sie die harte Ausdrucksweise, viel Wind um eine Zeitungsinformation gemacht. Sehen Sie in dem Diebstahl der Kanone, die in Jadingen so sachgerecht abmontiert worden ist, eine ernst zu nehmende Bedrohung?«

Ich hatte aus seinem Mund Lob und Verständnis entgegengenommen, und nun sollte er den Rest meiner Sorgen erfahren.

»Ja!«, sagte ich entschlossen. »Die Rätsel, die mir mein Schüler Enno aufgab, als er sich durch Selbstmord seiner Verantwortung entzog, finden Bekräftigung durch zwei vorausgegangene Schülerselbstmorde, deren Namen Kreuze in Upplewarf auf dem Friedhof zieren. Da sind Leute am Werk, die nicht haltmachen vor der eigenen Existenz. Daraus ist zu schließen, dass die Kanone auf Opfer gerichtet werden wird. Ich hoffe, dass es uns gelingen wird, diejenigen zu warnen, auf die sie zielt.«

Die Herren wurden nervös. Schulenburg fragte: »Glauben Sie, dass die Kanone in den Händen derer ist, die Sie verfolgten und die die Attentate verübten?«

»Ja«, antwortete ich fest, »und wenn ich jetzt aus all meinen misslichen Erfahrungen das Fazit ziehen darf, dann vermute ich, dass sie dort installiert wurde, wo das auffallende Kreuz im unwegsamen Moor sitzt.«

Ich hatte intuitiv und konsequent den Zusammenhang

durchdacht, ohne Beweise zu haben. Aber benötigte ich noch Beweise, nachdem Gregor als Vorkämpfer sein Leben hatte hingeben müssen und ich als sein anklagender Nachfolger ermordet werden sollte, während Elke unglücklicherweise die Kugel getroffen hatte, die für mich gedacht war? Der erneute Versuch, mich in der Botschaft auszuschalten, weil ich den Botschafter auf eine Spur hatte bringen wollen, ließ keine Zweifel.

Schulenberg starrte mich an. Er war äußerst erregt.

»Herr Beruto, was wissen Sie?«, fragte er. In seiner Stimme lag der Stress seiner Aufgabe, für deren Lösung er sich nach Finnland hatte einfliegen lassen.

»Nicht mehr als Sie jetzt auch.« Ich antwortete unruhig, denn die Herren schienen zu vergessen, dass ich durch den Tod meiner jungen Freundin nervlich stark angegriffen worden war. Trotz allem versuchte ich Klarheit in die Wirrnisse zu bringen.

»Herr Beruto, das Kreuz sitzt genau an der Stelle im Moor, die der Hubschrauber passieren muss, wenn er den israelischen Außenminister von einem Flottenbesuch in Jadingen zur Schiffstaufe eines für Israel bestimmten U-Boots nach Emden fliegen muss.«

Mir verschlug es fast den Atem. Die Katze war aus dem Sack!

»Wann ist der Besuch angesetzt?«, fragte ich und spürte, wie mir der Schweiß ausbrach.

Schulenburg sagte matt, so als gäbe er seine Partie auf: »Am Achtundzwanzigsten.«

»Also morgen«, antwortete ich.

Er verneinte und sank in den Sessel. »Nein, heute«, entgegnete er.

Ich blickte den finnischen Kommissar an. »Herr Paronen, da gab es ein Blatt, das Sie mir im Wald vor dem Auto des Mörders gezeigt haben«, sagte ich und verspürte dabei eine innere Unruhe.

Der Sekretär übersetzte.

Paronen reichte Wevers und Schulenburg seine Mappe. Sie suchten in den Unterlagen. Wevers hielt ein Schriftstück in der Hand.

»Unerklärliche Zahlen«, sagte er, »aber hier steht das heutige Datum!« Schulenberg rief aufgeregt: »Demnach soll in wenigen Stunden ein Anschlag auf den Staatsbesuch verübt werden!«

Ich sah ihn fragend an. »Ich bin Mathematiklehrer«, sagte ich. »Wenn unsere Überlegungen logisch sind, ist das nicht auszuschließen.«

Die Hektik, die nun entstand, war durch nichts mehr zu überbieten. Um mich herum wurden Gespräche geführt, von denen mir nur hastige Fetzen zu Ohren kamen.

Es war der Botschafter selbst, dessen Autorität für Ruhe sorgte, als er wie schicksalhaft mit lauter Stimme sagte: »Uns bleiben noch vier Stunden! Das ist nicht viel, aber Zeit genug, die bestmögliche Lösung zu finden.«

Erneut suchten dic Anwesenden das Gespräch untereinander. Der Botschafter wartete kurz, blickte sich um, bevor er weitersprach. Ich sah, dass sein faltiges Gesicht im Schein der Neonlampen gealtert war.

»Den Herren des BKA stehen ab sofort sämtliche Leitungen zur Verfügung, die uns mit Deutschland verbinden. Herr Sekretär, ich bitte Sie, die finnische Regierung hier in Helsinki um schnelle Hilfe anzugehen. Wir benötigen einen Sonderflug nach Bremen! Ich werde mich unmittelbar um ein Gespräch mit dem finnischen Staatspräsidenten bemühen.«

Das Zimmer leerte sich.

Ennos Selbstmord hat eine Spätzünderwirkung, dachte ich, und die Sorge um meine Existenz, falls sich die »Eins-Zwei-Bande« als harmloser Kirmesverein entpuppen würde und die Kanone nicht im Donnermoor schussbereit für den Hubschrauberflug mit dem israelischen Außenminister an Bord als Gast des Bundeskanzlers befinden würde, konnten negative Folgen für mich haben.

Pekkeni und sein finnischer Landsmann, der Kommissar Paronen, waren bei mir geblieben. Ich deutete Pekkeni an, dass ich mir einen Schluck aus seiner Wodkaflasche wünschte. Er reichte mir den Flachmann, und ich ließ keinen Tropfen zurück.

Aber nur so konnte es sein, dachte ich, denn außer der Eins-Zwei-Bande hatte noch niemand den Weg ins tiefe Moor gesucht. Dort musste das Geheimnis verborgen sein, für das drei Schüler ihr Leben von sich geworfen hatten und Gregor und Elke den Tod fanden.

Mit diesen Gedanken suchte ich Herr über meine Zweifel zu werden. Zur Sicherheit blickte ich noch einmal auf die fotokopierte Skizze.

Ich rauchte eine Zigarette, mein Zeigefinger suchte das Anwesen des Grafen auf. Mir fiel der Kollege ein, der mit dicker Tasche im Schloss verschwunden war, als Hartwig und ich versteckt hinter den Schilfrändern gesessen hatten.

Vielleicht reichte mir später eine der Nymphen einen Siegeskranz, die auf den alten Ölbildern im Konzertsaal mit verdecktem wuchtigen Busen als Siegesgöttin verewigt waren.

Pekkeni und Paronen saßen neben mir. Sie blickten ratlos auf die Zeichnung.

Was kann einem Mann noch zugemutet werden, fragte ich mich, als der Botschaftssekretär mich abholte.

Ich legte Pekkeni die Hand auf die Schulter, drückte ihn an mich, wie ich das aus den Berichten des Fernsehens kannte, wenn sich Leute des Ostens voneinander verabschiedeten, und winkte Paronen zu.

Das Jaulen der Polizeisirene – die Finnen kennen nicht den hektischen Dreiklang des Martinshorns – drang von draußen ins Botschaftsgebäude. Ein Polizist brachte mich zum wartenden Wagen. Im Heck saßen Wevers und Schulenburg. Sie hatten hochrote Köpfe. Ich stieg vorne ein.

Mit Blaulicht raste unser Wagen durch den dichten Nachmittagsverkehr. Fußgänger sprangen zur Seite, als wir die Ampel trotz Rotlicht nahmen. Der Fahrer drosch das Auto mit Höchstgeschwindigkeit über die Schnellstraße dem Flugplatz entgegen. Oft half nur ein mit quietschenden Reifen durchgeführter Slalom an verwirrten Fahrern vorbei, die uns entsetzt nachblickten. In der Hoffnung, der Lösung meiner Sorgen entgegenzufahren, saß ich gefasst neben dem Fahrer, der manches Risiko einging. Die letzten Hochhäuser flogen vorbei. Wir näherten uns dem Flugplatz.

Die sonst verschlossenen Tore waren offen. Das Gelände um uns herum war abgesperrt. Polizisten auf schnellen Krädern hatten uns den Rest der Strecke freigehalten. Ich blickte auf die vielen Flugzeuge der internationalen Gesellschaften, die um die Gebäude verstreut standen.

Unser Polizei-Saab stoppte mit quietschenden Reifen vor einer zweistrahligen Maschine. An der Gangway standen Männer in schockfarbenen Overalls. Eine Stewardess winkte uns zu, als wir das Auto verließen. Hinter mir verschloss sie die Tür. Die Düsen sangen, heulten auf, und als ich mich in einen Sessel fallen ließ, raste das außer der Besatzung nur mit Wevers, Schulenburg und mir besetzte Flugzeug bereits über die Piste.

Auf den Wink der Stewardess hin schnallte ich mich an. Ich blickte fasziniert auf das herrliche Panorama dieser Stadt. Ich suchte nach den Türmen der Kirchen, fand den Hügel, auf dem die Botschaft lag, und wollte nicht an Elke denken, deren verstorbene Hülle irgendwo dort unten in dem Meer der Häuser in einem Sarg lag, vor den bald sich Mediziner stellen würden, um sie zu sezieren, um Hinweise für ihren Tod zu finden.

Unser Golf stand am See, nicht weit entfernt der russischen

Grenze. Im Ferienhaus, vor Holzverkleidung und totem Kamin, verbargen Schubladen Elkes Höschen, ihre BHs und meine Wäsche. Die Blockhütte blickte auf den paradiesischen See, auf dem Wasserflöhe und andere Insekten den Kampf ums Überleben führten und an dessen Ufer ich nur kurz Adam und Elke für ein paar Atemschläge der Unendlichkeit Eva war.

Kriminaldirektor Wevers wandte sich mir zu.

»Wir müssen Dampf machen. Der Kanzler begleitet den auswärtigen Gast, und wir wissen nicht, wie weit unsere warnenden Informationen auf Gehör gestoßen sind. Bürokraten wollen abhaken, wollen Beweise, die wir momentan zu liefern nicht in der Lage sind. Täglich treffen bei uns Windeier ein. Um sie alle zu verfolgen, reicht unser Personal nicht aus. Sie kennen die Geschichte, in der der Hirt die Dörfler foppt, in dem er zu ihnen rennt und schreit, der Wolf wäre da. Mehrmals kommen sie vergeblich, um zu helfen. Dann ist der Wolf eines Tages tatsächlich in der Herde, und keiner macht sich mehr die Mühe, die Warnung zu überprüfen.«

»Dann bin ich der Hirt«, sagte ich trocken.

Wevers grinste. »Dann sind wir es beide«, sagte er, »denn ich habe den Hilferuf weitergegeben.«

Ich war ohne Gepäck. Meine Tasche stand am Tisch im Zimmer der deutschen Botschaft. Wevers und Schulenburg unternahmen eine Reise gegen die sich schnell drehenden Uhrzeiger. Sie hatten mich nicht in ihre Pläne eingeweiht, über die sie sich pausenlos unterhielten. Ich hatte keine Vorstellung, welche Rolle ich im weiteren Verlauf der Aktion übernehmen sollte.

Das gleichmäßige Dröhnen des Flugzeuges beruhigte mich und machte mich schläfrig. Durch die Fensterluken sah ich unter mir vereinzelte Wattewölkchen, die schuldlos davontrieben. Sie erinnerten mich an mein totes Töchterchen, und selbst die unter uns blau schimmernde Ostsee wurde von meiner wehleidigen Fantasie zur Badewanne, in die ich Anja zum Plantschen legte. Aus der Plastikwanne wurde unser Boot, und ich sah Erika vor mir. Sie lag nackt auf den Planken. Ihr schöner Körper lag bereit, verführerisch für den Schritt ins Vergessen. Wie eine Sommerblume, die Schönheit und Farbigkeit für den sich nähernden Rüssel der Biene entfaltet.

15

Träumend tauchte ich ein in den Rhythmus von Geburt, Leben und Tod und wusste, dass wir, die leben, weiter vom Paradies entfernt sind als die, die wir beweinen. Ich spürte den Salzgehalt meiner Tränen auf den Lippen. Sie schmeckten wie das Wasser der Ostsee. Früher hatte ich Angst vor dem Fliegen. Jetzt wäre mir ein Sturz aus unserer Höhe in die Flut gleichgültig gewesen.

Die Stewardess reichte mir Kaffee. »Sie können den Gurt ablegen und rauchen«, sagte sie. Ihr Lächeln war ehrlich.

Ich trank den Kaffee und dachte an meine weitere Existenz, während Schulenburg und Wevers von Alternativen sprachen und mich vergessen hatten. Ich hatte das Gefühl, als würde ich nicht nur nach Deutschland eingeflogen, sondern als wäre mein Leben, mein Erdensein nur ein Besuch, um irgendwelche Aufträge auszuführen. Meine philosophischen Gedanken trieben mich weit weg von dem, was um mich herum vorging. Erst die Stewardess, die mich mit zarter Stimme bat, den Gurt umzulegen, brachte mich zurück auf den Boden der Tatsachen, während das Flugzeug über Bremen zur Landung ansetzte.

Unter mir wurde das Land grün, die Weser zog sich wie ein dunkles Band durch das weite Wiesenland. Die Landung war perfekt.

Ich warf der freundlichen Stewardess einen dankenden Blick zu und folgte den Kriminaldirektoren auf die Gangway. Ein lauer Wind schlug uns entgegen. Über uns brauten sich schwarze Wolken zusammen. Über Bremen zog ein Gewitter auf.

Unsere Maschine stand auf einem abgelegenen Rollfeld. Das entfernte Flughafengebäude wirkte flach und klein.

Wevers und Schulenburg hasteten die Treppenstufen nach unten und eilten einem Bully entgegen. Der schnauzbärtige Fahrer, lässig in Jeans und Lederjacke, hielt die Seitentür auf und winkte uns zu. Zu meiner Überraschung las ich den Schwarz auf Rot sitzenden Werbezug »Landesvermessungsamt«. Der Fahrer warf hinter mir die Tür zu.

Unauffällig setzte sich ein Polizeipassat vor uns auf die Fahrbahn und bestimmte Richtung und Geschwindigkeit.

»Das läuft hervorragend an«, sagte Schulenburg, schaute auf die Uhr und fuhr fort: »Wir haben noch eine Zeitreserve.«

Unser Fahrzeug mit dem neutralen Schriftzug erregte keinen Verdacht, und durch die Scheiben sah ich, dass wir hinter dem Passat der Autobahn nach Oldenburg entgegenfuhren.

Die Kriminaldirektoren schwiegen. Mich wunderte, dass sie mich immer noch nicht in ihre Pläne eingeweiht hatten.

»Wollen wir vier die Kanone im Donnermoor suchen und unschädlich machen?«, fragte ich, um wenigstens einige Hinweise zu erfahren.

Wevers grinste. »Herr Beruto, wir sind nicht allein. Wir werden Helfer haben, nur ohne Ihre Ortskenntnisse sind wir aufgeschmissen.«

In Delmenhorst staute sich der Verkehr. Die Betriebe hatten Feierabend, und ich wusste nicht genau, ob es Freitag war, weil gerade am Wochenende das Verkehrsaufkommen besonders hoch ist, hauptsächlich resultierend aus den Heimfahrten der Bundeswehrsoldaten, die mit ihrem Urlaubsschein die schnelle Heimfahrt wählen.

Der Polizeipassat vor uns schaltete das Blaulicht an und ließ sein Martinshorn aufheulen. Unser Bully folgte ihm unmittelbar.

Das schwedische Großmöbelhaus flog vorbei. Seitlich standen die Autos mit rot blinkenden Bremslichtern.

Wir erreichten die Auffahrt zur weiterführenden Autobahn. Es war eine Fahrt gegen die Zeit. Kurz vor Oldenburg entlud sich ein Gewitter. Blitze zuckten am Himmel und Regen platzte auf die Fahrbahn.

Wir fuhren einer immer weiter werdenden grünen Landschaft, die nur selten von kleinen Dörfern aufgelockert wurde, entgegen. Ganz langsam dunkelte sich der Abend ein. Ich las die blauen Hinweisschilder Rastede, Varel, Sande und musste mich zusammenreißen, um vor den Kriminaldirektoren, die, offensichtlich fasziniert von der ihnen unbekannten Landschaft, neugierig nach draußen schauten.

Zu stark war die Beziehung zwischen meiner Erinnerung an Elke und ihrer Heimat. Wir waren von hier aus mit unserem Golf in unseren Urlaub gefahren. Glücklich, naiv und unbekümmert. Ich hatte ein neues Glück gesucht, nachdem ich Erika und Anja verloren hatte. Elke versuchte Enno zu vergessen, um mit mir einen Neuanfang zu suchen.

Nun saß ich in einem Polizeifahrzeug, und es war nicht der Gedanke der Rache, der mich aufrecht hielt, nein es war vielmehr die ernste Sorge um diesen Staat, auf dessen erarbeitete Demokratie ich bisher stolz sein konnte.

Kurz vor Jadingen bogen wir ab. Ich schloss die Augen für eine Zeit lang und dachte wehmütig an Elke zurück. Ein Düsenjäger der Bundeswehr flog mit ohrenbetäubendem Lärm über die flachen Wiesen. Ich sah, wie sich der Kampfjet über Jever in die Kurve legte.

Der Polizeipassat scherte aus, er verschwand über eine Nebenstrecke in das weite grüne Hinterland.

Ich hatte viel und lange nachgedacht, im Übermaß nach Zusammenhängen gesucht. Es gelang mir nicht, die Stunden auszurechnen, während denen mein Körper mit nur wenigen Erholungsphasen durchgehalten hatte.

Als unser Bully in Upplewarf über die breite Dorfstraße rollte, fühlte ich mich flau. Im Dorfkrug brannte bereits Licht. Die Außenreklame war eingeschaltet.

»So, Herr Beruto, zeigen Sie uns bitte den Weg zu der Scheune«, sagte Kriminaldirektor Wevers. Er blickte auf seine Uhr. »Wir sind gut in der Zeit.«

Ich lehnte mich über die Sitzbank und gab dem Fahrer die notwendigen Hinweise.

Seitlich des mit Betonsteinen belegten Weges standen abgestellte Autos. Der Fahrer parkte den Bully neben einem Mähdrescher. Ich hatte ihm den Platz angewiesen, weil auch ich hier meinen Golf abgestellt und versteckt hatte, als ich mit Hartwig auf der Lauer gesessen hatte.

Wir stiegen aus. Ich blickte über das weite Moor. Nebeldämpfe schwebten als zarte Grauschleier vor dem sich eindunkelnden Horizont.

»Wir können«, sagte der schnauzbärtige Fahrer, der bisher geschwiegen hatte, und drückte die Tasten eines Funkgeräts. In verschlüsselten Sätzen meldete er unsere Ankunft und richtete seinen Blick auf das Anwesen des Grafen von Birkenhain.

Die Gebäude des Guts lagen verträumt unter matten Abendwolken, und ich dachte erneut an meine Unfähigkeit, die Natur in Bildern zu gestalten, meine Seele mit Farben und Pinsel sprechen zu lassen. Die nicht enden wollende Fläche des bräunlich-schwarzen Moors, die rissigen Nebelschwaden, das entfernte Licht vor den Gebäuden des Grafen mit den Schatten der Bäume des Parks hätte anknüpfen können an Worpsweder Kunst.

Ich dachte an die Alten beim Bittgang vor der buckeligen

Kirche, an Ennos Schwester, die mit dickem Bauch und durchgedrücktem Rücken vor dem Grab gestanden hatte, und an den Kapitän, der die Netze mit der Spindel unter dem wolkigen Himmel mit segelnden Möwen geflickt hatte.

Meinen entrückten Frieden unterbrachen abrupt Männer in grünlich-braunen Kampfanzügen. Lautlos waren sie aus dem Hintergrund der Scheune zu uns getreten. Ihre Gesichter waren geschwärzt, auf ihren Rücken trugen sie Schnellfeuergewehre.

»Los, Beruto«, sagte Kriminaldirektor Schulenburg.

Mir blieb keine Zeit, um Überlegungen anzustellen. Ich schlich gebückt auf den Moorweg. Der Boden unter meinen Füßen war wässrig. Mein Blick war nur geradeaus gerichtet, und ich vergaß meine Angst vor den Schlangen.

Eine unheimliche Stille lag über dem Donnermoor, durch die nur die Marschgeräusche der Männer hinter mir drangen. Das Gehen im blubbernden Brei strengte mich an. Schwer atmend schaute ich über das weite trostlose abgestandene Hochmoor, über dem die Nebelschleier tanzten.

Als ich die Gabelung des Weges erreicht hatte, trat ich zur Seite und wies in die durch das Kreuz auf der Karte markierte Richtung.

Der Gruppenführer nickte. In seinem eingeschwärzten Gesicht bemerkte ich keine Regung. Er fragte leise: »Hier endet der Weg?«

»Ja«, flüsterte ich.

Er langte nach einem Klappspaten und grub im suppigen Boden, und ich beobachtete, wie der Griff des Spatens immer tiefer im weichen Grund verschwand. Die Männer hinter ihm standen gebückt in einer Reihe, bewegungslos, ohne Geräusche, als gehörten sie zum Moor.

Ich hörte, wie der Spaten hart auf Widerstand stieß. Der Gruppenführer stand bis zu seinen Stiefeln im sumpfigen Brei.

Er winkte mich näher zu sich, nahm meine Hand und führte sie nach unten.

Ich fühlte die kühlende Wirkung des Morastes und umfasste mit meinen Fingern eine Holzbohle.

Also doch, dachte ich und freute mich, denn das unter den weichen Schichten liegende Holzbrett stellte den Anfang eines geheimen Zugangs ins Donnermoor dar und lüftete ein wenig den Schleier seiner Geheimnisse.

Der Leiter des Sondertrupps flüsterte seinem Hintermann einen Befehl zu. Zwei Männer der Kampftruppe erschienen mit Sonden und setzten sich an die Spitze.

Ich wartete, bis die Männer an mir vorbeimarschiert waren, dann folgte ich ihnen.

Wir kamen nur langsam voran, denn der Geheimweg ins Innere des Donnermoors verlief nicht gradlinig, um auf kürzeste Distanz ein Ziel zu finden. Die Erbauer hatten Irrwege eingebaut, und wehe dem Optimisten, der sich an den harten Untergrund gewöhnt hatte, wenn er eine Planke verfehlte. Er war dann hoffnungslos verloren.

Gelegentliche Vertorfungen erleichterten das Gehen, doch im teuflischen Zickzackkurs lagen die rettenden Holzbretter etwa dreißig bis vierzig Zentimeter unter der breiigen, blubbernden Moorbrühe.

Aber nicht nur das Gehen kostete Kraft. Von Tempo konnte keine Rede sein, da der Spezialtrupp des Bundeskriminalamtes jedes unnötige Geräusch zu vermeiden versuchte.

Rund um uns konnten wir kein Ziel vor dem dunklen Horizont ausmachen. Im Gegenteil, die Nebelbänke wurden oft so dicht, dass unsere Augen sie nicht durchdringen konnten.

Hatten die Selbstmörder hier ihre Kräfte gestählt? Hatten sie sich in ihrer krankhaften Verirrung der Mühe unterzogen und dieses Teufelswerk in das unwegsame Donnermoor gebaut? Würde am Ende dieses Zickzackkurses die Antwort zu finden sein, weshalb sie ihr junges Leben von sich geworfen hatten? Wer waren die Verführer, die die Jungen mit ihren schändlichen, verbohrten Ideologien zu dieser erschütternden Selbstlosigkeit getrieben hatten?

Ich bemühte mich, Schritt zu halten, und obwohl es sommerlich warm war, fühlte ich die Kühle des sumpfigen Bodens an Füßen und Beinen, der mir wie Wadenwickel den Schweiß nahm.

Waren wir seit Stunden unterwegs? Wie viele waren es?

Ich wusste es nicht. Verbissen kannte ich nur ein Ziel, nämlich die totale Entschleierung des Geheimnisses des Donnermoors. Es hielt mich aufrecht. Vergessen war Finnland. Ich dachte nicht an Elke. Das Waten durch das nicht enden wollende sumpfige Moor war das Einzige, was mein Gehirn beschäftigte.

Vor meinen Augen tanzten Nebelschwaden, die kleinen Schäfchenwolken glichen. Gelegentlich schaute ich mich um. Das Bild blieb. Von dem Birkenhainschen Anwesen war nichts mehr zu sehen.

Plötzlich standen die Männer vor mir. Auch ich verharrte. Die Stille war unheimlich. Dann sah ich, wie die Polizisten gebückt wie in Zeitlupe ihre Füße in das Moor tauchten und sie behutsam heraushoben. Ihre Körper glichen Puppen, die einen Tanz im Schleier der Nebel vor schwarzem Hintergrund aufführten.

Wir kamen nur wenige Meter voran. Endlich gelang es mir, an den Vorderleuten vorbeizublicken. So, als bliese ein sanfter Wind den Nebelvorhang weg, machte ich die Umrisse einer dunklen Landzunge aus.

Der Zug kam erneut zum Stehen. Stimmen drangen zu mir. Nicht sonderlich laut, eher gehackt und dumpf.

Plötzlich durchfuhr mich eine Wärme. Ich fühlte, wie das Blut in meine erkalteten Beine schoss, mich aufheizte und Schweißperlen auf meine Stirn trieb. Es waren Freude und Genugtuung, die mich erfasst hatten. Demnach hatte ich recht, dass das Kreuz auf der Zeichnung den vermuteten Gefahrenpunkt im Donnermoor markierte.

Die Polizisten richteten ihre Nachtgläser auf die schwarze Wand.

Ich folgte ihren Blicken und erkannte, nachdem sich meine Augen an das Dunkel gewöhnt hatten, einen matten Streifen, der ins Moor ragte.

Mein Vordermann drückte mich mit hartem Griff in die Knie. Wir krochen ein Stück des Weges durch den Sumpf. Ich war völlig untrainiert, spürte aber keine Schmerzen, den die Körperhaltung in der verkrampften Duckhaltung sonst hervorgerufen hätte. In meine Nase stieg der faulende Geruch aus den hinterlassenen Strudeln des zerstampften Breis. Meine Arme stützten meinen Körper ab, während meine Hände im teigigen Morast am Holzbrett Halt suchten.

Es können dreißig Meter gewesen sein, die wir in einer Ewigkeit zurücklegten, vielleicht waren es mehr. Mir kam es vor, als robbten wir für Stunden dem dunklen Rand entgegen.

Als die Spitze der Polizeitruppe auf dem vertorften Boden des Ufers bereits die Gewehre von den Schultern nahmen, kroch ich noch durch das sumpfige Moor.

Ein mehrkehliges »Hurra!« erschreckte mich und verleitete mich zu einer Unaufmerksamkeit. Meine Hand verfehlte das Brett, und ich tauchte mit dem Oberkörper in die Oberfläche des Moores. Gleichzeitig vernahm ich das dumpfe Tuckern eines sich nahenden Hubschraubers.

Weit entfernt näherte sich unter den grau-schwarzen Wolken ein Licht. Der Polizist vor mir hatte bereits auf dem festen mit Perlgras bewachsenen Torf hinter einigen Sträuchern Stellung bezogen.

Der Hubschrauber schwebte uns entgegen. Ich spürte das Vibrieren der Luftschichten und fühlte, wie selbst das Moor, in dem ich noch steckte, das donnernde Flattern der Rotoren übertrug.

Gleich müsste er uns überfliegen, dachte ich angstvoll und starrte bewegungslos auf den blinkenden Scheinwerfer.

Eine Detonation betäubte meine Ohren. Ich sah den Feuerblitz, der das Dunkel der Insel zerriss und für Sekunden Gestalten schemenhaft beleuchtete.

Noch bevor ich mich aus dem sumpfigen Morast erheben konnte, folgte ein zweiter gewaltiger Schlag, der eine Druckwelle erzeugte, die mein Trommelfell zusammendrückte.

Der Hubschrauber donnerte unbeschädigt davon.

Schmerzensschreie waren die Antwort auf die Schüsse aus Maschinenpistolen. Eine Leuchtkugel stand plötzlich am Himmel und warf taghelles bläuliches Licht herab.

Ich kroch durch das Moor. Benommen zog ich mich am harten Torfrand hoch.

Die Polizisten beherrschten das Geschehen. Vor einer zerstörten Kanone lagen verletzte junge Leute, um die sich Polizisten mit ihren Verbandskästen bemühten. Um sie herum standen die Mitglieder der »Eins-Zwei-Bande« mit erschreckten Gesichtern. Sie trugen Stahlhelme und feldgrüne Uniformen. Die Polizisten hielten sie mit entsicherten Gewehren in Schach.

Es war, als würden Bilder eines Films oder einer Fernsehreportage aus Krisenherden zum Leben erweckt, und ich stand mitten in der wirklichen Unglaublichkeit und erkannte ein schmerzentstelltes Gesicht wieder.

Der in zerfetzter Uniform auf dem Boden liegende Mann, um dessen blutende Gliedmaßen sich Polizisten mit Verbänden und Medikamenten bemühten, war das Mitglied des Stammtisches aus dem Hinterzimmer des Dorfkrugs, der mich auf der Toilette bedroht und der uns bei Graf Birkenhain den Wein gereicht hatte.

Während ich mir die jungen, käsigen Gesichter unter den Stahlhelmen anschaute, die trotz der Schockwirkung noch nicht begriffen hatten, wie verbrecherisch ihr Spiel um Heldentum einzustufen war, fand der Hubschrauber mit knatterndem Tuckern zur Insel im Donnermoor zurück, näherte sich bedrohlich im Tiefflug.

Ob sich der Kanzler und sein israelischer Staatsgast, von ihrer Neugierde getrieben, einen Tiefflug vom Piloten gewünscht hatten, um sich über das Geschehen Klarheit zu verschaffen?, dachte ich und bewunderte die Ruhe der Männer des Sondertrupps des Bundeskriminalamtes.

Bis auf die Sanitäter, die mit ihrer Ersten Hilfe die Verfassungsfeinde in ihren Uniformen versorgten, ließen sie keinen Blick von den umzingelten Mitgliedern der »Eins-Zwei-Bande«.

Mir war kühl, als hätten wir Winter, und es gelang mir nicht, meine Füße zu bewegen.

Zu meiner Überraschung entdeckte ich die schockrote Farbe auf dem Hubschrauberrumpf und wusste, dass er zur Rettungsstaffel des Jagdgeschwaders Richthofen in Wittmund gehörte, die im Sommer ihre liebe Not mit verirrten Wattwanderern hatten, die sich plötzlich, vom Leichtsinn getrieben, einer lebensbedrohenden Flut gegenübersahen.

Der Hubschrauber schwebte auf der Stelle im von Leuchtkugeln erhellten gespenstischen Abendhimmel. An einem Seil hängend näherte sich ein Mann der Stätte des Blitzkampfes, während mir der gewaltige Wirbelwind der Rotoren die Haare zu Berge stehen ließ und den Moorbrei an meinem Körper trocknete.

Der Führer des Sturmtrupps sprach in sein Handfunkgerät. Freude lag in seinem geschwärzten Gesicht. Während er den Erfolg der Operation durchgab, kündigte sich ein zweiter Hubschrauber mit Licht und dumpfem Knattern an.

Leuchtkugeln, vom Rettungshubschrauber wie Signale abgeschossen, tauchten das Moor in gleißendes Licht. Die wenigen Sträucher und verkrüppelten Bäume warfen Schatten.

Die jetzt auf dem Boden hockenden waffenlosen Mitglieder der »Eins- Zwei-Bande« in ihren verwerflichen Kampfröcken, rührten sich nicht vom Fleck. Es schien, als hätten ihre anfänglichen Hurraschreie ihnen alle Kraft genommen.

Der Hubschrauber näherte sich, tauchte groß auf, flog dann westlich weiter. Ich erkannte das Emblem der Bundeswehr und wusste, dass der Kanzler und der israelische Außenminister unbeschadet, wenn auch verspätet in Emden zum Empfang ankommen würden.

Der Mann, der vom Hubschrauber zu uns abgestiegen war, begann als Arzt mit der zusätzlichen Versorgung der Verletzten. Ob es Tote gegeben hatte, konnte ich nicht erkennen, da immer noch Schmerzensschreie zu mir drangen, während das Knattern des Hubschraubers über uns gleichmäßig und monoton klang.

Ich spürte die harte Hand des Einsatzleiters auf meiner Schulter. »Operation ohne Eigenverluste erfolgreich zu Ende geführt«, sagte er, und ich bemerkte, dass der Kampf auch an seinen Kräften gezehrt hatte. »Es waren fünfzehn Terroristen«, sagte er. »Fünf von ihnen müssen in das Landeskrankenhaus geflogen werden. Vielleicht gibt es einige Beerdigungen.«

Sein eingeschwärztes Gesicht war geprägt vom gelungenen Einsatz. Er rüttelte meine Schultern. »Was haben Sie, Mann?«, fragte er mich, denn ich kämpfte um mein Gleichgewicht. Meine Glieder waren wie unbeweglich. Meine Stimme war weg, mein Gesicht so käsig weiß, wie das der verführten und vielleicht noch heilbaren Männer der »Eins-Zwei-Bande«. Seine harte militärische Stimme drang entfernt an mein Ohr. »Kollege, ohne deine Mithilfe hätten wir die Flugabwehrkanone nie gefunden. Sie werden dir einen Orden verpassen.«

Das Wort »Orden« versetzte mir einen tiefen Stich. Mir fiel mein Vakuumdirektor ein, und ich sammelte neue Kräfte.

Ich hatte alles verloren! Mein Gang an die Gräber würde um die mir noch unbekannte Grabstätte von Elke erweitert werden.

Das Frösteln verließ mich. Sicherlich würden Elkes Eltern ihre Tochter auf dem Warfenfriedhof vor der buckligen Kirche und dem offenen Glockenturm in ein Grab senken lassen, das in Ennos Nähe lag. Hartwig, geübt im Geschäft mit dem Tod, würde es nicht leicht haben, Elke als das Opfer eines großen Sieges über zerstörende Kräfte unserer funktionierenden Demokratie vor den verkapselten Seelen seiner Gemeinde Upplewarf herauszustellen.

Fünfzehn Männer seiner Gemeinde, vielleicht waren es weniger, denn einige konnten in Nachbarpfarreien wohnhaft sein, kamen hinter Gitter!

Aber wo saß der Hohepriester dieser fehlgeleiteten jungen Männer? Ich bildete mir ein, es zu wissen.

»Kollege, was ist mit dir los?« Der Führer des Sondertrupps fragte mich erneut. »Ich bin kein Kollege«, sagte ich, »aber es geht mir schon besser.«

»Na so was«, entrüstete sich der Polizeibeamte, »ich dachte, du kämest vom Landeskriminalamt!«

»Weit gefehlt«, antwortete ich, »ich bin Pauker für Mathematik, und man hat mich aus Finnland direkt ins Moor geschafft.«

»Verzeihung«, sagte der Beamte. »Unsere Ablösung kommt.«

Vom Moor her drangen Stimmen zu uns, die sich dumpf näherten, als hielten die Nebelwolken sie zurück. Die Nachhut der Polizeitruppe, die den Auftrag hatte, uns auf dem Kanonenhügel abzulösen und die Gefangenen zu übernehmen.

Während der Einsatzleiter mich mit einem Klaps verließ, sammelte ich Kraft, sah, wie die Neuen ihre Schnellfeuergewehre in Anschlag legten und sich die vorherigen Bewacher zum Rückmarsch formierten.

Ich bemerkte den einladenden Blick, als der Führer des Einsatztrupps vor seinen Männern ins Moor stieg. Ich folgte ihnen. Taschenscheinwerfer leuchteten auf, sie halfen, den Weg zurück zur Scheune schneller zu finden.

Die körperlichen Anstrengungen blieben, nur die Stimmung war umgeschlagen. Die Beamten des Sonderkommandos erzählten sich Witze und nahmen unter der Führung der Männer mit den Sonden das sumpfige Moor mit elanvollen Schritten, als erledigten sie eine sportliche Nebenaufgabe.

Mir war unbekannt, welche Wettergroßlage über unserem Küstenabschnitt die Vorherrschaft gewonnen hatte, und mich wunderte es nicht, dass der Mond plötzlich in der Dunkelheit hinter dem Birkenhainschen Gut aufstieg.

Mir gelang es nur mit Mühe, dem Schrittmaß der Polizisten zu folgen. Ein Mechanismus bestimmte meine Bewegungsabläufe, während meine Fantasie mein Seelenleben durcheinandergebracht hatte.

Auf einer kleinen Nebelwolke, die der Mond weiß färbte, sah ich Anja, mein Töchterchen. Sie saß wie auf einem Frotteelaken und schob mit ihren kleinen Händchen die ihr entgegentreibenden Nebelschleier lachend und jauchzend weg, als wären es Gardinen.

Unter dem Mond erkannte ich wie einen schwarzen Kohlestrich auf einer weißen Leinwand die Giebel des Birkenhainschen Gutes. Eine große weiße Wolke nahm die Form eines Fährschiffs an und trieb mir von dort entgegen. Ich machte den spitzen Bug aus, und von den bizarren Nebelspitzen, die einer Reling glichen, winkte mir Erika, meine verstorbene Frau, zu. Ich erkannte Elke, die die Hand meiner Frau hielt, und Enno und Gregor, die ihre Arme wie Fußballfans hochwarfen, im Kreise glücklicher Passagiere. Mir blieb fast das Herz stehen, als meine kleine Anja, als triebe sie auf einem Floß, ihre wattige Wolke seitlich steuerte und an das Fährschiff anlegte, und als gäbe es keine physikalischen Kräfte, schwebte Anja an Bord. Meine Frau winkte mir zu und hielt Anja auf ihrem Arm, und ich sah dem Wolkenfährschiff nach, wie es abtrieb und im Moor verschwand. Lange winkte ich hinter ihm her.

Die Tränen des Trennungsschmerzes rannen über mein Gesicht. Ich wusste, dass ich mich nicht aufgeben durfte.

Als ich meine Augen öffnete, gewann die Scheune Konturen, wuchs zu einem riesigen Gebäude an. Grelles Licht blendete mich.

Erschrocken schaute ich mich um und sah die Polizisten, die mich in das angeleuchtete Gras legten. Die Lichtstrahlen der aufgestellten Scheinwerfer färbten die Grasbüschel durchscheinend hellgrün und beleuchteten den Zugang zum Moor, das bräunlich-schwarz vor meinen Blicken lag.

Kriminaldirektor Schulenburg und sein Kollege, der Kriminaldirektor Wevers, umstanden mich. Sie drückten mir die Hand, gratulierten. Sie sahen nur ihren Erfolg und vergaßen, ihre Glückwünsche mit dem Salz des Todes zu würzen, denn ich hatte verloren, auf voller Linie mit Minus abgeschlossen.

Dann stand Graf von Birkenhain vor mir. Wie durch Schleier erfasste ich sein Lodengrün, starrte auf die Hirschhornknöpfe seines Mantels. Seine Stimme drang süßlich zu mir durch: »Herr Beruto, mein Name ist von Birkenhain. Sie waren mein Geburtstagsgast.«

Ich blickte auf die faltige Hand, die sich zum Gruß näherte. Die Nebel vor meinen Augen verzogen sich. Ennos Selbstmord fiel mir ein. Elke kippte vor meinen Augen leblos vom Stein in die finnische Idylle.

Ich hörte die Stimme des Führers der Antiterrorgruppe »Aktion erfolgreich ausgeführt!« sagen, fuhr hoch aus meiner Sitzhaltung. Meine Faust landete im edlen Gesicht des Aristokraten und ich bedauerte nur, dass alles Geschehene um mich herum mir viel zu wenig Kraft gelassen hatte, um dieses Gesicht tödlich zu treffen.

Der Aufschrei der versammelten Menschen erschreckte mich, und ich sank zu einem Häuflein Elend zusammen. Weinend und zitternd, dabei völlig überfordert, lag ich im Gras, das unnatürlich hell war.

Ich fühlte den harten Griff unter meinen Armen, ließ mich hochziehen und erkannte Hartwig.

Glücklich folgte ich ihm mit schleppenden Schritten.

16

Ich saß neben Hartwig. Er steuerte seinen Wagen und hielt den Blick auf die Fahrbahn gerichtet. Die Lichter der Scheinwerfer durchdrangen die leichten Nebelschwaden, die in dünnen Fäden nur geringfügig die Sicht beeinflussten.

Der Pastor sagte keinen Ton.

Ich schloss hin und wieder die Augen und wusste, dass er mich nach Hause brachte, zu meiner Eigentumswohnung.

Aber war das noch ein Zuhause? Ich hatte Angst vor den leeren Zimmern. Wie damals im Bungalow am Kanal, als Erikas Tod mir alles verleidet hatte, so fürchtete ich mich vor der Einsamkeit.

Gregor, mein Freund und Anwalt, war ebenfalls ein Opfer der »Eins-Zwei-Bande« geworden. Seinen Rat konnte ich nicht mehr einholen.

Das über mich hereingebrochene Schicksal ließ sich nicht zurückschrauben, und ich durfte nicht an ihm zerbrechen.

Mir war, als hinge ich am Tropf. Denn nur die Gedankenfetzen hielten mich aufrecht. Ich wollte nicht aufgeben!

Wir näherten uns Jadingen, als Hartwig das Schweigen unterbrach.

»Hajo, ich hätte dich gern fürs Erste zu mir genommen. Doch noch heute wird in Upplewarf die Hölle ausbrechen. Kommissar Feenwegen hat sich dafür eingesetzt, dass mein Haus bewacht wird. Man weiß nie!«

Er hatte recht. Niemand in Upplewarf kannte meine Adresse. Morgen würden die Zeitungen berichten. Nicht auszudenken, wenn die Boulevardpresse meiner habhaft würde!

»Wie lange kann ich ohne Belästigung in meiner Wohnung bleiben?«, fragte ich.

Hartwig antwortete: »Schlaf dich aus. Feenwegen wird sich bestimmt als Erster melden.«

Hartwig kam mit hoch. Ich holte kühles Bier aus dem Kühlschrank und trank es, als hätte ich einen Wüstenurlaub hinter mir, während Hartwig nur am Glas nippte.

Als er ging, schloss ich die Wohnung ab, warf mich mit meinen Klamotten aufs Bett und schlief sofort ein.

Wirre Träume und erholsame Phasen wechselten.

Vielleicht hatten Besucher geklingelt, vielleicht hatte man mich angerufen. Ich schritt nach einem achtzehnstündigen Schlaf an den Kühlschrank und suchte nach Konserven, die nach meiner langen Abwesenheit noch genießbar waren. Mit Ölsardinen und Thunfisch, ohne Brot, versuchte ich mich zu stärken.

Hartwig hatte absichtlich oder zufällig seine Zigarettenpackung liegen gelassen. Ich rauchte, dachte an nichts und wusste, dass ich an einem Nullpunkt angelangt war.

Gelegentlich schritt ich auf den Balkon und starrte auf die Mühle, fühlte die wärmenden Sonnenstrahlen, denn der Himmel riss hin und wieder auf und zeigte blaue Stellen.

Das schrille Klingeln an der Haustür ließ mich erzittern.

Ich fürchtete mich vor dem, was auf mich zukam. Die Polizei, die Staatsanwaltschaft und andere Dienststellen brauchten meine Aussagen und Unterschriften unter Protokolle, während ich nur vergessen wollte, was geschehen war. Erst recht hatte ich Angst vor den Reportern, die, so überlegte ich, Gott sei Dank einen weiten Anreiseweg hatten.

Ich ging in das Badezimmer, nahm einen alten Bademantel vom Haken und schritt an die Tür.

Es war Kommissar Feenwegen, der mich zu sprechen wünschte. Zu meiner Beruhigung bemerkte ich, dass das Kämpferische in seinem Gesicht fehlte, im Gegenteil, seine Sorgenfalten unter dem Kraushaar sprachen für eine friedliche Haltung.

Grußlos ließ ich ihn eintreten.

»Einen Tee?«, fragte ich dann, weil ich hoffte, er könnte mir helfen, die tödliche Langeweile zu unterbrechen, und meine Ängste beschwichtigen.

Erst als er sich in den Sessel setzte, bemerkte ich seine pralle Tasche.

Ich ging in die Küche und setzte das Teewasser auf.

»Nehmen Sie sich Zeit«, sagte er, als ich das Geschirr auftrug. Dabei blätterte er in Akten.

Endlich konnte ich das siedende Wasser über die Teeblätter gießen. Ich ließ den Tee ziehen und setzte mich zu Feenwegen, der sich sogleich bediente.

»Wie mein Tee auch ausgefallen sein mag, er ist der erste, den ich seit einer Ewigkeit zu mir nehme«, sagte ich.

Feenwegen nahm den Blick hoch. »Herr Beruto, wer hätte das gedacht. Es muss schrecklich für Sie gewesen sein. Meine Dienstpflichten führen mich zu Ihnen, da unser Amt von Ihnen einige Bestätigungen braucht. Doch vorher möchte ich Ihnen Ergebnisse aus Helsinki zur Kenntnis geben, die Sie sicherlich interessieren und beruhigen werden.«

Ich wusste, dass man mir nichts anhaben konnte, dennoch legte sich ein beklemmendes Gefühl auf meine Brust. Irgendwie hatten mich meine Erlebnisse eingeschüchtert.

Das Blut schoss in mir hoch, als mir einfiel, dass ich mich nicht um Elkes Leiche gekümmert hatte. Ich war auch zu feige, Elkes Eltern anzurufen, um sie nach dem Stand der Dinge zu befragen. Woher kam nur die falsche Scheu?

Feenwegen nippte am Tee, und auch ich trank einige Schlucke. »Aus Helsinki erreichten uns per Fax über das Bundeskriminalamt einige Informationen über den Todesschützen Nonninga. Die Kripo in Norwegen suchte ihn unter dem Decknamen Y-3, weil er in Tromsö an einer Waffentransaktion beteiligt gewesen sein soll, die über eine Kette von Fischkuttern bis hin zu einem libanesischen Frachtschiff reichte. Im finnischen Hafen Marienham soll er Waffen und Munition mit Segelyachten geschmuggelt haben, die unter nicht existierenden Eignern aus der Bundesrepublik geführt wurden. Interpol teilte mit, dass Nonninga unter dem Decknamen Freismann einen Lehrgang in einem palästinensischen Lager in Begleitung eines Unbekannten besucht hat.«

Mir stand das Herz fast still. War der Unbekannte vielleicht mein Schüler Enno gewesen?

»Maschallah«, sagte ich und dachte an Elkes Armband.

Feenwegen blickte überrascht hoch, sagte aber nichts.

»Herr Kommissar, ich bin geboren worden, habe studiert und unterrichte am Gymnasium, und plötzlich stelle ich fest, dass ich naiv einen Politikermord verhindert habe, nachdem ich mehrmals durch eine Hölle meiner Gefühle marschieren musste. Und jetzt erfahre ich von Ihnen, dass mein Schicksal noch Verbindungen zu Waffenschmugglern hatte.«

Feenwegen nahm meine Aussagen nicht sonderlich ernst. »Nonninga war, den Informationen von Interpol nach, vor dem Anschlag auf Ihre Freundin sowohl in Norwegen als auch in Schweden«, sagte er. »Ich habe hier eine Menge von Protokollen, die Sie mir unterschreiben können. Ich hoffe, dass man Sie dann in Zukunft in Ruhe lassen wird.«

Ich überflog die Texte Seite für Seite und unterschrieb alles, was da aufgelistet stand und dem entsprach, was ich erlebt hatte.

Wir tranken den Tee und rauchten. Feenwegen steckte die Unterlagen in seine Tasche.

»Ach, der Graf hat Strafantrag gestellt wegen Körperverletzung«, sagte er so nebenbei.

Empört antwortete ich: »Dann sind wir also noch nicht weitergekommen?«

Der Kommissar schaute mich grinsend an: »Es scheint so«, sagte er.

»Was wird aus meinen Sachen, die ich in Finnland zurücklassen musste?«, fragte ich ihn.

Feenwegen hob die Schultern. »Wenden Sie sich an die Botschaft. Sie haben sicherlich die deutschen Behörden hinter sich.«

»Gut«, sagte ich.

Ich begleitete den Kommissar an die Tür. »Wie lange kann ich ohne Presserummel und Angst vor Verfolgungen hier wohnen?«, fragte ich ihn.

Der Kriminalbeamte antwortete: »Sehr lange. Wir halten die Presse aus dem Spiel, da wir die Voruntersuchungen abwarten werden.«

»Gott sei Dank«, antwortete ich.

Als ich mir noch eine Tasse Tee einschenkte, der bereits erkaltet war, dachte ich an Pekkeni, der mir bis zum Abflug seine aufopferungsvolle Treue bewahrt hatte.

Ich ging zu meinem Schreibtisch, suchte nach den Belegen der Vorbuchungen und fand seine Adresse. Meine Hände zitterten, als ich die Durchwahl versuchte. Das Tut-tut nagte an meinen Nerven. Doch dann vernahm ich die Stimme Toyalas so klar, als säße sie neben mir.

»Es ist alles in Ordnung«, sagte ich und fragte: »Wie geht es Pekkeni?«

Toyala antwortete: »Er ist bei mir und macht sich Sorgen um dich. Er will dein Auto und eure Gepäckstücke nach Deutschland bringen.«

»Eine großartige Idee«, sagte ich, denn mir stand nicht der Sinn danach, eine weitere Reise in den finnischen Sommer anzutreten. Und Pekkeni als Gast bei mir, das war eine hervorragende Idee.

»Ich bezahle seinen Rückflug«, sagte ich zu Toyala.

»Das geht in Ordnung«, sagte sie und legte auf.

Ich saß noch lange im Sessel und entfernte mich vom Leid, das mich so hart getroffen hatte.

17

Beim Bäcker redeten die Leute über einen Hubschrauberabsturz, der sich über dem Donnermoor in der Nähe von Upplewarf ereignet haben sollte. Sie sprachen von mehreren Toten. Das Geschwätz aus der Gerüchteküche verlangte nach Verbreitung.

Ich bat um frische Brötchen und schnupperte gierig den Backdunst heißer Brote ein, der aus der offenen Backstubentür zu mir drang.

»Geben Sie mir noch ein Stück Leberwurst, ein Päckchen Butter und einen Becher Sahne«, forderte ich die pausbäckige Auszubildende auf, denn der Geruch reizte meine Magennerven.

Ich bezahlte und kümmerte mich nicht mehr um das: »Haben Sie schon gehört? Furchtbar!«

Die Morgenzeitung steckte in meinem Briefkasten. Ich legte sie samt Brötchen, frischer Leberwurst und Butter auf den Tisch des Wohnzimmers und bereitete mir einen Tee zu, um den ich mich besonders bemühte. Auf einem Tablett trug ich Kluntjes, Sahne, Stövchen, Teekännchen und die Tasse nebst Holzbrett und Messer ins Wohnzimmer. Ich durchteilte ein Brötchen, belegte es mit Butter und Leberwurst und biss gierig hinein, warf den Kluntje in die Tasse, ließ den Tee ein und goss einen Spritzer Sahne dazu.

Das ist mir geblieben, dachte ich, denn ich musste mich um Kräfte zum Überleben bemühen.

Ich schlug die Zeitung auf.

Weder in der Reportage, die die Stationen des israelischen

Außenministers nüchtern beschrieb, noch im Kommentar, der sich mit der Notwendigkeit der Freundschaft beider Länder befasste, klang irgendwo durch, dass dieser Staatsbesuch den israelischen Außenminister und den deutschen Kanzler an den Rand einer Katastrophe geführt hatte. Harmonie war das Wort der Stunde.

Darüber war ich hocherfreut, denn ich als Mathematiklehrer wünschte nicht, dass fünfzehn fehlgeleitete junge Männer repräsentativ das Ansehen von Millionen aufrechter Staatsbürger in den Schmutz ziehen durften.

Auf den nächsten Seiten, nach dem Sport, sorgte die Zeitung allerdings mit lokalen Berichten für Sensationen, die unter die Haut der Bürger gingen. Im Stadtpark hatte man einer Rentnerin die Handtasche geraubt, wobei die alte Dame zu Fall gekommen war und sich verletzt hatte.

Im Vorort, der sich mit kleinen Katen noch Reste ländlichen Lebens bewahrte, war ein Feuerteufel unterwegs, der sich auf das Anzünden von Stallungen spezialisiert hatte.

Während ich meinen Hunger mit den Brötchen zu stillen versuchte, die ich alle halbseitig beschmiert hatte, folgten meine Augen den Werbeseiten und endeten an den schwarzen Trauerrändern.

Es waren fast nur Alte, die verstorben waren.

Dann traf es mich plötzlich wie ein Schlag!

Im Trauerdruck stand dort:

Ruhe sanft geliebtes Herz,
Du hast den Frieden, wir den Schmerz.

Elke, unsere einzige Tochter, hat uns nach Gottes unergründlicher Entscheidung für immer verlassen.
Fernab in Finnland ereilte sie der tragische Tod.

Im nie verendenden Schmerz trauern um sie ihre Eltern
Jan Schaverding und Antje Schaverding.

Der tiefen Trauer schließen sich an:
Tante Trintje, Onkel Onno und Vetter Gerrit.

Ich las den mageren Text mehrmals. Sein Inhalt tat mir weh, und ich dachte an Elkes Eltern. Mich, ihren Freund, hatten sie nicht erwähnt. Enno lebte nicht mehr, er konnte nicht trauern, aber wie ich wusste, konnte er Elke empfangen und einführen in die Welt der Verstorbenen, die nicht tot sind, sondern mit ihrem geistigen Leib weiterleben.

Von einer feierlichen Beisetzung war nicht die Rede. Ich weinte still vor mich hin und wusste, dass damit weder Elke noch mir gedient war.

Hartwig fiel mir ein. Er musste die Beerdigung durchführen.

Ich ging zum Telefon und rief ihn an.

»Upplewarf kocht«, sagte er, »die Erntearbeiten setzen bald ein. Söhne und Knechte fehlen.«

»Und der Graf?«, fragte ich.

Hartwig lachte. »Er sammelt Unterschriften für eine Bürgerinitiative!«

»Er kann doch nicht die ›Eins-Zwei-Bande‹ als Kolpingverein verkaufen!«, sagte ich empört und witterte eine Gefahr.

»Nein, das will er nicht. Er behauptet, dass die Kanone von seinen Feinden dort aufgestellt worden und der harmlose Jungmännerzug rein zufällig dort zu ihr gestoßen sei.«

Ich antwortete entsetzt: »Das kann er seiner Großmutter erzählen!«

Hartwig sagte: »Ich sehe das genauso. Nur lass dich nicht zur Beerdigung hier sehen. Sie würden dich steinigen.«

Ich sagte: »Das geht klar. Aber ist Elke bereits bei euch?«

Hartwig sagte: »Sie wird morgen aufgebahrt.«

Ich legte auf. Verwandte hatte ich nicht, zu denen ich Zuflucht nehmen konnte.

Entschlossen verließ ich meine Wohnung und vermisste mein Auto.

Ich wollte die Gräber aufsuchen. Im Blumengeschäft kaufte ich einen Riesenstrauß Sommerblumen und eine Seerose, ging an den Taxistand und ließ mich zum Friedhof fahren.

Auf Erikas und Anjas Grab legte ich einen großen Teil des Straußes ab und fuhr mit dem Taxi weiter nach Upplewarf, um dort den Rest des Straußes abzulegen. Niemand nahm dort von dem Taxi Kenntnis.

»Warten Sie einen Moment«, wies ich den Fahrer an, der mich öfter unterwegs heimlich beobachtet hatte und mich für einen halb irren Sonderling hielt. Er war noch jung. Von Menschen verstand er nicht viel. Er beobachtete seine Fahrgäste, suchte sie nach Merkmalen ab und brachte sie in den Zusammenhang zu der Trinkgeldhöhe.

Über Turm und Kirche glitten blasse Wolken. Die Sonne hatte viele Gelegenheiten, mit ihren meist kurzen Auftritten ihr heißes Sommerlicht loszuwerden. Der Küstenwind trocknete mir den Schweiß.

Auf den Gräbern durchbrachen farbige Blüten das triste Braun und Immergrün. Jetzt, ohne Menschen, ohne Grau, lag Friede über dem gewaltigen Hügel. Schmetterlinge umflogen Gedenksteine, und Mücken tanzten um verrostete Kreuze.

Ich war nicht ohne Angst. Hastig setzte ich meine Schritte, um Ennos Grab zu erreichen. Es war gepflegt, und auf einem kleinen, bläulich geschliffenen Stein las ich seinen Geburts- und Todestag. Ich legte meine Blumen vor dem Stein ab.

Erst jetzt erfasste mein Blick den Mann, der in etwa fünfzig Metern Entfernung seine Schaufel ablegte, sich den Schweiß abwischte und zu einer Bierflasche langte. Er winkte mir kurz zu und setzte die Flasche an den Mund. Ich drehte mich um und eilte meinem Taxi entgegen.

Elkes Gruft, fuhr es mir durch den Kopf.

»Was haben Sie, Mann?«, fragte der Taxifahrer, als ich überhastet zu ihm stieg.

»Nichts. Es wird schon besser. Fahren Sie mich nach Berumersiel«, sagte ich und zückte meine Brieftasche, als er auf die Zähleruhr blickte, die bereits bei neunundsiebzig Euro, für ihn sensationell hoch, lag.

»Ich zahle«, sagte ich.

Er kassierte, ich gab ihm den einen Euro Wechselgeld zurück. Zufrieden drehte er den Zähler um und startete. Auf dem Rücksitz des Taxis lag die Seerose.

Die Fahrt an der sich ausblühenden Natur vorbei ließ mich mehr als früher kleine Einzelheiten erkennen. Ich suchte nach dem Blau der Kornblume, als ich an den Knecht dachte, der sein Deputat mit der kleinen Aluminiumkanne glücklich nach Hause getragen hatte. Das selten gewordene Rot des Klatschmohns, die großzügig gewachsenen Schafgarben und die vielen, vielen gelben Löwenzahnblüten versuchte ich wie ein Maler auf die Leinwand zu reproduzieren. Das auf grünen Wiesen grasende Buntvieh gehörte wie der ständige Wind dazu.

Elkes Grab, das der Mann schaufelte, würde bald mit blühenden Pflanzen bewachsen sein, dachte ich. Elkes junges Leben war dahingerafft worden, bevor es Früchte tragen konnte. Hätte ein Kind von ihr mir den frühen Herbst meines Lebens erspart? Ich wusste keine Antwort.

Nach den Sommerferien würde ich mich den neuen Klassen stellen und zum Teil die alten Schüler betreuen, unterrichten und auf das Leben vorbereiten, dessen schicksalhafte und böse Seite mir den Optimismus geraubt hatte.

Der Taxifahrer pfiff eine Melodie. Der Wagen nahm die Einfahrt. Ich wies auf die Abstellfläche vor der roten Mauer, nahm die Seerose vom Sitz und sagte zu ihm: »Ich bin gleich zurück!«

Die Fischkutter lagen in farbiger Pracht der Sommersonne. Ich blieb für wenige Sekunden stehen, blickte auf das Café »Kapitänsblick«. Besucher mit ihren Kindern schauten den Möwen nach.

Der alte Mann war nicht an Bord. Vor seinem Schiff lagen die Netze auf den Steinen, und ein junger Mann in Jeans und Troyer hatte die Flickarbeit übernommen. Ich fragte ihn: »Wann gehen Sie auf Fang?«

»Um neunzehn Uhr«, sagte er, ohne mich sonderlich wahrzunehmen.

Ich entnahm meiner Brieftasche einen Zwanzig-Euro-Schein.

»Würden Sie mir einen Gefallen tun?«, fragte ich ihn.

Sein Blick war auf die Maschen gerichtet, in die er weiße Perlonschnüre knotete. »Und der wäre?«, fragte er nur.

»Nehmen Sie diese Blume mit, und werfen Sie sie in Inselnähe über Bord. Dieser Dienst ist mir das Geld wert.«

»Das geht in Ordnung«, sagte er, nahm die Seerose, steckte den Geldschein in die Tasche und kletterte auf sein Schiff.

Ich kehrte zum Taxi zurück. Auf dem Weg nach Hause unterließ ich es, ein Gespräch mit dem aufgeräumten Taxifahrer zu beginnen. Vor meiner Eigentumswohnung zahlte ich für seinen Dienst und ließ ihn seiner nächsten Kundschaft entgegenfahren.

Der Rest des Tages brachte nur Einsamkeit und Trauer.

Jetzt hatte ich viel Zeit. Früher musste ich mich zwingen, wenn die Zeiger nach Mitternacht ihren rasenden Lauf aufnahmen, mich ins Bett zu verkriechen, um mich fit in den nächsten Morgen zu schlafen. Jetzt vernahm ich jeden Schlag der Turmuhr und wartete auf den Sonnenaufgang.

Ich frühstückte, holte die Post und die Zeitung.

Eine Einladung des Staatsanwalts lag im Kasten. Ich war unschuldig!

Mich wunderte meine bohrende Unruhe, obwohl ich Opfer eines Komplotts war. Da ich auf der Einladung keinen Termin fand, nahm ich mir vor, beim Gericht anzufragen, und blätterte zuerst die Zeitung durch.

Kommissar Feenwegen hatte Wort gehalten. Keine Zeile erwähnte unseren verzweifelten Marsch durch das Donnermoor. Ein Foto des Bundeskanzlers und seines Gastes vor dem matten Turm eines U-Bootes, dessen Rumpf einem Walfisch glich, und einige Hinweise auf die Notwendigkeit der Konsultationen waren alles.

Auf der letzten Seite der Zeitung trauerten die Angehörigen um Tote, die ich nicht kannte, deren Weg ich nie gekreuzt hatte.

Hastig aß ich Brötchenreste, rauchte eine Zigarette und suchte die Telefonnummer des Staatsanwalts heraus. Noch hatte ich Ferien. Unangenehme Dinge sollten nicht während meiner Erholungszeit meine gelegentliche Schwermut verstärken.

Die Vorzimmerdame musste nachfragen. Ich sah ihren vertrockneten Blick in Gedanken vor mir.

»Gut, in zwei Stunden, um elf Uhr können Sie kommen«, sagte sie.

Hätte ich nur Gregor bei mir, dachte ich und fühlte plötzlich, dass er um mich war. Ich verlor meine Angst. Wie ein Schüler blies ich die Brötchentüte auf, ließ sie mit hartem Faustschlag knallen. Ich war gerüstet!

Mit Aufräumen, Denken und Warten ließ ich die Zeit an mir vorübergehen. Dann machte ich mich auf den Weg. Die Stadt lebte und sprudelte. Die gebräunten Gesichter der Urlauber, die geschäftigen Menschen auf den vollen Bürgersteigen, die vor der Ampel wartenden und anfahrenden Autos umgaben mich mit Lärm und Leben.

Umso trostloser und kühler empfing mich der Flur des Gerichtsgebäudes. Ich klopfte an die Tür, fand Einlass, und zu meiner großen Überraschung saßen vor einem kleinen Tisch nicht nur der Staatsanwalt, sondern auch mein Direktor, sein Chef und der leitende Oberregierungsschulrat. Neben diesem saß auch noch der nächst höhere Vorgesetzte, der leitende Oberregierungsschuldirektor, der quasi nur noch dem Regierungspräsidenten unterstand.

Die geballte Macht des Verwaltungsapparates ließ mich stutzen.

»Ich bin allein«, sagte ich aufgeregt.

Der Mann, der mein alleroberster Boss war, dessen Namen ich nicht einmal mehr kannte, wirkte sympathisch. Sein Gesicht erinnerte mich an Hartwig, meinen Freund und Pastor. Mein Direktor sah mich mit verkniffenen Augen an. Sein ihn kontrollierender Oberschulrat hatte nur missmutige Blicke für mich übrig. Sicher bereitete ich ihm Ärger, den er in seinem Alter nicht mehr haben wollte.

Der Staatsanwalt wies mir einen Stuhl zu. Er hatte die Knöpfe seines Jacketts geöffnet, lächelte undurchschaubar und sagte: »Herr Beruto, das ist unser zweites Zusammentreffen. Erfreulicherweise hat Ihr Mut, Ihr Durchhaltevermögen und, das wollen wir hier nicht unerwähnt lassen, der tragische Tod Ihrer Freundin dazu geführt, dass Sie, um es vorsichtig auszudrücken, einen Anschlag auf den Bundeskanzler verhindert haben. Allerdings müssen wir die Urteile der Kriminalpolizei und der Ermittlungsbehörde noch abwarten.«

Ich dachte, warum macht er mich denn so mies? Was musste man denn noch bewerkstelligen, um von diesen Stellen ein Lob zu erhalten?

Der leitende Oberschulrat fuhr fort: »Andererseits finden

wir keine Erklärung für Ihre Entgleisung. Graf von Birkenhain genießt die volle Anerkennung und das volle Ansehen unserer Dienststellen und unseres Ministeriums. Sie haben ihn mit Ihrem Faustschlag nicht nur schwer beleidigt und verletzt, sondern auch abgestempelt, und zwar in einer Sache, mit der er nichts zu tun hatte!«

Um seine spitze Nase lag der Hass. Das sah ich. So weit kannte ich ihn. Mein Blick suchte meinen Direktor. Ich sah seine Hosenträger. Er schwieg.

Ich war außer mir. »Reicht Ihnen die ›Eins-Zwei-Bande‹ nicht?«, schrie ich. »Wollen Sie, als die höchsten Beamten, den Weg für weitere Selbstmorde öffnen?« Ich hatte es satt, mich nach den Strapazen von diesen Bürohengsten fertigmachen zu lassen.

»So geht es nicht weiter«, sagte traurig der Höchste der Bezirksregierung, als jemand an die Tür klopfte.

Der Staatsanwalt rief verärgert: »Ich wollte ungestört bleiben!«, als sich die Tür auch schon öffnete und Kommissar Feenwegen seinen krausen Kopf entschuldigend durch den Türspalt steckte.

»Es ist äußerst wichtig«, sagte er und fuhr fort: »Wir haben belastendes Material auf Gut Birkenhain gefunden. Der Graf finanzierte offensichtlich Lehrgänge junger Männer im Libanon. Aber das ist nur ein Bruchteil dessen, was wir feststellten.«

»Maschallah!«, rief ich voller Glück und blickte mit einer nie gekannten Schadenfreude auf Männer, die die höchste Spitze unserer Bezirksregierung darstellten. »Es lebe die Demokratie!«, setzte ich wie im Taumel hinzu.

Bleich saßen die Herren im Sessel. Sie hatten nicht nur die graue Farbe der Garderobe unbewusst aufeinander abgestimmt, sondern auch ihre nach oben dienernden Mentalitäten. Nun stand ich, den sie zum Schlachten beabsichtigt hatten, als Sieger da!

Es war wieder der Allerhöchste, der leitende Oberschuldirektor, der zu Hause meine miese Lage durchdacht haben musste, als er mit der Stimme eines Beichtvaters fragte: »Herr Beruto, Sie lieben doch Finnland?«

Ich nickte. »Der Urlaub ging nicht zufällig in dieses herrliche Land.«

Seine Augen strahlten, als hätten sie eine Heilslehre verkündet. »Bei uns haben Sie alles, was Sie liebten, verloren?«, fragte er.

»Zweimal, Herr Direktor«, sagte ich.

»Herr Beruto, haben Sie in Finnland Freunde?«

»Und ob«, sagte ich, »ich säße nicht vor Ihnen, hätte ich mich nicht auf meinen Freund Pekkeni und auf seine Frau Toyala verlassen können.«

Mein höchster Chef ließ kein Auge von mir. Ich sah ihm an, wie sehr ihn sein Amt jetzt belastete.

»Hängen Sie an den Toten?«, fragte er für mich verwirrend, denn wer vergisst schon irdisches Leben?

»Natürlich«, erwiderte ich.

Seine Augen waren ganz klein. Aber in ihnen brannte ein Feuer. »Herr Beruto! Es trifft sich rein zufällig, dass an unserer Deutschen Schule in Helsinki ein Mathematiklehrer gesucht wird. Ich würde Ihre Bewerbung mit den notwendigen Kommentaren versehen.«

Ich schaute Feenwegen an. Er nickte und deutete an, dass er noch etwas zu sagen hatte.

»Das wäre für mich ein Weg, alles zu vergessen«, sagte ich entschlossen. Doch mir fielen die vielen Gräber ein, und ich fragte: »Fernab von den Friedhöfen?«

Der Direktor winkte ab. »Ihre Schulferien nutzen Sie dann in entgegengesetzter Richtung. Die Finnen schließen im Sommer für drei Monate ihre Schulen.«

»Ich habe mich entschlossen«, sagte ich, »meine Bewerbung erhalten Sie in den nächsten Tagen.«

Mir fiel auf, wie sich im stumpfen Gesicht meines Direktors Erleichterung breitmachte. Er war mich los.

Kommissar Feenwegen bedrängte den Staatsanwalt. »Wir brauchen einen Haftbefehl. Graf von Birkenhain erstickt fast in dem ihn belastenden Material. Auch ein Lehrer namens Jannes ist äußerst verdächtig. Er hat so etwas wie einen Werkunterricht auf dem Gut Birkenhain aufgebaut.«

»Sie können gehen, Herr Beruto«, sagte der Staatsanwalt zu mir.

Aufrecht als Sieger, dennoch als Verlierer, verließ ich sein Büro.

Im Café Kahler bestätigte ich mir beim Kaffee und mit Zigaretten meine Entscheidung. Ich wollte nach Helsinki an die deutsche Schule! Meine Entscheidung war gefallen. Ich liebte Finnland, und bei dem Gedanken an meine berufliche Veränderung fragte ich mich, was ich denn eigentlich zurücklassen würde. Sicherlich gab es Kollegen und auch Schüler, die mich anfangs vermissen würden, doch die Zeit würde helfen, mich zu vergessen, und ich selbst konnte in dem Verlust der Schüler und der Schule kein Hindernis sehen, einen neuen Start in Helsinki zu versuchen.

Ich schlenderte über den Deich, fand Gefallen an den grünen, mit gelben Blumen bestückten abfallenden Wiesen und suchte das graue Meer nach Segelschiffen ab, deren weiße Segel auf mich wie Symbole der Freiheit wirkten.

An der Ölpier lagen Öltanker. Ich erinnerte mich an Gregor, den das Fernweh erfasste, wenn sein Blick auf die riesigen Schiffe fiel.

Meine Heimatstadt war nicht besonders schön. Zu sehr hatten die Bomben des Krieges sie zerstört, sodass nichts Altes, Anheimelndes meine Entscheidung beeinträchtigen konnte. Es blieben allein die Gräber meiner Verstorbenen, die eine echte Verbindung zu dem, was man Heimat nennt, darstellten.

Ich werde eine Gärtnerei mit der Grabpflege beauftragen und in den Ferien zu Hartwig gehen, um meine kleinen Zwiesprachen an den Ruhestätten führen zu können, dachte ich.

Aber noch war es nicht so weit. Ich ging nach Hause, setzte mich an den Computer und schrieb meinen Versetzungsantrag.

Das Klingeln der Haustürglocke riss mich aus meinen Gedanken.

Wollte Hartwig mir einen Besuch abstatten oder hatte Feenwegen noch Fragen?

Ich verließ mein Zimmer, drückte den Knopf für die Türöffnung und horchte in das Treppenhaus.

Schwere Schritte klangen mir entgegen, und ich wusste, dass weder Feenwegen noch Hartwig mich besuchen wollten.

Dann sah ich ihn. Er schritt auf mich zu. Ohne Anrede blieb er vor mir stehen.

»Kommen Sie herein«, sagte ich zu Elkes Vater.

Entschlossen schritt er mir voran in die Wohnung. Misstrauisch blickte er sich um und nahm am Tisch Platz. Sein Gesicht war gerötet und von vielen Falten durchzogen. Sein altpreußischer Haarschnitt passte zu seiner grünlichen Drillichjacke.

Mich erfasste eine innere Angst, als ich in seine verkniffenen Augen sah.

»Darf ich Ihnen einen Tee anbieten?«, fragte ich.

»Ich bin nicht hier um Tee zu trinken, Herr Oberstudienrat, sondern um Rache zu nehmen!« Er wandte mir sein verzerrtes Gesicht zu und blickte mich durchdringend an.

Ich dachte an meine Unschuld, denn schließlich hatte er seine Tochter und ich meine Geliebte verloren.

»Dann sitzen Sie hier auf der falschen Etage, Herr Schaverding«, sagte ich, »denn Sie wissen genau, dass der Mörder Ihrer Tochter in Kreisen zu Hause war, die Sie unterstützen.«

»Nicht nur meine Tochter ist das Opfer Ihrer Schnüffeleien

geworden, sondern noch weitere Männer aus Upplewarf würden noch leben, wenn Sie sich nicht in unsere Familie hineingedrängt hätten«, sagte der Landwirt, und in sein hässliches Gesicht stieg eine kalte Entschlossenheit.

Ich dachte an das Brotmesser in der Küche. Es war die einzige Waffe zu meiner Selbstverteidigung, falls ich die angedeutete Absicht des Landwirtes richtig einschätzte.

»Sie haben mir die Tochter genommen und Upplewarf den Frieden«, sagte er herausfordernd.

»Nach Ihrer Meinung hätte ich also einfach hinnehmen müssen, wenn die Ihnen nahestehende Bande den Bundeskanzler und den israelischen Außenminister über dem Donnermoor abgeschossen hätte?«, fragte ich.

Wütend konterte er: »Herr Oberstudienrat, ein Schützenverein, der sich zu harmlosen Schießübungen zusammenfindet, ist keine Terrorbande, die sich solcher Ziele annimmt!«

Empört sagte ich: »Mann, seit wann donnern Schützenvereine mit Flugabwehrkanonen hier im Moor herum?«

»Das ist eine infame Lüge, die Sie den Herren von der Polizei ins Ohr gesetzt haben! Sie haben meine Tochter missbraucht, um den Grafen von Birkenhain und unbescholtene Bürger von Upplewarf ins Verderben zu stoßen! Dafür müssen Sie büßen!«

Er zog eine Pistole aus der Drillichjacke, entsicherte sie in aller Seelenruhe, und ich beobachtete, wie sich sein Gesicht in eine abscheuliche Maske verwandelte. Er zielte mit der Pistole auf meinen Kopf.

»Beten Sie, ich lasse Ihnen nur noch Sekunden!«, sagte er.

Ich spürte seinen Ernst.

»Haben Sie noch immer nicht genug Tote?«, brüllte ich ihn an und rechnete mir eine Chance aus, wenn ich mich ihm im Sprung entgegenwerfen würde.

»Lassen Sie das, Vaterlandsverräter! Sie haben nichts anderes als den Tod verdient«, sagte er hart.

»Man wird Sie überführen und verantwortlich machen!«, rief ich und spürte den Schweiß der Angst. Ich starrte auf das kleine runde Loch der Waffe und fand keinen Ausweg.

Es klingelte an der Haustür. Schrill klang der Ton in den Raum. Der Landwirt fuhr erschrocken zusammen.

»Bleiben Sie sitzen!«, befahl er und hoffte, dass sich der Besucher abwenden würde.

Hartnäckig ertönte erneut das Rufzeichen.

»Erwarten Sie jemanden?«, fragte der Landwirt.

»Vor der Tür steht Kommissar Feenwegen«, sagte ich fest und sah, wie er seine Pistole auf den Boden richtete.

»Öffnen Sie ihm die Tür«, sagte der Landwirt und folgte mir nach draußen.

Feste Schritte drangen durch das Treppenhaus. Der Landwirt stand hinter mir, und ich spürte die Mündung seiner Pistole im Rücken.

Der Mann, der aus dem Treppenhaus zu uns emporstieg, war kein anderer als Pekkeni. Er trug trotz der sommerlichen Temperaturen seine Rentierfellmütze.

Mit einem Freudenschrei stürzte ich ihm entgegen.

Ein Schuss drang in das Treppenhaus, und Pekkeni, mein Retter in höchster Not, schlug den Landwirt mit einem kräftigen Faustschlag zu Boden und entriss ihm die Pistole.

Der abgefeuerte Schuss auf mich hatte nur meine Handoberfläche gestreift. Die wenigen Blutstropfen brachten mich darauf.

Pekkeni drückte den Mann auf den Boden und blieb bei ihm stehen.

»Police«, sagte er.

Ich eilte in die Wohnung, rief die Kripo an und bat Feenwegen zu mir.

Pekkeni hielt die Pistole in der Hand. Mir tat der Mann leid, der mein Schwiegervater hätte werden können, und ich begriff nicht, wie sich Männer seines Alters in ihrer politischen Blindheit hinter solche Machenschaften stellen konnten.

Ich winkte Pekkeni in die Wohnung. Er ließ den Landwirt vor sich her gehen.

»Setzen Sie sich hier in den Sessel, Herr Schaverding«, sagte ich.

Pekkeni, der nichts verstand, blieb wachsam, suchte gelegentlich den Blick in mein Zimmer.

Wir mussten nicht lange warten. Das Klingeln musste vom Kommissar kommen. Ich hastete an die Tür, und er war es tatsächlich.

Kommissar Feenwegen kam in Begleitung zweier Assistenten.

»Haben Sie für uns neue Erkenntnisse?«, fragte er unbekümmert.

»Nein, nur Beweise für die Verseuchung des kleinen Ortes Upplewarf.« Ich fuhr fort: »Ohne Pekkeni hätten Sie mich jetzt als Leiche aus dem Haus tragen müssen, denn der Landwirt Schaverding wollte mir in der irren Annahme, ich sei der Hexenknabe, der alle Toten im Drama um das Donnermoor zu verantworten hätte, das Lebenslicht ausblasen.«

Der Landwirt saß auf dem Stuhl. Er starrte hasserfüllt auf den Boden.

»Das ist mein finnischer Freund Pekkeni, der in letzter Sekunde kam und mich vor der Selbstjustiz des Landwirts retten konnte«, sagte ich.

»Folgen Sie uns«, forderte Feenwegen den Mann auf, der mit irren Blicken meine Wohnung in Begleitung der Polizisten verließ.

Pekkeni reichte Feenwegen die Pistole.

Ich zitterte vor Aufregung und dachte an das Allheilmittel Tee.

Mein finnischer Freund schritt rastlos durch die Wohnung.

Ich versuchte mit Zeichen ihn über das Geschehen aufzuklären. Unter seinen freundlichen Blicken bereitete ich den Ostfriesen-Tee.

Wir setzten uns an den Tisch und bedienten uns. Der Tee war mir gelungen, aber ich selbst hatte Fragen an Pekkeni, und auch er wünschte das Gespräch. Entschlossen stand ich auf, wählte die Nummer nach Finnland und berichtete Toyala, was sich hier in der Zwischenzeit abgespielt hatte, und bat sie, ihrem Mann die Übersetzung zu liefern.

Pekkeni und ich wechselten uns ab im Gespräch mit Toyala. Als er die Verbindung unterbrochen hatte, nickte er mir freundlich zu und sagte: »Helsinki teacher.«

Ich lachte vor Freude und nahm mir vor, morgen mit Pekkeni eine Küstenrundfahrt zu machen.

ENDE